The Mystery Collection

STRANGERS IN THE NIGHT

見知らぬあなた

リンダ・ハワード／林　啓恵 訳

二見文庫

contents

Blue Moon
ブルームーン

1

月に一度の満月でも手を焼いているのに、とジャクソン・ブロディ保安官は眉をひそめた。それが二度あるなんざ、犯罪的だ。人類は近代薬の進歩やら、すべての命を等しく救うべきだという一般通念やらで、適者生存という自然法則をないがしろにしてきた。おかげで並外れた変人や愚か者が増え、そんなやつらが揃って現れるのが、満月の日というわけだ。

ジャクソンはある郡道での交通事故を処理したところ。気分は最悪だ。本来なら保安官が事故処理までする必要はないのだが、満月の日は決まってそんな仕事に駆りだされる。ここは大半が農地からなる小さな郡で、予算が乏しい。保安官助手の頭数を揃える余裕はないから、どうしたってスケジュールの調整に追いまくられる。満月の日の狂気に人員不足が加わって、ただでさえ厄介な問題が、ますます厄介になっていた。

さっき処理した事故は、腹が立ちすぎて、事故の関係者を怒鳴りつけないでいるだけでひと苦労だった。あんな連中は、被害者とは呼べない。自業自得。被害者はひとりきり、助手席に坐っていたかわいそうな幼い男の子だ。

すべては一台めの車であるピックアップ・トラックの運転手がうたた寝から目覚め、曲がるはずの角を四分の一マイルほど通りすぎたのに気づいたときにはじまる。愚かな運転手は直進して方向転換できる場所を探すかわりに、せまい二車線道路をそのままバックして、見通しの悪いカーブへと向かった。あとは災難を待つだけ。そう遠い先のことではなかった。ある女が同じカーブを曲がろうとしていたからだ。女は制限速度三五マイルのところを、六〇マイルで飛ばしてきて、ピックアップ・トラックのケツに突っこんだ。この女、シートベルトをしていなかった。助手席に坐っていた四歳になる息子にも、させていなかった。その点では、トラックの運転手も同様だった。そんな三人が死なずにすんだのは奇跡以外のなにものでもないが、男の子は重傷を負い、大勢の事故被害者を見てきたジャクソンの見るところ、その子が生き延びる可能性はよくて五〇パーセント。車には一応エアバックがついていたために、フロントガラスから放りだされるという事態だけはまぬがれた。

ジャクソンが不注意運転およびシートベルトの着用義務違反、それに児童保護をおこたったかどで出頭令状を渡すと、女は彼に食ってかかった。あんたは四歳の子を坐らせて、シートベルトを締めたことあんの？　あんなもんしてたら、首がすり切れちまう！　だいたい、車は個人の持ち物なんだから、州からとやかく言われる筋合いはない。エアバックがついてるんだよ、それでもシートベルトをしろって言うのか？　いまや、女は劣性遺伝子の破壊力を示す実例と化し、目の玉をひんむき、髪を振り乱して、泣き叫ぶ自分の子が救急車で運ばれていくというのに、差しだされた違反切符に癇癪《かんしゃく》を起こしていた。こんな女に子どもを育てる資格はない、とジャクソンは思いつつ、できぬ辛抱をあえてして、その意見を胸にとどめた。

そのとき、ピックアップの運転手――突きだしたビール腹に、五十歩先のヘラジカが倒れそうな口臭の持ち主――が、こんな女の免許は取りあげちまえ、追突したのは、全部こいつのせいだ、と口をはさんだ。さて、この男、不注意運転および、車線違反で自分が切符を受け取る段になると、頭から湯気をたてて怒鳴りだした。この事故はおれのせいじゃない。追突事故はつねに追突したほうに非がある。道理を知らないバカ保安官のせいで、保険料の掛け金をあげられてたまるか！　おれのトラックのケツがやられてるのは、だれが見たって明らかだ。当然、非は向こうにある！

こんなやつに、いくらトラックのボンネットが正しい方向を向いていたって、それとは逆方向に動いてたんじゃ意味がないと説明しても通じるわけがない。ジャクソンは黙って違反切符を切り、事故報告書にはどちらの運転手にも非があると記してから、世のなかのためにはこいつらを逮捕すべきじゃないか、と真剣に悩んだ。そんな法律はないものの、究極の愚かさはそれ自体が罪、というのが彼の持論だった。

しかし自分を抑えて、頭に血の昇ったふたりが検査のため地元の病院に運ばれ、事故車が撤去されるのを見届けた。ようやく重い足を引きずってジープ・チェロキーに戻ったのは四時近く。とうに昼時を過ぎていた。腹は減るわ、疲れるわ。むかっ腹が立つ一方で、がっくりもきていた。

おおむね、いまの仕事は愛していた。人びとの生活や、社会に影響を与えられる職業だ。仮に仕事の大半はくだらないとしても、だ。社会のもっとも劣悪な部分と向きあいながら、法律と規制の網の目をかいくぐらなければならない。しかし万事が首尾よく運び、ドラッグの売人を数年間ぶちこめたときや、殺人犯を永久に葬り去れたとき、強盗団を一斉検挙して、年金暮らしの老婦人に一九インチのテレビを取り戻せたときには、そんな苦労も報われた。

ジャクソンは保安官としては優秀だが、政治も、選挙活動も毛嫌いしていた。三十五歳。郡警察を統括するには若すぎるものの、この郡は貧しいため、優秀でなおかつ経験豊富な人物は雇えなかった。そういう連中は、もっと金のもらえる地域へ流れる。そんななか、二年前、ジャクソンにチャンスがまわってきた。以来、愛する仕事に邁進《まいしん》してきた。チャンスに恵まれただけでも、運がいいと思わなければならない。

ただ満月の日には、自分の正気を疑いたくなる。変人がうろつくそんな日に、最前線で働かねばならない職業につきたがるなんてのは、愚か者か大バカ者か、あるいはその両方に違いない。警官と救急治療室のスタッフなら、だれでも満月の日の大騒動ぶりを知っている。地元病院のある看護婦は、満月の日に関する噂《うわさ》はただの神話で、実際に事故件数が増えるわけではないとする記事を読んだあと、一年間にわたって記録をつけた。その結果、満月の日には事故が多いだけでなく、珍妙な事件が起きているのがわかった。たとえば、休みの日に妻から家事を手伝えと言われないですむよう、友人に頼んで両手を釘で打ちつけてもらう、といった類《たぐ》いの事件だ。当事者のふたりには、当然の理屈だった。釘で両手をくっつけてしまえば、まともに手が使えない。なにより首をひねったのは、このふたりが、揃いもそろって大まじめだったことである。

だから、ジャクソンに言わせると、月に一度の満月が人間に耐えうる限界だった。それがブルームーン――月に二度めの満月――となったら、残酷でいわれのない仕打ちとしか思えなかった。

そして今日はブルームーンだった。ジャクソンが無線で、事故処理が終わったからこれから食事に行くと報告すると、通信係からこんな返事が戻ってきた。「食事はちょっと待って、電話で連絡しなおしてもらったほうがいいかもしれません」ブルームーンには、ありがちな話だ。

ジャクソンは呻き声を呑んだ。これ以上聞きたくない、と思わせる手がかりがいくつかあった。ひとつには、ふだんなら、受信機を使って無線を傍受している善良な住民の方々のために事務的な口調で話す無線係が、より人間らしい話し方をしていることだ。そして、リスナーに知らせたくないこと、つまり、町中に住むどこぞの父親が暴れるといった微妙な事件か、ジャクソン個人にかかわる事件でないかぎり、わざわざ電話を使ういわれはなかった。微妙な事件であってもらいたい。いまの気分では、自分の母親が毎週水曜のビンゴゲームで逆上した、なんて事件は、とても処理する気になれない。

デジタル式の自動車電話を手に取り、サービス区域内かどうか確認した。電波は弱いが、通話は可能だった。カバーを開き、通信係の番号を押した。「ブロディだが、なんだ?」

通信係になって十年のジョー・ボーンは、ジャクソンが考えうるかぎり、この仕事にもっとも適した人物だ。第一に、アラバマ南部の小さな郡に住む全住民を知っている。それだけでも大助かりなうえに、彼女には緊急事態を的確に嗅ぎわける不気味なほど鋭い本能があった。事件に関与した住民のなかには異を唱える者もいるだろうが、彼はつねにその点を評価している。

「悪い予感がします」ジョーは言った。「サニエル・バルガスが平底ボートを積んでオールド・ボギー・ロードを行くのを、シャーリー・ウォーターズが見たそうです。その先にあるのはジョーンズ家だけなのに。ところで、サニエルのことは、ご存じですよね？」

ジャクソンは一瞬とまどった。こんなときだ、アラバマ南部でなく、テキサス西部で育ったことが、明らかなマイナスとして作用するのは。オールド・ボギー・ロードの場所はわかっているが、何日も郡の地図をながめて記憶に刻みつけたからであって、実際に行ったことはない。そして、サニエル・バルガス。少々血のめぐりの悪いトラブルメーカーで、どんな町にもひとりやふたりはいるタイプだ。短気で、威勢のいいところがあり、少々ビールを飲みすぎる。いくつか法律違反を犯しているが、どれも罰金や警告止まりだった。

しかし、ジャクソンが記憶しているのはそこまでだ。「教えてくれ」

「ええと、迷信深い男なのは知ってますよね？」

ジャクソンは眉を吊りあげた。予想外の展開。「いや、知らない」あっさり認める。「それと、彼がボートを積んでオールド・ボギー・ロードを行ったのと、どんな関係がある？　それに、ジョーンズ一家ってのは何者だ？」

「一家じゃありません」ジョーの訂正が入る。「残ってるのはひとりですからね。ご主人が死んだのは四年前――いえ、ちょっと待って、そう、あれはベアトリス・マルバットの旦那さんが愛人のトレーラーで死んだ直後だったから、もう五年になるわね――」

ジャクソンは目を閉じて、ジョーンズの年寄りが死んだ年が、今回の事件にどんな関係があるのか、と尋ねたい気持ちを抑えた。南部人に会話の先を急がせるのは、引くべきロープを押すようなものだ。わかっていながら、たまに、ついやってしまう。

「――それからは、ディライラがひとりで暮らしてます」

彼はいっきにジョーの胸騒ぎの原因に迫った。「それで、サニエル・バルガスはミセス・ジョーンズを嫌ってるんだな？」

「ディライラはミスです。結婚したことはありませんから」

焦りは禁物。「じゃあ、ご主人というのは――」

「彼女の父親ですよ」

「なるほど」再度、挑戦する。「なんでサニエルはミス・ジョーンズを嫌ってるんだ？」

「あの、嫌ってるなんて、言ってませんけど。どちらかと言うと、彼女のことを心底怖がってるんです」

ジャクソンは深呼吸した。「なぜなら……？」

「なぜって、魔術のせいに決まってるじゃないですか」

そうきたか。世のなかには、抵抗するだけ無駄なこともある。ジャクソンは白旗を上げて、流れに身をまかせた。「魔術」と、おうむ返しに言う。ジョーに驚かされるのは、この一分間で二回めだ。

「ひょっとして、ご存じなかったとか？」ジョーの声は意外そうだった。

「まったくね」できることなら、聞きたくなかった。

「あのですね、地元の人間は彼女が魔女だと思ってるんです。あたしは違いますよ。でも、不安に感じてる人がいるのは知ってます」

「なぜ、そんな噂が？」

「彼女が孤立してて、町にもほとんど出てこないから。亡くなったご主人は変わり者で、だれも寄せつけなかったし。ジョーンズ家には道が通っていないから、郵便物もボートで運ばれてます。歩くか、川を使うかしかないんです」基本情報を伝え終わったところで、解説に移った。「で、サニエルが釣りに出るとしたら、釣りに向いているのは川下で、川上じゃありません。川上に向かうのでなければ、オールド・ボギーの進水路からボートを出すいわれはないし、上流にあるのはジョーンズの家だけ。ディライラをひどく怖がってるんで、飲んでなければそんな度胸はありません。だから、彼が悪さをしないように、保安官が行かれたほうがいいんじゃないかと思ったんです」

世間には、通信係に翻弄《ほんろう》される保安官がどのくらいいるのだろう？　これからの段取りを思って、気が遠くなった。ジョーンズの家にはボートでしか行けないと、ジョーから聞かされたばかりだ。毎度のことながら、このいまいましいブルームーンを、おれは生きて切り抜けられるんだろうか、という疑問が頭をもたげた。

とはいえ、殺されるまでは、自分の仕事をするしかない。ジャクソンは状況を検討して、差し迫った問題から着手することにした。「レスキュー隊のフランクに電話をして、オールド・ボギーの進水路で落ち合えるよう——」

「レスキュー隊の船は、やめたほうがいいかも」ジョーが横やりを入れる。「速度が出ないし、だいいち、一隻残らず幹線水路に出払ってます。トレーラー船の残骸の片づけに駆りだされたんです。ですから、こっちからシャーロット・ワトキンズに電話しておきました。彼女のご主人はバス釣り師なんです。ジェリー・ワトキンズって、ご存じですか？」

「ワトキンズ夫妻には面識がある」ジャクソンは答えた。

「ものすごく速度の出るボートを持ってるんですよ。ジェリーは仕事でチャタヌーガに出張中なんですけど、シャーロットが進水路まで運んでくれるそうです。保安官が着くころには、向こうにいるはずです」

「わかった。おれも直行する」頭がズキズキしだすのがわかって、目頭をつまんだ。できるものなら無視したいが、ジョーの直感は疑いの余地がないほど鋭い。「だれかの手があいたら、すぐに応援をよこしてくれ。で、ジョーンズの家だが、どうやって見つけたらいい？」

「五マイルほど上流に向かえば、いやでも目に入ります。家は周囲にまぎれて見えにくいでしょうけど、真正面にあって、そのままだと突っこんじゃいます。でも川が急に右にそれていて、その先は川底が浅すぎるから進めません。それと、倒木に気をつけて。川の中央を進んでください」いったん、口をつぐむ。「ところで、ボートは操縦できるんですよね?」

「試してみるよ」ジャクソンは電話のカバーを閉め、通話を終わらせた。しばらくジョーの気を揉《も》ませてやろう。保安官ひとりを危険になるかもしれない場所にやったのは間違いだったかも、しかもはじめての川を操縦の仕方を知らない馬力のある乗り物で向かわせるなんて、とせいぜい思い悩むがいい。ボートなら十一の歳から操縦しているが、ジョーはそれを知らない。全能でないのを思い知らせてやるには、またとない機会だ。

　回転灯やサイレンこそ使わなかったものの、ブーツでアクセルを踏みこみ、重さをかけつづけた。彼の計算では飛ばしてもオールド・ボギー・ロードまで十五分。道路から進水路までの距離は見当がつかなかった。馬力のあるボートなら時速六〇マイルは楽に出るから、川に出てしまえばジョーンズの家まで五分とかからない。つまり、現場まで最短二十分プラスアルファ。サニエル・バルガスがよからぬことをたくらんでいるとしたら、それを実行するだけの時間はありそうだ。

　ジャクソンはアドレナリンが放出されるのを感じた。危機をはらんだ現場に向かう警察官なら、だれしも経験する感覚だ。かといって、特別な場面に出くわしたいわけではない。むしろ、それだけは避けたかった。それはミス・ジョーンズ——名前はディライラだったか？——が傷つけられるなり、殺されるなりを期待するのと同じだからだ。

それにしても、魔術とは。いままで聞いたことがないのが不思議だ。ここに住むようになって三年、保安官になって二年がたつ。その間に、郡内に住む一般の住民については把握したのに、ディライラ・ジョーンズの話は小耳にもはさんだことがない。保安官助手も、市長も、ジャクソンが知るかぎり郡内一のゴシップ好きである市長秘書も、酒場の連中も、つきあった女性も、白髪を薄青く染めたビンゴ好きの老人も、そして、ジョーも、そんなことは一度も言わなかった。

だが、ジョーがジョーンズの家への行き方を詳しく知っていたという事実は見逃していなかった。どう考えても、行ったことがあるとしか思えない。

だとしたら、なぜ行ったのか？　ジョーンズの女が世捨て人で、父親が変わり者だった云々と言ったのは、当のジョーではないか。

もし郡内で魔術に手を染める者がいるのなら、知っておかなければならない。魔術なんてたんなるまやかしだとしか思えないが、本気で信じる人がいれば、トラブルの原因になりうる。そして、ジョーから聞いたかぎり、まさにそんなことが起こりつつあった。

ブルームーンにつきものの大混乱が続くなか、ふたりの愚か者による交通事故が起き、今度はこれだ。そして、ジャクソンは空腹と疲労を抱え、頭痛にまで苦しめられている。こうなると、いつ頭のネジがぶっ飛んでも、おかしくなかった。

2

記録破りの早さでオールド・ボギー・ロードまで来たジャクソンは、タイヤをきしませ、砂利をはじき飛ばして道を下った。右手の川に目をやりながら、進水路を探した。古い道路は先へ行くと道幅がせばまり、轍《わだち》だらけの一車線になった。両脇に植わったオークの巨木が伸ばした枝を絡ませ、厚い天蓋《てんがい》を形づくっている。熱気をしりぞけてくれる濃い日陰を一〇〇ヤードほど行くと、ふたたび陽射しが戻り、右手にあるゆるやかなスロープの先に進水路が見えた。鬱蒼《うっそう》とした木立にさえぎられて、ここへくるまで見えなかったのだ。

ハンドルを切ってスロープに入り、振れたジープの尻を急いで立てなおした。ボート用の空のトレーラーを繋いだ、青いトヨタのピックアップが脇に寄せてある。もう一台、エクステンドキャブの赤いシボレーのトラックが停まり、土手にシャーロット・ワトキンズが立っていた。赤と銀に塗装された流線形のフィッシングボートのロープを握り、残るもう一方の手でむきだしの腕と脚に群がる蚊を叩いている。

ジャクソンはショットガンと防弾チョッキをつかんで、チェロキーから飛び降りた。「助かったよ、ミセス・ワトキンズ」言いながら、ロープを受け取った。右足を船首にかけて左足で岸を蹴ると、すばやく右足に体重を移して、岸から離れる船に乗りこんだ。

「お安いご用よ、保安官」手で陽射しをさえぎりながら、シャーロットは言った。「倒木に注意してね。左に寄りすぎると、特大のがごろごろしてて、ボートの底をやられちゃうから」

「気をつけるよ」約束しながら、ショットガンを安全な場所にしまった。運転席に滑りこみ、キルスイッチを解除する。そして少し考えてから、ジープのキーを彼女に投げた。「チェロキーで帰ってくれ。きみのトラックとボートは、用事がすみしだい、おれが返しにいく」

彼女は上手にキーを受け取り、手を振ってボートの心配を追い払った。「とにかく、気をつけて上流に向かって。無事を祈ってるわ」不安で顔がひきつっている。

ジャクソンがスイッチを入れると、大型の船外モーターが低い轟音《ごうおん》とともに息を吹き返した。バックで土手を離れ、船首を上流に向ける。スロットルを下げてスピードを上げてから、ギアを切り替えてボートを水平に戻し、水面をなめらかに進みだした。

川は澱《よど》み、ぬかるみに散らばる倒木、浅瀬、草むらが近づいてくるものを絡めとろうと、手ぐすねを引いて待ちかまえていた。彼はシャーロット・ワトキンズ――彼女もまた、ジョーンズの家への行き方を心得ているらしい――の警告を肝に銘《めい》じ、川のどまんなかを進みながら、この緊急事態でも注意深さを保てるよう祈ったが、焦りはいや増した。ミス・ジョーンズが平穏な夏の午後をすごしていてくれればそれでいいが、そうじゃない可能性もある。

吹きつける風が汗を乾かし、涼を運んでくれるおかげで、夏の暑さに心地よささえ覚えた。小さな湿地や中州に目を光らせながらボートを進めていく。サニエルが魚に虫をやる以上の悪さをしないでいてくれたら、と願わずにはいられなかった。だが、あいにくそうはいかなかった。

しばらくして川の曲がりを折れると、土手に引きあげた平底のボートが木に繋いであったが、サニエルはどこにも見あたらなかった。

それでも、ジャクソンはボートの速度を落とさなかった。サニエルが相手に気づかれないよう、徒歩に切り替えたところをみると、ジョーンズの家はもう遠くない。これで少し時間を稼げるから、大ごとになる前にたどり着けるかもしれない。

そのとき、銃声を聞いたような気がした。と、低い音が船外モーターの音に負けじと、川面に響いた。ショットガンだ。速度をゆるめ、防弾チョッキをつかんで腕を通し、マジックテープをとめた。そこでまたスロットルを下げ、ボートの速度を上げた。

十五秒で家が見えた。ジョーから教わったとおり、川をさえぎるように、ぬっと正面に現れた。風雨にさらされた古い木造の家は、それを取り囲む背の高い樹木と区別がつかないが、正面には古い平底ボートを結わえた小さな船着き場がある。最初に目に入ったのが、そのボートだった。

ボートを着岸させるには、スピードを落とす必要がある。ジャクソンは速度を落としながらショットガンをつかみ、それを左手に持ってボートを操縦した。「ブロディ保安官だ！」声を張りあげた。「サニエル、おまえがなにをしでかす気か知らないが、さっさと出てきやがれ！」保安官らしい口のきき方でないのは承知のうえ。ただ、こちらの身分を名乗り、サニエルに正体がばれているのを伝えるという目的にはかなっている。

だが、自分の登場で事態が収まると思うほどおめでたくはなく、実際そのとおりだった。ふたたびショットガンの爆音が轟き、それよりは軽いライフルの炸裂音が応じた。

銃声は家の裏手から聞こえる。ジャクソンはボートを船着き場に入れてエンジンを切ると、着岸する前からボートを飛び降り、同時にもやい綱を投げて杭の一本にかけた。徹底した訓練のおかげで、動きながらでも難なくすべてを処理できる。

短い船着き場を駆け抜けると、心臓の鼓動に板を叩くブーツの足音が重なった。かつて慣れ親しんだ、冴えざえとした感覚がよみがえる。アドレナリンと経験の副産物だ。空挺訓練をしていたときは、飛行機から飛び降りるたび、こんな感覚を味わっていた。脳が目にしたこまごまとした映像を超高速で処理していく。

古い木造家屋の表側のドアは開き、丁寧に継ぎをあてた網戸が虫の侵入を防いでいる。そこからまっすぐ裏のドアまで見通せるものの、人影はなかった。あちこちに置かれた大きな鉢植えと吊るされたハンギングバスケットとで、ポーチはジャングルさながらだが、おおかたの家——彼の家を含む——と違って、がらくたの類いはいっさい見あたらない。ジャクソンは三段からなるポーチのステップをいっきに跳びこすや、壁に背中をつけた。

自分が助けようとしている人間から撃たれるのだけは避けたいので、もう一度名乗りをあげた。「ブロディ保安官だ！ ミス・ジョーンズ、怪我はないか？」

一瞬静まりかえり、虫の羽音さえ消えたようだった。と、裏のどこかから女の声がした。

「無事よ。あなたがこの不届き者を追い払ってくれたら、もっと気分がよくなるでしょうけど」

攻撃されているにしては、驚くほど冷静な声。サニエルなど、蚊ぐらいにしか感じていないらしい。

ジャクソンはじりじりとポーチの角をまわった。粗末な幅広のポーチが家の三方を囲み、彼がいまいるのは右側だ。右手と奥に鬱蒼とした木立があるが、怪しげなものは見えず、葉擦れの音もしなかった。「サニエル、聞こえてるか！」彼は叫んだ。「汚いケツに一発食らう前に、武器を置け！」

今度も一瞬の静けさののち、不機嫌な声が聞こえた。「おれはなんもしてねえぞ、保安官。あの女が先に撃ちやがったんだ」

サニエルの姿はまだ見えないが、声の出どころはわかった。裏手のマツの巨木の背後、つまりジャクソンのほぼ真正面だ。「どちらが悪いかは、おれが判断する」ショットガンを構えて、裏手ににじり寄った。この位置だとミス・ジョーンズの弾はあたらないが、サニエルがその気になれば、正面から銃弾が飛んでくる。「さっさと、銃を投げてよこせ！」

「そんなことしたら、頭のいかれたこのあばずれに、即刻、撃たれちまうよ」

「彼女はそんなことはしない」

「するかもよ」ディライラ・ジョーンズの落ち着き払った声がした。ちっとも協力的でない。

「ほれ、おれの言ったとおりじゃねえか！」サニエルは不安にひきつった声で叫んだ。なにをするつもりだったか知らないが、みじめな結果になっている。

ジャクソンはひそかに悪態をつき、声に穏やかな威厳をにじませた。「ミス・ジョーンズ、それであなたはどこにいるんです？」

「裏のポーチ。洗濯機のうしろよ」

「サニエルと少し話がしたいんで、武器を置いて、なかに入ってください」

またもや短い沈黙があった。保安官に一応の敬意を払うべきかどうか、迷っているらしい。逆らうにしろ従うにしろ、命令すれば即座に反応が戻ってくるのが普通なので、ためらいをあからさまにされると、不快感がつのった。「家に入ってるわ」ようやく彼女が返事をした。「でも、あの薄汚い男がここから出てかないかぎり、ショットガンは手放さないわよ」もう我慢できない。「言うとおりにしろ」厳命する。「さもないと、ふたりとも逮捕するぞ」

例によって例のごとく、いまいましい沈黙が続いたあげく、ようやく勝手口のドアを叩きつける音がした。ジャクソンは深く息をついた。サニエルの泣き言がマツの木の背後から聞こえてくる。「あんたが命令したのに、あの女はショットガンを置かなかったぞ、保安官」「おまえもだろ」険しい声で指摘して、家の角に近づいた。「おれもショットガンを持っている。三秒以内におまえがライフルを置いて、出てこなければ、こいつをぶっ放す」いまの気分を考えると、ただの脅しとは言いきれない。「いち……に……さ——」

マツの巨木の裏からライフルが放りだされ、マツの葉が厚く散り敷かれた地面にドサリと落ちた。それから数秒後、仏頂面のサニエルがゆっくりと現れた。両手を上げて、少しずつ近づいてくる。右頬に細く血が流れていた。ジャクソンの見るところ、ショットガンによる傷ではないから、木片でもあたったのだろう。彼の顎と同じ高さの木の幹に、深くえぐれた跡がある。つまりミス・ジョーンズは空に向けて威嚇したのではなく、サニエルを狙ったのだ。それに、生々しい幹の傷跡を見たかぎりでは、鳥用の弾ではなかった。

そのとき、勢いよく勝手口の網戸が開き、ディライラ・ジョーンズがショットガンを構えて出てきた。動転したサニエルは、わめきながら地面に伏せた。それで身が守れるとでも思うのか、両手で頭を抱えている。

神よ、われに力を与えたまえ。ジャクソンは祈ったが、祈りではなにも解決しない。冷静さの仮面をかなぐり捨てて、電光石火の早業を見せた。あまりのすばやさに、ミス・ジョーンズは彼をちらっと見るのが精いっぱいだった。わずか二歩で近づいてきたジャクソンに、右手でショットガンの銃身をつかまれ、手からもぎ取られた。「なかに戻れ」彼は怒鳴りつけた。「さっさとしろ!」

彼女はジャクソンの存在を頭から無視して、ポストのように突っ立ったままサニエルを見つめていた。「あなた、死ぬわよ」抑揚のない、醒《さ》めた声で告げた。

サニエルは銃弾でもぶちこまれたように、ブルッと体を震わせた。「いまの聞いたろ!」彼は叫んだ。「おれを脅しやがった、保安官! この女をつかまえろよ!」

「そのつもりだ」ジャクソンは押し殺した声で言った。

「脅してなんかいない」彼女の声は相変わらず抑揚がなく、淡々としていた。「そんな必要ないもの。あたしが手を下さなくても、あんたは死ぬわ」と、顔を上げて、今度はジャクソンを深い森のような緑色の瞳にとらえた。観察眼に優れていそうな、油断のない目だった。

ジャクソンは急にめまいを覚えて、ブルッと小さく頭を振った。暑さにやられたらしい。視界の中央にある彼女の顔をのぞいて、すべてに靄《もや》がかかった。案外若いな、とぼんやり思った。二十代後半ってところ。新しいものを避けて通る偏屈な田舎の中年女だとばかり思っていたのに、彼女の日焼けした肌はなめらかで、シミひとつない。茶色の髪はふわふわとした巻き毛。丈の短いショートパンツの裾から、細く引き締まった脚がすらりと伸びている。

ジャクソンは深呼吸して、めまいを押しやった。頭の曇りが晴れると、彼女の顔色の悪さに気づいた。怪物でも見るような目で、彼を見ている。

と、彼女は背を向けて家のなかに入り、その背後で網戸が音をたてて閉まった。

ジャクソンは深く息をついた。自分を取り戻すと当面の問題に意識を向けた。彼女のショットガンを壁に立てかけ、自分のを腕に抱えてから、サニエルに目をやる。

「あの野郎！」

サニエルはジャクソンの隙を見逃さなかった。さっきまで突っ伏していた場所には地面しかなく、急いで視線を走らせると、ライフルも消えていた。

ジャクソンはポーチから跳び、かがむようにして着地した。いつでも撃てるように、ショットガンは両手で持った。左右に目をやるが、軽く揺れる低木の茂みがいくつか見えるだけで、サニエルの姿は見あたらない。足音を忍ばせて木立に踏みこみ、揺れていた茂みに近づき、じっと聞き耳をたてた。

欠点だらけのサニエルだが、森での身の処し方はみごとだった。ようやく三十秒ほどしてから、うっかり踏んだ枝が折れる音がした。ジャクソンは彼を追いかけようとしたが、やっぱりやめにした。わざわざ苦労してまで森でつかまえる必要はなかった。ミス・ジョーンズが不法侵入や、ジャクソンが該当すると考える罪状で訴えるのを望むにしても、サニエルの住まいは知っている。

彼女の家を振り返った。木立に埋もれているので、森の一部にしか見えない。なぜかその家に入って、ミス・ジョーンズと話すのが億劫《おっくう》になった。小さな変化が生じて、自分では手に負えないような感覚がある。彼女のことをこれ以上知りたくない。ジェリー・ワトキンズのボートで川を下り、気味の悪い目を持つおかしな女から離れたかった。

しかし、仕事柄、話さないわけにはいかない。ジャクソンは優秀な保安官なのだ。だから、いまここにいた。だから、彼女に会わずに帰るわけにはいかなかった。

それでも、ポーチに向かうあいだじゅう、不安感がつきまとって離れなかった。

3

彼女が隠れていた洗濯機は、むかし懐かしい手動式だった。ジャクソンは網戸の前で立ち止まり、軽い驚きの目を向けた。家のなかは見えない。明かりはついておらず、豊かな木立がつくりだす日陰が、なかを薄暗くひんやりと保っていた。

拳を上げて少しためらってから、二度、しっかりと扉を叩いた。「ミス・ジョーンズ？」

「ここよ」

彼女はドアのすぐ内側にいた。声に緊張がにじんでいる。さっきまではなかったものだ。なかへどうぞと言われなくてよかった、とジャクソンは思った。うちに入るまでもなかったからだ。だが、すぐに、招いてもらえなかったことに苛立ち、誘いを待たずに、網戸を開けてなかに入った。

薄暗い部屋のなかに、青ざめた彼女が立っていた。微動だにせず、ジャクソンを見つめている。まだ目が慣れていないせいかもしれないが、彼をひどく恐れているようで、現に一歩うしろに下がった。

なぜだか無性に腹が立った。ふたたび体内をアドレナリンが駆けめぐり、つぎなる動きに備えて筋肉が張りつめた。だが、自分がなにをしたいのか、まったくわからなかった。彼女の申し立てを聞き、他人に発砲したことを厳しく注意して、立ち去る。それだけのことだ。こんなふうに苛立ち、むかっ腹を立てる理由はどこにもなかった。

しかし、理屈もへちまもなく、いまのジャクソンはそう感じていた。

緊迫した沈黙が落ち、その間にたがいを品定めした。彼の外見から彼女がどんな結論を引きだしたか知らないが、ジャクソンは他人の細部に目を配り、即座に判断を下すのに慣れていた。保安官というのは、正確に他人を見きわめなければならない。なにを読みとるかに、自分とほかの人たちの命がかかっているからだ。

薄暗がりで見る彼女は、痩《や》せて日焼けした若い女だった。淡い黄色のノースリーブシャツの裾をカーキのショートパンツにしまい、くびれたウエストにすっきりとベルトを巻いている。むらなく焼けた裸の腕。女性らしいしなやかな筋肉がついているから、見た目よりは力があって、力仕事に慣れているのだろう。それに清潔感がある。裸足まできれいだ――淡いピンクのペディキュアをほどこしたつま先を丸めて、床をつかんでいる。その場をテコでも動くまいと、踏んばっているみたいだ。

髪は豊かな茶色の巻き毛。日焼けして色の抜けた髪が縞《しま》になっている。美人コンテストで栄冠に輝くタイプではないが、見苦しくはない。顔だちは感じがよく健康的で、顎のラインがやわらかい。だが、目は……不気味だった。ジャクソンはしぶしぶもう一度、目を見てみた。彼女のなかで、もっとも特徴があるのが目だった。澄んだ大きな瞳と、濃く豊かなまつげ。いま彼を見つめるその目に浮かぶ表情は……あきらめ？

いったい、この女はおれがなにをすると思っているんだ？

どのくらい、そうやって彼女を見つめていたろう。今回はめまいこそ感じなかったが、ポーチのときに続いて二度めだ。仕事を片づけて、さっさと立ち去るにかぎる。夏の日は長いとはいえ、日が陰る前に川を下りたかった。

「サニエルは逃げた」わけもなく声がかすれた。

彼女は小さく、こくりとうなずいた。

「人がくると、毎回撃つのか？」

緑の目が細くなる。「ええ、途中でボートを降りて、徒歩でこっそり近づいてくるやつにはね。訪問目的に少し疑わしいところがあるから」

「彼の動きをどうやって知った？」

「川は遠くの音を運んでくるわ。それに、郵便を運んでくれるハーリー・ワイズナントを別にしたら、うちまでくるボートはそう多くないし、ハーリーは午前中に来たから、彼じゃないのはわかってた」

「最初に発砲したのはきみのほうだ」

「向こうが勝手に侵入したからよ。まず警告のために空に向かって撃ち、出ていけと怒鳴ったら、反撃してきたの。おかげで、洗濯機に穴があいちゃったわ。それで、自分の身を守るために、二発めを撃ったわけ」

「きみが最初に撃ったから、向こうも自己防衛のために撃ったのかもしれない」

彼女はあきれ顔でジャクソンを見た。「あの男はこっそりうちの敷地に入り、家に近づいてきて、手には鹿用のライフルを持っていた。あたしが出ていけと叫んだら、隠れている場所から撃ってきた。それのどこが、自己防衛なのかしら？」

わけもなく彼女を煩わせていた。神経がサボテンの針に刺されたように、チクチクしているせいだ。「きみの言うとおりだ」唐突に答えた。

「認めていただいて、嬉しいわ」

彼女の皮肉は受け流した。「きみの陳述がいる」

「訴えるつもりはないわ」

ジャクソンにはなにより受け入れがたい発言だった。つねづね、犯罪行為を訴えようとしない人びとが起きなくていい犯罪を誘発している、と思っていた。理由はさまざまあれど、みな〝問題を大きくする〟のを嫌い、犯罪者に〝もう一度チャンス〟を与えようとする。しかし、彼の経験によると、犯罪者を無罪放免するのは、新たな犯罪に向かわせるようなものだ。状況によっては、もちろん情状酌量の余地もあるが、今回の場合はそのかぎりではない。サニエル・バルガスは軽犯罪ではじめてつかまった十代の少年ではなく、他人に深刻な危害を加えようとした悪人なのだから。

「いまなんと?」怒鳴りつけたいのをこらえて穏やかに尋ね、彼女に再考のチャンスを与えた。軍曹時代、彼の下士官たちは、その穏やかな口調に秘められた危険な気配を即座に察知したものだ。

下士官と違って、ディライラ・ジョーンズには彼の機嫌が感じとれなかった。あるいは、権威を認めなかっただけかもしれない。どちらにしろ、肩をすくめてこう言い放った。「そんなことしても無意味よ」

「無意味?」

彼女がなにか言いかけた。だが、口をつぐむと、小さく首を振った。「どうでもいいことだわ」独り言のようにつぶやき、唇を噛む。心のなかで、異なる意見がせめぎあっているようだ。そして、溜息をついて、続けた。「坐って、ブロディ保安官。なにか食べたら、気分がよくなるでしょうから」

　ジャクソンは坐りたくなかった。いますぐ立ち去りたかった。訴えを起こさないのなら、それはそれで結構。賛成はしかねるが、決めるのは彼女だ。これ以上、一分たりともとどまる理由はなかった。

　しかし、ミス・ジョーンズは古めかしいキッチンのなかを、無駄なく静かに動きまわった。まず自家製とおぼしきパンを切り、それからハムの厚切りと、チーズの大きなかたまりを用意した。バケツからグラスに水をつぎ、簡素な食事をテーブルに並べた。

　ジャクソンは目を細めて、そんな彼女をながめていた。いつしか、なんの苦もなく、静かに手際よくものごとを処理していく女らしい動きに見惚れていた。彼女は自分用のサンドイッチも用意したが、彼のよりは薄いチーズ抜きだった。彼のためにセットした席の向かいに坐り、突っ立っている彼をもの問いたげな表情で見つめた。

　サンドイッチを見たとたん、ジャクソンの口に唾が湧いた。ひどい空腹で、胃は大暴れしていた。だから防弾チョッキを脱ぎ、ショットガンを脇に置いた。椅子に腰を下ろし、テーブルの下に足を入れた。ふたりは黙って食べはじめた。

　ハムはしっとりとして、チーズはやわらかだった。ミス・ジョーンズが二、三口食べたか食べないうちに、彼はサンドイッチを平らげていた。彼女は席を立ち、ジャクソンのためにもうひと組のサンドイッチをつくりだした。「いや、ひとつでじゅうぶん——」これ以上、面倒をかけたくなくて、嘘をついた。さっさとここを出なければ。

「早く気がつけばよかったわね」彼女は低い声で言った。「あなたみたいな大男に食事を出すのは、慣れてなくって。父は小柄で痩せてて、あたしと同じくらいしか食べなかった」

三十秒ほどすると、つぎの厚切りサンドイッチが目の前に現れた。彼女はあらためて席につき、自分のサンドイッチを手に持った。

ジャクソンも今度はゆっくりと味わった。口を動かしながら、室内を検分した。さっきからなにかが気になっていたが、ようやくその正体がわかった。静けさだ。ここには冷蔵庫の唸るような低音も、テレビのけたたましいおしゃべりも、騒々しい湯沸かし器の音もなかった。

見ると、冷蔵庫はなかった。卓上スタンドなし。天井照明なし。そういえば、彼女はバケツから水を汲んでいた。ジャクソンは流しを見た。蛇口もなかった。見たとおりのありさまなのに、あまりのことに、尋ねずにいられなかった。「電化製品はないのか?」

「ええ」

「必要なとき助けを呼ぶための、電話もか?」

「ないわ。助けがほしいなんて、思ったことないから」

「今日まではな」

「サニエルぐらい、自分でなんとかできたわ。小学校のころから、いやがらせされてたの」

「以前にも、銃を向けられたことがあるのか?」

「記憶にあるかぎりでは、ないわね。でも、あんな男、よく見てないから」

この女はどうかしている。むきだしの腕をつかんで、歯がガタガタ鳴るほど揺さぶってやりたい。「レイプされて、殺されても、おかしくなかったんだぞ」はっきり言ってやった。

「まさか。こちらには備えがあるもの」

つい、興味を惹かれた。「備えって、たとえば?」

ミス・ジョーンズは椅子の背にもたれ、静かな室内をぐるっと見まわした。ここでの暮しにすっかり満足しているようすに、ジャクソンは打たれた。だれもが必要だと信じて疑わない文明の利器がひとつとしてない、木造の家なのに。「第一に、ここはあたしのうちよ。森の木の一本一本から、川の浅瀬のひとつひとつまで、全部知っているわ。あたしが本気で隠れようと思ったら、サニエルにはぜったいに見つけられないでしょうね」

間近で観察していたジャクソンは、緑の瞳にひっそりと楽しげな表情が浮かぶのを見逃さなかった。自分の名前と同じくらい、彼女がたかを括《くく》っているのがわかる。この女は、自分なら隠れなきゃならないような状態には追いつめられない、と思っている。「ほかには?」

なにげない口ぶりのまま尋ねた。

彼女の顔にゆっくりと笑みが広がった。彼の鋭さを楽しんでいるらしい。「あら、ふいを突かれないように、些細な予防措置をいくつか講じてるだけで、死に至らしめるようなものはないわ。ヌママムシを踏むか、水に落ちて溺れたら別だけど」目が彼女の口元に釘づけになった。アドレナリンが放出されたような、軽い衝撃があった。涼しい室内にいるのに、うっすらと汗がにじむ。まいった。彼女には金輪際、微笑まないでもらいたい。それはやわらかで、女らしくて、官能的で、愛の営みのあと、愛を交わした男に向けるような笑み——外の雨音を聞きながら、もつれたシーツにけだるい体を横たえ、ふたりきりの世界にこもっているときの笑みだった。

ミス・ジョーンズを女として意識するのは、考えものだった。いまは節度を要する。ジャクソンは権威の側に立つ男で、いまふたりきりになっているこの女の家には、保安官として入りこんだ。誘いをかけていいときでも、場所でもない。

またもやふたりは黙りこみ、テーブルをはさんで顔を見合わせた。彼女が深く息をつき、乳房が薄いコットン地を押しあげた。固く尖った乳首が突きだし、布地ごしにうっすらと乳《にゅう》暈《うん》の色が浮かんでいる。寒いのか？ それとも、興奮している？

腕を見ると、皮膚はなめらかで、粟立ちはなかった。

「失礼する」彼は言った。突然、喉と股間が窮屈になった。「サンドイッチ、うまかったよ。腹が減ってたんだ」

彼女の顔に、安堵と失望の入り混じった表情が浮かんだ。「どういたしまして。ひもじそうな顔をしてたから。だから、あたし――」ふっつりと黙りこみ、そっけなく手を振った。「気にしないで。お仲間がいて、あたしも楽しかった。そうね、もう帰ったほうがいいわ。あたしの聞き違いじゃなければ、さっき雷の音がしたから」席を立ち、グラスを集めて流しに運ぶ。

ジャクソンも立ちあがった。中途半端に終わった発言が気にかかった。ほんとうなら、さっさと忘れていとまを告げ、ボートに乗りこんで、立ち去るべきだった。耳はいいほうだが、雷の音は聞いていない。だが、ここを出るには絶好の口実だ。わかっていながら、それでも尋ねた。「だから――なに?」

彼女はとまどったように視線をはずした。「だから、あたし――あなたが昼食を食べそこねたんだと思って」

なぜ知っている? ふつうなら考えもしないだろう。ふだんから昼食を抜いているわけではないし、初対面なのに、ひもじそうな顔かどうかわかるものだろうか? なにも知らなければ、仏頂面が平素の顔だと思うはずだ。

魔女。ばかげていると知りつつ、そうささやく声がした。魔術など信じていないが、たとえ信じていたとしても、彼の知識によると、ある男が昼食を抜いたかどうかとは無関係なものだ。彼女はジャクソンが怒りっぽいのに気づいて、空腹と結びつけた。なぜだか知らないが、父の機嫌が悪いと、母はしきりに食事を勧めたものだ。だから魔女がどうのというより、それが女のやり方なのだろう。

「ニャオ」

思わず跳びあがりそうになった。彼女が猫を飼っているのを知るには、最悪なタイミングだった。

「出てきたのね」ミス・ジョーンズは猫なで声で言うと、彼の足元に目をやった。ジャクソンも下を見た。耳と尻尾だけが黒く、全身がふわふわの白い毛におおわれた大きな猫が、右足に体をすりつけていた。

「かわいそうに」彼女はやはり猫なで声で言うと、腰をかがめ、赤ん坊のように腕に抱きあげた。猫は安心しきったように腹を見せ、うっとりと半分目を閉じて、胸をなでてもらっている。「あんな音がして、怖かったでしょう？　悪い人は行っちゃって、もう戻ってこないからね」彼をあおぎ見た。「エレノアは妊娠中で、いつ子猫が生まれてもおかしくない状態みたいなの。一週間ぐらい前にやってきたんだけど、明らかに人に慣れてるし、よく手入れされてるから、だれかが子猫の面倒を見るのがいやで、捨てていったんでしょうね」

太っていて満足げで、まるで仏陀《ぶつだ》のような猫だった。魔女の使い魔は、たしか黒だと言われている。それとも、猫なら——妊娠中の太った白猫でも——使い魔になれるんだろうか？

ジャクソンは我慢できずに、丸く突きでた腹をなでた。猫はすっかり目をつぶり、アイドリング中のモーターのように、大きな音をたてて喉を鳴らした。

ミス・ジョーンズが微笑んだ。「気をつけないと、一生お荷物を抱えこむことになるわよ。なんなら、この子を連れてく？」

「遠慮しとくよ」そっけなく答えた。「だが、おふくろが子猫をほしがるかもしれない。去年、年取った雌猫が死んでから、ペットがいなくてね」

「だったら、六、七週間したら、もう一度来てみて」

近いうちに来て、という招待とはちょっと違う。ジャクソンはショットガンと防弾チョッキを手に取った。「じゃあな、ミス・ジョーンズ。サンドイッチをありがとう」

「ライラよ」

「なに？」

「あたしのこと、ライラと呼んで。友だちはみんなそう呼ぶの」あからさまな警告の表情で、こうつけくわえた。「お願いだから、ディライラはやめて」

ジャクソンは喉で笑った。「メッセージはしかと受け取った。さては子どものころ、学校でずいぶんからかわれたな?」

「ひどいもんよ、おばあちゃん扱いされて」しみじみと振り返る。

「おれの名はジャクソンだ」

「知ってるわ」笑顔になる。「あなたに一票入れたもの。ジャクソンって、テキサスっぽくって、すてきな名前ね」

「おれはすてきなテキサス男だからね」

彼女はどうとでも取れる声で応じた。異論があるわけではないけれど、この場でいますぐそれを認めるのは避けたいらしい。ジャクソンは口元をゆるませ、ドアを向いた。ディライラ・ジョーンズとの時間は楽しかった。善し悪しは別にして、楽しかったのはたしかだ。今日はブルームーンの魔術が猛威をふるっている。仕事がひと段落してゆっくり考える時間ができたら、そして超常現象を理性で受け止め、筋道だった説明ができるようになったら、あらためてここを訪れてみてもいい――そう、今度は保安官としてでなく男として。

「表のドアを使って」ライラは言った。「そのほうが近いわ」

彼女のあとについて小さな家のなかを通った。どうやら四部屋しかなさそうだ。家の片側にキッチンとリビングがあり、それぞれが別のひと部屋につながっている。たぶん、あとのふた間は寝室なのだろう。リビングのしつらえはあっさりしたもので、石の暖炉の前に敷いたすり切れたラグを囲むようにカウチとロッキングチェアが配置され、それぞれのかたわらに揃いの小テーブルが、炉棚には灯油ランプが置いてある。部屋の片すみには足踏み式のミシン。壁の一面に手づくりのキルトがかけられ、鮮やかな色の木立と川が、変わらぬ風景として閉じこめられていた。もうひとつの壁には、床から天井まである手製とおぼしき本棚。本はハードカバーも、ペーパーバックもあった。

この家の全体が、一世紀前か、少なくとも半世紀前に迷いこんだような錯覚を見る者に与える。ジャクソンが目にした唯一の現代機器は、炉棚のランプの脇に置いてある電池式のラジオだった。あってよかった。この地域には、トルネードもあれば、ハリケーンもある。

ポーチに出ると、ライラが猫を抱えてついてきた。と、ジャクソンはピタッと立ち止まり、船着き場を見つめた。「あの野郎」小声で毒づいた。

「なに？」肩を押されて、はじめて自分の体が彼女の視界をさえぎっているのに気づいた。

「ボートが消えた」彼女に見えるように脇に寄った。

ライラもからっぽの船着き場を見つめた。がっくりして、緑の瞳を見開いている。ジェリー・ワトキンズのフィッシングボートのみならず、彼女の平底ボートまで消えていたのだ。

「おれたちが食事をしているあいだに、わざわざ引き返してきて、とも綱を切ったんだ。遠くまでは流れていないだろうから、川沿いに歩いたらきっと見つかるさ」

「あたしのボートには、オールがあったわ。モーターが故障したときのために、入れておいたの。つまり、綱を切らなくても、オールであたしのボートを漕いで、あなたのを引っぱっていけたってこと。それなら、自分のボートまで歩いて戻らなくてすむし、自分のボートに戻ったら、あたしたちのボートを流れに放せばいい。少なくとも、一マイルは下ってるんじゃないかしら。もっとかもしれない。それも、ボートを沈めてなければ、の話だけれど」

「連絡を――」その概念があまりに当然になっているせいで、無線がないと気づく前に言っていた。無線も自動車電話も、シャーロット・ワトキンズが乗っていったチェロキーのなかだ。そして、ライラ・ジョーンズは電話を持っていなかった。

ジャクソンは彼女を見おろした。「短波ラジオなんて、持ってないよな?」

「おあいにくさま」意志の力で取り戻せると思ってでもいるのか、ライラは険しい表情で自分のボートが消えた川を見つめている。「ここに閉じこめられてしまったわね。あなたも、あたしも」

「そう長いことじゃない。通信係が――」

「ジョー?」

「ジョーだ」ふたりはどの程度の知り合いなんだ? ジョーはたんなる顔見知りのような口

ぶりだったが、ライラはジョーが通信係なのを知っているだけでなく、本来のジョリーンという名前のかわりにジョーと呼んだ。「彼女はおれがここにいるのを知ってるし、だれかの手が空きしだい、応援部隊が送られることになってる。だから、じきに保安官助手がやってくるさ」

「もうこちらに向かってるんならね。見て」ライラは東南の方角を指さした。

ジャクソンはそちらを見て、小声で悪態をついた。夕方の空いっぱいに、紫がかった巨大な入道雲が広がっている。いまや顔には勢いを増した風があたり、低く気むずかしい轟きが刻々と近づいていた。

「雷雨は長くは続かないさ」できることなら、そう願いたかった。だが、ここまでの展開を考えると、ふたりの頭上で嵐が足踏みする可能性のほうが高そうだ。

彼女は不安そうに雲を見ていた。「気象情報を聞いたほうがいいかも」エレノアを抱えて引っこんだ。

ジャクソンは憮然《ぶぜん》とした表情で、もう一度ボートのない川面をながめた。空気が帯電して、腕の毛が逆立った。光が明滅するや、空に閃光が走り、ふたたび雷鳴が轟いた。

これで少なくとも二、三時間、長ければひと晩じゅう、ここに足止めを食らう。どうせ足止めを食らうなら、なぜ自宅じゃなかった？　嵐の夜は事故が多いから、保安官助手もジャクソンがいないとてんてこ舞いするはずだ。

ところが彼はここに、逃げ場のないこの家にいて、魔女と妊娠中のその飼い猫とすごすことになった。

4

ライラはエレノアを床に下ろすと、ラジオの気象情報をつけ、リビングの続きになっている寝室へ行って、側面の窓を下ろした。表側には幅広のポーチがあるから、窓を開けたままでも雨は降りこまないだろう。ラジオの音声に聞き耳をたてながら、裏の寝室の窓も閉めた。ブロディ保安官が表のポーチから入ってくるのを承知していながら、わざと無視して、しなければならない作業に専念した。せまいわが家には、不似合いな大男だ。大きすぎて、険しすぎて、尊大すぎて……男らしすぎる。

平穏な生活をかき乱すという意味では、サニエル・バルガスよりはるかに危険だった。こんな男をよこすなんて、ジョーはなにを考えているの？　でも、もちろんジョーはあのことを知らないから、サニエルの件で心配するのは当然だった。

でも、哀れなサニエルはもう二度といやがらせには来ず、ライラにできることはない。彼が逃げだしてさえいなければ——いや、助けられたとはかぎらない。どうせもう手遅れだ。

それでも、後悔で胸がいっぱいになる。サニエルに欠点があるとしても——実際たくさんあるけれど——害が及ぶのは本意じゃなかった。だから、逃げなければ、助けようとしていただろうが……長年にわたる苦い経験で、運命を変えるむずかしさはよくわかっていた。

保安官のせいでパニックを起こしているのも、同じ理由による。ひと目見た瞬間から、慣れ親しんできた安全で快適な暮らしが、目の前の男のせいで壊れる運命にあるのがわかったからだ。だから、なるべく近づきたくなかった。追っ払って、ドアに鍵をかけたかった……でも、ほんとうは、彼に身をゆだねて、広い肩に頭をあずけたい。彼に抱かれ、キスされて、彼の好きなようにしてもらいたかった。

生まれてから今日まで、少年にしろ、成人男性にしろ、性的に魅力を感じる男には出会ったことがなかった。つねに世間から孤立していると感じ、こんな人間だからこれからもひとりだと思ってきた。ひとりで生きることに不満はなかった。むしろ自分の孤独や、暮らしに充足感を覚えてきた。世間には内面に不足を抱え、その不足を埋めてくれる他人やなにかを探しつづけている人が大勢いる。みんな答えが内側にあることに気づいていないのだ。その点ライラは自分自身に寄りそい、自分の決断を信じ、自分の仕事を楽しんできた。なにも——なにひとつとして——変えたい部分はなかった。

しかし、ジャクソン・ブロディは、こちらが望むと望まざるとにかかわらず、すべてを一変させた。

彼に惹かれたのは、オーラのせいではないけれど、そのあまりの豊かさに、呪文をかけられたようになった。彼のオーラの色はどれも澄んでいた。官能を示す深紅、落ち着きの青、強い個性のターコイズ・ブルー、パワーのオレンジ、大きな波形を描く精神の紫と黄、癒しの緑。どの色をとっても、濁《にご》りがなかった。ごまかしのない、大胆で、健全な男だ。

だが、言葉を失うほどの衝撃をもたらしたのは、突如閃《ひらめ》いた予知の感覚のほうだった。よくあることではない。特殊な才能があるとすれば、オーラが見えることのほうだ。それでも、たまに爆発したように洞察力と認識力が閃き、そのとき感じたものは、一度として、はずれたことがなかった。サニエルを見た瞬間、彼に死が迫っているのを悟ったように、ジャクソン・ブロディに意識を向けたとたん、強い予知の感覚が波のように押し寄せ、その場にへたりこみそうになった。この男はあたしの恋人になる。それも、生涯ひとりの恋人に。

恋人なんていらない！　自分にまとわりつき、邪魔をして、仕事の妨げになる男なんて、足手まといでしかない。彼はそうなる。そうなるに決まっていた。彼女の目に映ったジャクソンはせっかちで、人に命令するのに慣れ、どちらかというと横暴で……厄介なことに、恐ろしくセクシーだった。使い慣れた文明の利器さえないここへはどう考えても住みたがらず、彼女のほうはいまの混乱のなさをよしとしている。妙なごたつきや、背後で常時ぶんぶん鳴っている電化製品がないと、気分がいいのだ。それでも、彼はライラが町に引っ越すと決めてかかり、町とは言わないまでも、より人里に近い、訪ねやすいところへ越すのは当然だとみなすだろう。

彼女をよそへやれないのがわかったら、あきらめつつも臍《へそ》を曲げ、近くに住んでいればいいものを、これじゃあちょくちょく会いにこられない、と文句をつける。都合のいいときにやってきては、自分のボートが船着き場に着きしだい、ライラはなにをおいても自分を優先してくれるものと思いこむ。要は非常に厄介な存在になる。それがわかっているのに、ライラには打つ手がなかった。これまで運命を避けたり、変えようとしたときの結果を思えば、いますぐ素っ裸になって、彼を寝室に連れこんだほうがましなくらいだ。

もうひとつの不安要素がそれだった。寝室方面の経験は相当不足していた。その手の経験につながる欲望を、爪の垢《あか》ほども感じていなかったので、いままでは気にならなかった。それをいまは感じた。彼が目に入っただけで体がほてって息苦しくなり、乳房はむずむず、股間は熱く疼いて、太腿をぎゅっと締めなければならない。これが性欲というものらしい。想像でしか知らなかった感覚がようやくわかった。こんなものに取り憑《つ》かれたら、みんながおかしな行動をするわけだ。

サニエルがボートを盗んでいなければ、保安官はいまごろここにおらず、永遠にとはいかないまでも、しばらくは会わずにすんだ。そして、ライラは心底満足できる静かな生活に戻って いた。だが、ボートの一件は予測してしかるべきだった。いくら運命でも、それ以外にジャクソンをここへ足止めする方法があっただろうか。そして、待ってましたとばかりに嵐が近づいてきて、保安官助手の来訪を妨げている。すべては避けられないことだ。予知した内容がいかに突飛だろうと、その結果を引き寄せるべく、直後からつぎつぎと予想外のことが起きはじめている。

みんなと同じならいいのに、と例によってライラは思った。実際にものごとが起きるまで、なにが起きるかわからなければよかった。生身の人間には、荷が重すぎる。けれど、オーラが見えるのは悪くなかった。見えなかったら、きっと、いまよりも人生は退屈で味気ないものになるだろう。オーラのおかげで、話をしなくても、相手の男や女の感じていることが理解できた。その人が幸福なときも、怒っているときも、気分が悪いときも、オーラにはそれが現れた。悪意や邪心、下劣さを見なければならないかわりに、喜びや愛、善良さを見ることもできる。

「どうかしたのか?」

すぐうしろにジャクソンがいた。彼の厳しい口調からすると、かなりのあいだ一カ所に立ちつくし、虚空を見つめていたらしい。ひとりのときは、もの思いに耽《ふけ》ってもどうということはないが、傍目には奇異に映るのだろう。ライラはまばたきして、現実に舞い戻った。

「ごめんなさい」彼を振り向かずに言った。「白昼夢を見ていたの」

「白昼夢？」ジャクソンが怪訝《けげん》そうに尋ね返すのも、無理はない。一時間足らず前にはある男がライラの殺害をくわだて、いまはふたりして立ち往生、特大の嵐に見舞われようとしている。これだけ材料が揃っているのだから、普通なら現実に即したことを考えるものだ。〝白昼夢〟なんて持ちださずに、たんに考えごとをしていた、と言えばよかった。そのほうが、まだ生産的に聞こえる。

「気にしないで。ラジオで気象速報や注意報はあった？」

「今夜十時までの雷雨警報が出てる。それに暴風と、雹《ひょう》の被害に注意」

あと数時間。数時間はふたりきりになる。彼はたぶん、明日の朝までここにいる。この人となにをしたらいいの？　これから愛するようになる、けれどまだ愛していない、この男と。まだ会ったばかりなので、個人的なことはなにも知らない。彼に惹かれているのは認める。でも、愛している？　いいえ、まだ、いまのところは。

網戸から、雨のにおいを含んだ、すがすがしい突風が吹きこんできた。「さあ、おいでなすったぞ」ライラが振り向くと、川をさかのぼって近づいてくる雨のカーテンが見えた。と、雷がまっすぐ下に走り、落雷の轟きに窓が揺らいだ。

エレノアがギャッと鳴き、隠れる場所を求めてボール箱に走った。寝床用に、ライラが古いタオルで内張りしてやったものだ。

せまい室内をそわそわと歩きまわるジャクソンに、ライラは苛立ちの目を向けた。流れに身をまかせるってことを知らないの？　この男には、自分に天候を左右できる力がないのが、癪《しゃく》にさわってしかたがないのだろう。嵐の訪れを遅らせるか速度を速めて追いやるかして、奇特な保安官助手が、無理をして上流まで彼を迎えにくるのを願っている。

ライラは心のなかで肩をすくめた。やきもきしたければ、勝手にしたらいいのよ。あたしには、あたしの仕事があるんだから。

最初の雨が家に襲いかかり、ブリキの屋根を叩いた。夕日はほぼ完璧に消し去られ、室内の明るさは奪われた。彼女は薄暗がりのなかを灯油ランプのある暖炉まで移動すると、迷わずマッチの箱に手を伸ばした。マッチを擦る音はけたたましい雨音にかき消されたが、突然灯った小さな明かりに彼が振り向いた。ランプのかさを持ちあげ、芯にマッチを近づけて、ふたたびかさを戻すのを見ている。ライラはマッチを吹き消し、軸を暖炉に投げ捨てた。

黙ってキッチンに移り、同じ動作をくり返した。仕事をするときは明るいほうが好きなので、ここには四つのランプがある。オーブンの火には灰がかけてあった。扉を開けて赤い石炭をつつき、新たに薪をくべた。

「なにをしてるんだ？」戸口から彼の声がした。

彼女は内心、天をあおいだ。「料理よ」人が料理するのを見たことないの？

「さっき食ったばかりだ」

「ええ、そうよ。でも、あたしの見るところ、あなたの体格だと、あんなサンドイッチじゃたいしてもたないわ」彼に目をやり、ドア枠を基準に大きさを目算した。たぶん、身長は六フィート強。体重は少なく見積もって二〇〇ポンド。シャツの肩の部分がはちきれそうになっているから、筋肉質なタイプ。となると、体重はもっとあるかもしれない。こういう男は、たくさん食べる。

ジャクソンはキッチンに入ってきた。テーブルにつき、椅子を彼女のほうに向けると、長い脚を投げだして足首で組み、指で小刻みにテーブルを叩いた。「こういうのに、ひどくいらつくんだ」正直に言った。

ライラはあっさり答えた。「みたいね」洗い桶に水を汲み、手を洗った。

「いつもなら、なにかができる。天候が悪いと、やらなきゃならないことがかならずあるんだ。事故車を片づけたり、水びたしの道路から人を助けたり。ほんとなら、いまごろはそんな現場に出てる。保安官助手だけじゃ手がまわらないからね」

だから落ち着きを失い、苛立っていたのか。自分が必要とされているのを知りながら、ここを立ち去ることができない。そんな責任感の強さを、ライラは好ましいと思った。

彼が黙って見ている前で、パン用の鉄板を取りだし、焦げつき防止剤をスプレーした。ボウルを用意し、小麦粉をすくって入れ、ショートニングとバターミルクを加えてから、ボウルに両手を突っこんだ。

「そんな作業を見るのは、久しぶりだよ」ジャクソンは、手際よく材料を混ぜ、こねる彼女の手元をじっと見て、笑みを浮かべた。「ばあさんはそんなふうにしてたが、おふくろがパンをこねるとこは、見たことがないんじゃないかな」

「うちには冷蔵庫がないから」ライラは淡々と事実を伝えた。「冷凍パンは食べられないの」

「冷蔵庫や電気調理器はほしくないのか？　電気がないと、不便じゃないか？」

「なんでそんなこと思う必要があるの？　熱も明かりも電気には頼ってないの。そんなもんに頼ってたら、電力が切れたとき、料理ができないでしょう？」

彼は顎をなで、眉をひそめて考えこんだ。いい光景だわ。ライラはパンをこねながら、そんな彼をつくづくながめた。まっすぐで黒い眉は、きれいな形だった。彼の場合は、どこを取ってもきれいな形をしている。賭けてもいい。町じゅうの未婚女性と、何人かの亭主持ちがこの男にのぼせているはずだ。短く刈った黒っぽい髪。明るく青い瞳。がっしりした顎。やわらかな唇――なぜそんなことを知っているのかわからないけれど、ライラにはその唇がやわらかいのがわかる。みんなが夢中になるわけだ。そういう彼女自身、体が軽くほてっていた。

彼に近づいて、膝をまたいで坐ったら、どんな感じがするかしら？　想像したとたん、熱いものが瞬時に全身を駆け抜けた。いやだ、熱くなってる。いまにも汗が噴きだしそうだ。

「電気を引くより、ガスを引くほうが大変だよな」彼は思案げに言った。まだ文明の利器のことで頭がいっぱいらしい。「プロパンならいけると思うんだが、ここには道が通ってないから、補充が大ごとになるし」

「あたしには薪オーブンでじゅうぶん。まだ数年しか使っていないから、とっても効率がいいのよ。うちじゅうを暖めてくれるし、火加減の調整も簡単にできるわ」生地をちぎって、両手で丸めだした。形を整えて、天板に並べる。彼から視線をそらしてパン生地だけを見ていたら、少しはほてりが引くかもしれない。

「薪はどうしてる？」

顔を上げるしかない。あきれ顔で彼を見た。「自分で切るのよ」ほかに方法がある？　親切な妖精が木を切って、薪にして積みあげておいてくれるとか？

驚いたことに、彼は椅子を蹴って立ちあがり、しかめ面で彼女を見おろした。「きみみたいな女が、そんなことをするもんじゃない」

「あら、ご親切に。教えてもらわなかったら、もっといい方法があるのを知らないまま、木を切りつづけてたでしょうね」彼から遠ざかり、流しでパン生地のついた手を洗った。

「できないと言ってるんじゃない。そんな必要はない、と言ってるだけだ」背中から唸り声が聞こえる。まうしろに立っているのだ。と、なんの前ぶれもなく、背後から手を伸ばして、彼女の右手首をつかんだ。手首は彼の手にすっぽり包まれた。「見ろ。おれの手首はきみの倍ある。体格のわりには力があるんだろうが、木を切るのが大変じゃないとは言わせないぞ」

「でも、やれてるわ」どうしてさわるの？ こんなに体を寄せられて、体から放たれる熱を感じ、男らしい体臭を嗅いでいなければよかった。

「それに危ない。斧だかノコギリだか使ってるんだろうが、手が滑ったらどうする？ こんなところにひとり暮らしじゃあ、手当てだって簡単には受けられない」

「危ないことは、たくさんあるわ」苦労して、現実的で冷静な口調を保った。「それでもみんなすべきことをしてる。そして、あたしは木を切らなきゃならないの」なんで手を放してくれないの？ でも、自分で彼の手を振り払えばいいのだ。握りしめられているわけではないのだから、その気になればできる。けれど、彼の手に包まれている感覚や、その温かさと力強さ、ごつごつした感触は心地よかった。

「かわりにおれが切ってやる」ジャクソンが唐突に宣言した。

「なに、それ！」振り返りそうになったが、すんでのところで常識に助けられた。危うく顔と顔、腹と腹が向きあうところだった。そんな度胸はない。ライラは唾を呑みこんだ。「そんなこと、あなたにはさせないわ」

「なぜいけない？」

「なぜなら――」なぜかしら？「あなたはここにいないからよ」

「いまはいる」いったん口をつぐみ、声を落とす。「またくることだってできる」

ライラは黙りこんだ。嵐の音しかしなかった。雷鳴と、木立を駆け抜ける風の音と、屋根を叩く雨音――ひょっとすると、自分の心臓が肋骨にあたる音なのかもしれない。

「この場面は慎重を要する」そう言う彼の声は静かだった。「おれはいま保安官としてではなく、男として行動している。きみからノーと言われたら、テーブルに戻って椅子に坐る。ひと晩じゅうきみには近寄らず、もう二度と邪魔をしない。だが、ノーと言わないんなら、きみにキスする」

ライラは息を吸った。酸素が足りない。息苦しくて口がきけず、酸素があったとしても言葉が見つからなかった。ふたたび熱くなった体からは力が抜け、彼にもたれかかりそうだ。

「てことはイエスだ」ジャクソンは彼女を抱き寄せた。

5

思っていたとおり、やわらかな唇だった。それに、唇が腫《は》れるような強引なキスではなく、やさしいキスだった。突然、情熱を全開にして迫られたら、怯《おび》えていたかもしれない。ジャクソンはあっさりと唇を寄せ、時間をかけてライラを味わい、その唇の形や感触を確かめた。そのゆったりとしたペースに、どんな行為よりそそられた。

ライラは喜びを低い音に変えて溜息をつき、ぐったりと彼にもたれた。ジャクソンはその体を抱えなおすと、彼女を引きあげて体をより密着させた。全身にぴったりと張りついた彼の体に、ライラは息を呑んだ。おなじみとなった熱に全身を洗われる。彼の首に腕をまわしてさらに体を寄せ、ゆっくりと舌が入ってくると、小さく身震いした。ディープキスがいやなら、逃れることもできた。でも、いやじゃなかった。男のキスをこんなに求めるなんて、考えたこともなかった。

胸のなかで、心臓が激しく鼓動していた。快感が誘惑の歌声となってつぎなる経験へと誘い、与えられるものをすべて受け入れたくなった。硬く勃起したものがズボンの前を押しあげている。そこに股間をすり寄せて、彼のものを迎え入れたい。自制心を失いつつあるのに気づくと、ライラはまどろっこしく、興奮をあおるキスから逃れ、温かな柱のような首筋に顔をうずめた。

彼のほうもあおられていた。唇をつけた首の感触から、彼の脈が速くなっているのがわかる。空気を取りこもうと、大きく波打つ肺。熱くなって汗ばんだ肌。腰を振って彼女を味わいたいと思っているのか、そわそわと身じろぎしている。

彼はなにも言わず、ライラにはそれがありがたかった。生来の用心深さは速度をゆるめろと警告し、本能は早く彼と結ばれろと騒ぎたてている。どうせそれが運命なら、引き延ばす必要があるだろうか。引き延ばすことで、なにかが変わると思う？　どう予定を組もうと、結果は変わらない。ふたつの選択肢を前にして、ライラの心は引き裂かれた。運命のお告げがどうであれ、大きな一歩を踏みだすだけの準備ができていなかった。

「なんだか怖い」彼の喉元にささやいた。

「まったくだ」ジャクソンが髪に顔をうずめてくる。「大量のレンガが頭に降ってきたら、こんな気分なんだろうな」

相手が動揺しているとわかっても、慰めにはならなかった。せめて彼だけでも、自分を見失わずにいてほしかったからだ。

「まだおたがいのことを知らないわ」自分と彼のどちらに向かって言っているのか、わからなかった。わかっているのは、人生に何度もないくらい、自分に確信が持てないことだけだ。気に入らない感覚だった。自分や他人をわかっていることは、人生の基礎をなすレンガのひとつであり、自分そのものだった。それがわからないとなると、基礎そのものが揺らぐ。

「これから知り合うさ」彼の唇がこめかみをかすめた。「焦る必要はない」

あのことを知っても、まだあたしを求めてくれるだろうか？　それがライラには不安だった。今度も、自分の異質さを重荷に感じた。彼女の能力は、たいがいの男なら価値を認めるより、厄介だと感ずるであろうものだった。

その思いを力にして肩をそっと押すと、ジャクソンはすぐに腕をほどいて、引き下がった。ライラは深く息をつき、顔にかかった髪を払った。視線をはずしていても、彼の体から放たれる情熱の澄んだ深紅のオーラは無視できない。「パンをオーブンに入れたほうがいいわね」と、彼をよけた。「そこをどいて坐ってて。急いで準備するから」

「気遣いはありがたいが、おれは立ってるよ」彼は皮肉っぽく言った。

もう、お手上げ。ライラは彼を見て、すべてを見透かしているような沈んだ青い瞳と向きあうしかなかった。澄んだ深紅のオーラは——とりわけ股間のあたりでは——まだ赤々と燃えているものの、頭部を中心にして青味が強くなってきていた。

彼は坐ろうとはしなかったものの、それでも場所をふさがないよう、ドアの脇にもたれた。ライラはパンをオーブンに入れると、ビーフシチューの大きな缶詰を開け、中身を鍋に移してコンロにかけた。嵐のなかを外に出ていって、夕食用のニワトリをつかまえる気はないから、こんなときは簡単にすませるにかぎる。彼がふたたび空腹を感じるころには、パンのあら熱が取れ、ビーフシチューがコトコト煮えているだろう。

その間、ずっとライラは視線を感じていた。まぎれもない男の目が、彼女を追っていた。いままで女であることにあまり意味を感じていなかったが、熱いまなざしを向けられているうちに、突如、強烈に自分の体を意識した。息をするたびに持ちあがる乳房。腿の合わせ目は、彼を迎え入れることになる場所。乳首が固く突きだしているのは、見なくてもわかっていた。彼のズボンの前が、まだ張りつめていることも見るまでもない。

堂々と放たれる性欲に、どんなに甘いささやきより、そそられた。なんとかして性的な緊張をゆるめないと、気がついたら彼に組み敷かれていた、なんて羽目になりかねない。ライラは咳払いをして、あたりさわりのない話題を探した。

「すてきなテキサス男が、なんでアラバマまで流れ着いたの?」ジョーから聞いて、答えはもう知っていた。だが、思いついたのはそれだけで、こちらから質問すれば、彼にしゃべらせておける。

「おふくろがドーサンの出身なんだ」

それで説明はおしまいだった。もっとついてやらないと。ライラは続けて尋ねた。「お母さんはどうしてテキサスに引っ越したの？」

「おれのおやじに出会ったから。おやじはテキサス西部の出身だった。おふくろは卒業後、大学時代の友だち何人かと、カリフォルニアに車で出かけたんだが、途中で車が故障した。当時、保安官助手だったおやじは、車を停めて手を貸してやった。結局おふくろは、カリフォルニアまでたどり着かなかった」

このほうがいい。彼がしゃべっている。ひそかに安堵の溜息をもらした。「じゃあ、お母さんがアラバマに戻ったのは？」

「数年前、おやじが死んでね」さっきより、ゆったりと壁にもたれている。「テキサス西部は万人向きの場所じゃない。地獄並みに暑くなるし、恐ろしくなんにもないところなんだ。おふくろも、おやじが生きているあいだは文句を言ったことなんてなかったが、死んでしまうと、淋しくなったんだろうな。妹や大学時代の友だちのいるアラバマに戻りたがった」

「それで、あなたも一緒に？」

「おれの母親だからね」彼は、こともなげに言った。「ここでだって、テキサスと同じように警察関係の仕事につける。十八で大学に入って以来、おふくろと同居したことはないが、いざってとき、おれがそばにいるとわかってたら安心だろう?」

「テキサスを離れるのは、いやじゃなかった?」ライラには想像できなかった。自分の家を愛していたからだ。ここのことは、自分自身と同じくらいよく知っている。早朝の川のにおいや、朝日を受けて金色に変わる水面、目まぐるしく変化する空模様はかけがえのないものだ。荒々しい雷雨、どしゃ降り、鳥さえも怠惰になる蒸し暑い日々。灰色の冬の日々には、暖炉の火と、熱々のスープさえあれば、ほかになにもいらない。

ジャクソンは肩をすくめた。「家庭ってのは、家族のいるところさ。テキサスにはおじとおば、それに大量のいとこがいるが、おれにいちばん近しい人間はおふくろだ。テキサスには、好きなときに行ける」

母親を愛し、それを隠そうともしない。ライラはごくりと唾を呑んだ。五歳のときに母を失って以来、数少ない思い出を慈《いつく》しんできた。母は人里離れた家のなかで、その中心にいた女《ひと》だった。

「きみは?」彼から質問が飛んできた。「以前からここに?」

「この家で生まれ、ずっとここに住んできたわ」

彼の顔に浮かんだいぶかしげな表情を見て、なにを考えているのかわかった。病院での出産が主流になって、五十年ほどになる。ライラはそれよりは明らかに若いものの、一部で流行している自宅出産の流れに乗るには年を取りすぎている。

「おふくろさんが急に産気づいたんで、おやじさんが病院に連れてけなかったのか？」

「母が病院に行きたがらなかったの」いま、母が自分と同じように、民間の治療師だったのを打ち明けるべきだろうか？ 母にも人から放たれる色が見え、その意味や読み方を娘に教えてくれたのだ、と？ たぶん母はすべてがうまくいくと承知していたから、必要としていない病院や医者のために、苦労して稼いだお金を使うのは無駄だと思ったのだろう。

「気丈な人だったんだな」彼は首を振り、頬をゆるませた。「新米時代に、分娩を手伝ったことがある。おれはびびりまくったし、妊婦のほうも、とても幸福とは言いがたい状態だった。だが、おれたちはなんとか切り抜け、母子ともに無事だった」微笑みが、満面の笑みに変わる。「おれのベッドサイドマナーに問題があったんだろうな、赤ん坊にはおれの名前をつけてもらえなかったよ。そのとき母親が言った言葉は、生涯忘れられそうにない。〝気にさわったら、ごめんなさい。でも、あなたには二度と会いたくないわ〟」

ライラは天をあおいで、ケラケラ笑った。若くて経験の浅い保安官助手が、汗だくで赤ん坊を取りあげる姿が、目に浮かぶようだ。「どうして、そんなことに？ 早産だったの？ それとも、急に産気づいたの？」

「どちらでもないんだな、これが。テキサス西部にも雪は降る。あのときも、そんな時期だった。道路は最悪の状態で、彼女はご主人とともに病院に向かおうとしたんだが、家を出て一マイルもしないうちに、道をそれて雪溜まりに突っこんだ。それで、歩いて自宅に引き返し、電話で助けを求めた。おれはそのあたりにいて、四輪駆動車を運転してた。ところが、到着したころにはさらに雪がひどくなってて、とても車なんか出せなかった」耳をこする。

「彼女はおれをけなしまくり、これまで聞いたことのある悪態のかぎりを口にした。なかには、はじめて聞くのまで混じってたよ。とにかく、痛みをなんとかしたかったんだろう。その過程につきあってるのがおれだったんで、おれも一緒に苦しむべきだと思ったらしい」

ジャクソンのにやけた顔と、その言葉によって呼び起こされた光景に、ライラは大笑いした。くすくす笑いながら、パンの焼け具合を調べる。「旦那さんはどうしてたの？」

「でくの坊さ。近づくたびに、おれ以上にこっぴどく罵られるんで、すみっこに隠れてたよ。それくらい、彼女は不幸だったのさ」

「陣痛はどれくらい続いたの？」

「十九時間と二十四分」間髪入れずに答えた。「彼女にしてみたら、世界史上もっとも長い十九時間と二十四分だったろうね。本人の弁によると、三日前からずっと陣痛があったそうだから」

おもしろがっているような彼の口調の下に、脈々と流れているものがある……喜びだ。読み違いじゃないわよね？　ライラは小首をかしげた。「すてきな体験だったのね」訊くともなしに言った。

ジャクソンは笑った。「ああ、そうだよ。興奮したし、おかしかったし、それに天地がひっくり返るほど驚いた。犬や牛や馬が生まれるのは見たことがあったが、人間の赤ん坊がおれの手のなかに生まれ落ちたときは、なんとも言えない気分になった。ところで、生まれたのは、女の子だった。それでジャクソンはないよな」

いま彼のオーラは、さまざまな色のなかで緑色がひときわ強まり、そこに喜びを示す黄色がちらちらと現れていた。これでもう、自分がいつ彼に恋をするのか考えなくていい。その瞬間、心のなかのなにかが溶け、体が熱くなったからだ。

自分のオーラがピンクに染まっているのがわかる。彼には見えないと知りつつ、それでも頬が赤らんだ。

震えがきて、椅子に腰掛けずにいられなかった。ゆゆしき事態だった。ロマンスという意味で、自分がだれかを愛するようになるとは思っていなかった。愛する人やものはたくさんあるけれど、これとは違った。自分はほかの人と違うと感じてきたし、実際、そうだった。パートナーというより保護者なのだ。父でさえ、ライラを頼りにしていた。だが、ジャクソンは心身ともに頑強な男だ。面倒をみてもらうより、むしろ世話を焼く側にまわる人だった。ジャクソンのオーラが見えなくても、たぶんいつかは愛していた。だが見えているからこそ、彼の本質がわかった。それに、彼が恋人になるという予見が重なって、警戒心が崩れ落ちた。彼の胸に身を投げ、すべてをゆだねたかった。だが、ライラは立ちあがり、パンの焼け具合を調べた。

その場に立ちつくし、オーブンの扉を開けて熱を逃しながら、見るともなしにパンを見ていた。ジャクソンが背後にやってきた。「完璧だな」出来を褒《ほ》めた。

ライラはまばたきした。パンはふっくらと、黄金色に焼けている。パンを焼くのが上手いと、よく父に言われたものだ。ひとつ深呼吸して、布巾で熱い天板をつかみ、冷ますためのラックに置いた。

「なんでバルガスは、きみが魔女だと思ったんだ?」

この質問で、いっきに地上に引き戻された。彼の口調がわずかに変わった。保安官として、自分の管轄する郡でだれかが魔術を行なっているかどうか、確かめたがっている。

「たぶん、いくつか理由があるんでしょうね」内面を隠した穏やかな顔で、彼を振り返った。「あたしは森のなかにひとりで住んで、町にはめったに出ないし、人との交際もないわ。魔女だって噂されるようになったのは、たしか四学年のときよ」

「へえ、四学年で?」キャビネットにもたれたジャクソンが、青い瞳で彼女を射るように見ている。「魔女番組の再放送でも、観すぎたんだろう」

ライラは片方の眉を吊りあげ、先を待った。

「じゃあ魔法をかけたり、月明かりのもとで裸で踊ったり、ってことはないんだな?」

「あたしは魔女じゃないわ」あっさり答えた。「魔法をかけたことはないけれど、そんな気分になったら、月明かりのもとで裸で踊ることはあるかもね」

「そのときは言ってくれ」鋭かった目つきが温かみを帯び、ゆっくりと彼女の体を伝った。

「よかったら、ダンスの相手をさせてもらうよ」

「そのときは、お願いするわ」

ジャクソンが顔を上げて、彼女の目をとらえた。もう、立場をわきまえる必要はなくなった。

「腹は減ってないか?」尋ねながら近づき、彼女の腕に指を這わせた。

「いいえ」

「パンとビーフシチューはあとでもいいかな?」

「あとでいいわよ」

彼は布巾を手に取り、シチューの鍋をコンロから下ろした。「さて、おれとベッドに来てくれるかい、ライラ・ジョーンズ?」

「行くわ」

6

ライラは寝室のランプを灯し、炎を小さくした。嵐と豪雨のせいで夜のように暗い室内に、ときおり雷の閃光が走る。小さな部屋はジャクソンが入ると、それだけでせまくるしくなり、壁に巨大な肩の影が映っていた。小さな明かりでも、オーラが澄んだ深紅に染まっているのがわかる。情熱と官能の色だ。

彼はシャツのボタンに手をかけ、彼女はベッドカバーをはいだ。キルトを丁寧にたたみ、枕をふくらませた。ダブルベッドなのに、なんだか小さく見える。彼のような大男には、実際、小さすぎた。大きなベッドに替えたほうがいいのかも。けれど、ライラには彼がいつまで自分とつきあう気なのかわからなかった。予知の閃きの困ったところは、そこにある。核心の部分は告げられるが、付帯する状況まではわからない。わかっているのは、自分がジャクソンを愛し、彼の恋人になること。けれど、彼からも愛されるのか、ふたりの仲が永遠に続くのか、あるいはこれきりになるのかは、わからなかった。

「不安そうだな」彼は見るからに欲望ではちきれそうなのに、静かな声で言った。ボタンははずれているが、シャツを脱ぐかわりに、鋭すぎる警官の目で彼女を見ていた。

「そうよ」ライラは認めた。

「いやなら、そう言ってくれ。それで恨みに思ったりはしない――納得しない場所はあるかもしれないがね」ちゃかすように、最後につけくわえた。

「いいえ、あたしもこうしたいと思ってるわ。不安なのは、そのせいよ」彼の目をのぞき、ショートパンツの前をはずした。パンツが床に落ちる。続いてシャツのボタンをはずしだした。「こんなに……だれかに惹かれたのははじめてなの。いつもは慎重なんだけど――」かぶりを振る。「あなたには、慎重でいたくないのよね」

ジャクソンは肩をゆすってシャツを床に落とした。肩にランプの光があたり、無駄のない強靱《きょうじん》な筋肉と、黒い毛におおわれた広い胸が照らしだされた。ライラは鼻から深々と息を吸い、熱い興奮が波となって身内に広がるのを感じた。いつしか手は止まり、ただ突っ立ったまま、自分の男が裸になる光景を貪《むさぼ》るように見ていた。

彼はベッドに腰を下ろし、前かがみになってブーツを脱ぎだした。今度は、深くくぼんだ背筋と、ひくつく背中の筋肉が見えた。ライラの鼓動は速まり、さらに体が熱くなった。

重い音をたてて、ブーツが木の床に落ちる。続いて立ちあがった彼はボタンをはずしてズボンを落とし、パンツを下げた。素っ裸だ。衣類の輪から出て、彼女を見た。

すごい。

そう、口に出して言っていたのだろう――渇望と肉欲と、たぶん多少の恐怖を込めて。その証拠に、彼が笑いながら近づいてきた。止まっていた彼女の手を脇にやり、みずからの手でシャツのボタンをはずしおえた。シャツの内側に手を入れ、肩から腕に滑らせる。あんまり簡単に脱がされてしまったので、呆気にとられたほどだ。だいたい、自分の服のことなど、どうでもよくなっていた。彼が動くたびにお腹をかすめる、突きだしたペニスに気を取られていた。

ライラは両手でペニスをつかんだ。軽くなでて、熱さや硬さや感触を確かめ、自分の肉体との違いに目を細めた。今度は彼が息を呑む番だった。一瞬、目を閉じて動きを止めたかと思うと、パンティのなかに両手を入れ、お尻の丸みをつかんで彼女を引き寄せた。もうペニスは持っていられない。思わず呻き声がもれたのは……名残り惜しいから？　それとも、もどかしくて？　どちらにしろ、かわりに与えられたものがあった。股間には硬いペニスが押しつけられ、乳房には胸毛があたり、乳首がこすれた。体じゅうの骨が溶けてなくなったようで、やわらかくなった体が彼の体にぴったりと張りついた。

彼は息をはずませていた。「裸のきみを見せてくれ」つぶやくと、軽く体を押してパンティを太腿まで下げ、ライラが腰を動かしてパンティを落とすと、ゥッと呻いた。

「まいった！　生まれながらの誘惑上手か？」彼女をつま先で立たせて、体を密着させた。

「そう？」男を誘惑するなんて考えたこともなければ、そうしたいと思ったこともない。でも自分の行為で彼がそそられるのは、悪くなかった。あたしだって、あなたのせいで頭がおかしくなりそうだもの。裸体をこすりあわせる感覚の陶然とする心地よさに、喘ぎ声をもらしたくなった。彼の胸に体をすりつけると、乳首が固く突きだして、甘く疼いた。

彼が背中とお尻をなでている。その手の熱くざらついた感触に、鼻声がもれそうになる。と、片方の手がお尻の下にまわり、割れ目にもぐりこんだ。全身に火がついたようで、喘ぎながら弓なりになった。指の一本がさらに奥へ進み、せまい道に入ってくる。喉の奥から取り乱した悲鳴が飛びだし、無我夢中で彼にしがみついた。片方の脚を体に絡ませて、触れやすいように腰を持ちあげる。

息を切らしながら首に顔をうずめ、指が深く入ってくるのを、いまや遅しと待ちわびた。太い指がゆっくり入ってくる。その衝撃に体がこわばり、われ知らず、小さな鼻声がもれた。彼の指を深みへと誘うように、腰がうねる。快感と緊張がきつく縒《よ》りあわされ、その先にあったのは痛みと、それとは別のなにか、想像を絶するなにかだった。

「待てよ」切迫した彼の声がする。「まだいくな」体《たい》を入れ替え、全体重がかからないように、彼女を懐に抱えて、そっとベッドに倒れこんだ。腰をひねって太腿のあいだに割って入ってくると、屹立したものを割れ目にあてがう。入口を探りあてるなり、彼は腰を突きだした。全身がこわばり、隙間なく入ってくるものを締めあげる。それが歓迎の反応なのか、彼の侵入を途中で食い止めるためのものなのか、彼女にはわからなかった。

ジャクソンが腰とお尻に力を込めて深く突き立てると、やがて体は抵抗を放棄して、すっぽりと彼のものを呑みこんだ。

ライラは悲鳴をあげたかった。だが、あまりのショックに肺が押しつぶされ、息をするのもやっとだった。視界が暗くぼやけている。知らなかった……彼のペニスがこんなに熱かったなんて。焼けつくほど熱いものに押し広げられ、彼のものに占領された体の奥が疼いていた。

彼は息を切らしながら、片方の肘を立てた。青い瞳には疑念と、獰猛なほどの激しさが浮かんでいた。「ライラ……まさか、信じられない――バージンなのか？」

「いまはだめ」必死に彼のお尻をつかみ、もっと奥まで入れようと、背中をそらせた。「ああ、お願い、ジャクソン！ もっと」頭を倒し、腰を突きあげて、解き放たれる直前の苦しみにも似た快感にもがいた。まだ痛みはあるけれど、痛みを圧倒するものを求めて全身がわなないている。もっと彼がほしい。激しく腰を動かして、この崖っぷちから突き落として。

ジャクソンはそんな彼女の願いを聞き入れた。「シーッ」なだめる彼の声も、欲望にかすれている。「さあ、力を抜いて。おれが手伝うよ……」ふたりの体のあいだに手を入れ、ざらついた指先で彼女の蕾《つぼみ》を探りあてた。何度となく指先でつまみあげられるうちに、ライラは鋭い悲鳴をあげて絶頂に達し、全身を激しく波打たせた。

彼の口から荒々しい音がもれた。彼女の尻をわしづかみにし、ベッドが壁にあたるほど強く、激しく突いた。やがて体を震わせてクライマックスを迎え、しばらく腰をこすりつけてから、彼女の上に崩れ落ちた。

ライラは汗だくになった肩をぎゅっと抱き、彼を落ち着かせながら、自分を支えた。彼を放したら、自分がばらばらになってはじけ飛んでしまいそうだった。なぜだかわからないけれど、目頭が熱くなる。心臓はいまも目的地のない駆け足を続け、印象と願望と驚きが万華鏡となって目がくらんだ。

愛の行為がこれほど熱く、制御できないものだったなんて。甘くゆったりと快感を高めるものだとばかり思っていたのに、実際は、火のなかに頭から突っこむようなものだった。胸に彼の鼓動が響いている。呼吸が遅くなり、やがて鼓動も静まってきた。太腿のあいだにはまだ彼がいて、内側には小さくやわらかくなった彼のものがあった。

体のなかの嵐が収まると、外の嵐が気になった。間近の空に閃光が走り、雷鳴に揺らぐ家の屋根を雨粒が叩いているが、ベッドのなかで起きたこととは、くらべものにならない。嵐はいつか去るけれど、ライラの人生は変わってしまった。

ようやくジャクソンが頭を起こした。黒っぽい髪が汗で額に張りつき、疲れて気の抜けた顔をしている。解放された表情だ。「さてと」喉が声を出すのをいやがっているように、声がしわがれていた。「さっきの〝いまはだめ〟ってのは、どういう意味だ？　いまは話したくないってことか？　それとも、バージンではなくなったって意味なのか？」

ライラは咳払いをした。「後者よ」やはりかすれ声だった。

「まいったな」ジャクソンは頭を元の位置に落とした。「考えてもいなかった——どういうことだ、ライラ。そういうことは、前もって言っておいてくれないと」

ライラは彼の肩をなで、その温かでなめらかな肌触りに、うっとりと目を閉じた。「なにもかもあっという間で、話すべきかどうかを考えてる時間がなかったのよ」

「こういうことは、話すもんなんだ」

「知ってたら、なにか違った？」

彼は一瞬考えこみ、ライラの肩に溜息をもらした。「まったく。たぶん、違わなかったろうな。おれはどうにも止まらなかったから。それでも、知ってれば、もう少しペースを落として、きみに時間を与える努力はしてた」

「そんなの、あたしが耐えられない」きっぱり言った。「あれ以上、一分だって無理だったわ」

「いや、耐えられた。耐えられるさ。しかも、気に入ると思うね」

脅しだとしたら、みごとに失敗した。彼女の体に興奮が走って、疲れきった筋肉に生命の息吹が吹きこまれたからだ。「いつ？」

「おい、おい」ぶつくさ言う。「すぐってわけには、いかないぞ。一時間はくれないと」

「わかった、一時間ね」

ジャクソンはふたたび頭を持ちあげ、冷静な目でしげしげと彼女を見た。「また大騒ぎを繰り広げる前に、避妊の話をしておかないか？ というか、避妊しなかったことについて。きみがピルを飲んでるとは思えないし、おれもコンドームは持ち歩いていない」

「そうね、あたしはピルは使ってないけど、妊娠の心配はないわ」

「断言はできないだろ？」

「二日前に生理が終わったばかりなの。安全よ」

「よく聞くよ、その最後のひと言」

溜息が出る。ライラには妊娠しないのがわかっていたからだ。でも、どう説明したらいいの？ 自分でも確信はなかった。今回は少なくとも、通常の場合のように閃きがあったわけではない。わかるというより、感じるのだ。それでも、近い将来妊娠しないのはたしかだった。たぶん、するとしたら翌月。今日ではない。

もう一度溜息をついた。「そんなに心配なら、もうやめといたほうがいいかもね」

彼はしばらく考えてから、にっこりした。「世のなかには」身を乗りだして唇を奪う。「冒したほうがいい危険もある」

7

夜明けを少しすぎたころ、モーターの音が聞こえた。東の空は美しい黄金色に染まっていた。嵐は予報より長引いて、午前三時くらいまで続いたものの、夜が明けたいまは、雲ひとつない空が広がっている。

「救出部隊が来たみたいね」ライラは頭をかしげて、聞き耳を立てた。

「気のきかない連中だ」ジャクソンは穏やかに応じた。「もうちょっとゆっくり助けにくりゃいいのに」コーヒーをひと口飲む。「ところで、おれだけど、頭の悪い小悪党に立ち往生させられて、憤怒と失意に駆られた保安官に見えるか？　それとも、脚がスパゲッティみたいになるほど、ひと晩じゅうやりまくってた男かな？」

ライラは顔を観察するふりをして、首を振った。「憤怒と失意に駆られた表情に見せるには、まだ修行が足りないみたい」

「そうじゃないかと思ってた」ジャクソンはテーブルにカップを置き、両腕を上げて伸びをしながら、満ち足りたけだるげな目で彼女を見た。「逮捕するかわりに、サニエルに感謝状をやりたいくらいだ」

「なんで彼を逮捕するの？」驚いて尋ねた。「あたしは訴えないと言ったはずよ」

「きみが訴えようと訴えまいと、あいつはきみのボートだけじゃなくて、二隻のボートを盗んだんだ。やつの今後はジェリー・ワトキンズのボートをどうしたか、それにたいしてジェリーがどう出るかにかかっている。サニエルが賢けりゃ、進水路にボートを残していっただろうが、ほんとに賢いやつなら、最初から盗んでやしない」

「サニエルがボートを外に放置していたら大ごとね」ライラは指摘した。「よほどの雨じゃないと沈まないけど、昨日の雨なら沈むんじゃない？」

「たぶんね」彼は椅子から立ち、リビングに移って窓から外を見た。「やっぱり、救出部隊だ」

ライラは彼の隣に並んだ。ふたりの保安官助手を乗せたボートが、小さな船着き場に近づきつつある。嵐直後の川は濁って水かさが増し、あと数インチで船着き場が浸水するところだった。ふたりの保安官助手はボートのとも綱をしっかりと支柱に縛り、船着き場に降りた。どちらも防弾チョッキを身につけ、ショットガンを構えて、探るように周囲に目を走らせている。

ジャクソンはさっと腰をかがめて、ライラにキスした。温かい彼の唇はなかなか離れようとせず、彼女に向けた顔には、無念そうな表情が浮かんだ。「できるだけすぐに戻る」低く抑えた声で言う。「今日は無理だし、明日来られるかどうかは嵐の被害状況や、停電の具合、片づけものの山の大きさしだい、ってとこだ」

「あたしはどこへも行かない」落ち着いた声で言い、微笑んで先を続けた。「どうせボートがないから、出たくても出られないわよね」

「おれが取り戻すか、でなきゃ、サニエルに新しいのを買わせてやる」約束して、もう一度キスした。それから、〝救出〟が近いと踏んで、あらかじめ表のドアの脇に置いてあった防弾チョッキとショットガンを手に取り、表のポーチに出た。

どちらの保安官助手も、ジャクソンを見るや、緊張をゆるめた。「怪我はありませんか、保安官？」年かさのほうが尋ねた。

「おれは元気さ、ローエル。だが、おれの手にかかったら、サニエル・バルガスはそうはいかない。おれが使ってたボートと、ミス・ジョーンズのと、両方とも盗みやがった。ま、どうせ逃げられやしないが。それより、昨晩の被害状況を教えてくれ」

ライラは彼の背後からポーチに出た。引っこんでいては、かえっておかしい。「おはよう、ローエル」続いて、もう片方の保安官助手にうなずいた。「それに、アルビン。保安官にコーヒーを淹れたところなんだけど、よかったら一杯いかが？」彼女が保安官助手を知っているのに驚いて、ジャクソンは眉を吊りあげたが、なにも言わなかった。

「遠慮しとくよ、ライラ」ローエルが答えた。「すぐに戻らなきゃならない。それに、勧めてもらってこんなこと言うのもなんだが、昨日の夜中からコーヒーを飲みっぱなしだ。二日間は眠れそうにないよ」

「被害は？」ジャクソンは再度、質問を差しはさみ、会話の主導権を奪った。

「郡内の大半の地域が停電になりましたが、パイン・フラッツをのぞいていまは復旧。かなりの数の木が倒れて、屋根をやられた家は結構あります。ただ、木がなかにまで入ったのは、ワシントン・ハイスクールの近くにあるルクロイの家だけです。ミセス・ルクロイは怪我がひどいんで、モービルの病院に運ばれました」

「車の被害は？」

ローエルが疲れきった顔で保安官を見る。「数えきれません」

「わかった。悪かったな、手伝えなくて」

「いや、こっちこそ、くるのが遅くなって、すみませんでした。でも、あの嵐で川に出るのは、頭のいかれたやつだけですよ」

「命を賭けてまで救ってくれるとは思っちゃいないよ。こっちは足止めを食らってただけで、無事だったんだから」

「いや、それがわからなかったんですよね。ジョーからは、サニエル・バルガスの件で保安官がこちらへ向かったと聞いてたんですが、サニエルの野郎は、あっちには行ってない、保安官にも会ってない、といけしゃあしゃあとぬかしやがって」

「あいつに会ったのか？」ジャクソンは語気鋭く尋ねた。

「ハイウェイから木をどかすのを手伝ってくれましたよ。なんにしろ、保安官は嵐につかまったと思ってました。こっちで別のトラブルに巻きこまれてるかもしれないと思ったんで、こうして、ようすを見にきたわけです」

ジャクソンは首を振った。サニエルにそんな図々しいまねができるとは意外だった。ひょっとすると、彼のばかげた行動も、ばかをやって見せているだけかもしれず、だとしたら、これまで以上の警戒が必要になる。ジャクソンは船着き場を歩きながらショットガンをアルビンに渡し、ボートに乗りこんだ。「さて、仕事に出かけるか」振り返って、手を上げた。

「食事をありがとう、ミス・ジョーンズ」

「どういたしまして」ライラは笑顔で応じ、早朝の寒さから守るように自分の腕を抱いた。手を振って、両方の保安官助手からお返しに手が振られると、なかに入った。

ジャクソンはボートのシートに腰を落ち着けた。「ミス・ジョーンズのことをよく知ってるようだな」好奇心のままに尋ねた。

「そりゃそうですよ」アルビンが運転席についた。「一緒に学校に通ってたんですから」

あんまり自明な答えなので、自分の頭をこづきたくなった。いくら彼女だって、生まれてこのかた川の上流に置き去りにされてきたわけではなく、学校に通っていた。生真面目な顔で、教科書を抱えて小型の平底ボートに坐る幼いライラが目に浮かぶ。どんな天気の日も、船で運ばれていたのだろう。

実際のところを知りたくて、尋ねてみた。「学校へはどうやって通ってたんだ?」

「ボートですよ」アルビンは答えた。「学校にいちばん近い公園の進水路まで、父親がボートで送ってました。お天気の日は、残りの距離を歩いて学校まで連れていってたし、雨降りの日は、教師のひとりが車に乗せてやってました」

彼女の父親は娘の身を案じていた。少なくともこれで、船着き場にぽつんと取り残された幼いライラを思って、気を揉まなくてすむ、とジャクソンは思った。だが、なぜ自分が遠い過去の出来事に気を揉まなければならないのかは、わからなかった。

あわただしく危険だった前日にくらべると、下りの船旅はのどかだった。ただ、水かさを増した川にはがらくたがあふれているので、用心だけはおこたれない。オールド・ボギーの川岸に、二隻のボートが繋いであるといいのだが。だが、ジャクソンのそんな願いは叶わなかった。

「サニエルのやつ、ジェリー・ワトキンズのボートをどうしやがった？」ぶつくさ言った。

「まったくです」とローエル。「あの大バカ野郎のことだから、おおかた、川に流しちまったんじゃないですか。ジェリーのやつ、怒り狂うでしょうね。なにせ、商売道具ですから」

それでも、ジェリー・ワトキンズはボートに保険をかけているだろうが、ライラのほうは疑わしいかぎりだ。どうやって新しいボートを手に入れるつもりだろう？ ジャクソンは頭のなかで預金残高を確認してみた。いざとなったら、おれがなんとかするさ――早々に、彼女のボートが見つからなかったら。彼女があんな場所にひとり取り残されていると思うと、ジャクソンのほうがやりきれない。能力のある女だから、必要とあらば町まで歩いて出かけるだろうが、にしても町までは二〇マイルから、へたをすると三〇マイルくらいある。それに、病気になったり、怪我をしたらどうする？ なにせ自分で木を切る女だ。斧が足に突き刺さったら、と想像するだけで寒気が走った。

ライラはほかのだれよりも早く、だれよりも大切な人になった。二十四時間前は存在さえ知らなかったのに、会って二時間もしないうちにベッドに入り、彼女の腕のなかで、最高にエロチックで刺激的な一夜をすごした。これから何日間かは立たないほど、何度も果てた。だが、彼女が自分を待っていると思った瞬間、下腹部に熱いものがたまった。計算違いもいいところだ。妙なことをしでかさないうちに、急いで頭を仕事に切り換えた。

ワトキンズのトラックは、ボート用のトレーラーともども、シャーロットが停めたとおりの場所にあった。嵐でトラックの上に木が倒れなかったのが、せめてもの救いだった。そんなことになったら、彼女の善行に唾を吐きかけるようなものだ。ジャクソンが周囲を見まわすと、駐車エリアに小枝が散らばっているだけで、これといってめだった被害はなかった。

アルビンが川岸にボートをつけ、ジャクソンはローエルとともに岸に降りた。ローエルがボートを引きあげるためトラックを川岸に寄せているあいだに、ジャクソンはあたりを調べた。昨日は急いでいたので観察する暇がなかったが、いま一度、なにひとつ見逃さない保安官の目で進水路をながめてみた。町から遠く、めったに使われていないわりには、駐車エリアが広い。いや……めったに使われていない？　雑草が生い茂っていないということは、結構な交通量があるってことだ。砂土に残るタイヤ跡を見れば、思っていたよりずっと多くの異なる車両が出入りしているのがわかる。妙な話だ。ジョーは最高の釣り場は川下だと言っていた。

ローエルとアルビンは難なくボートを引きあげた。ふたりはそれぞれ別の車に乗ってきていた。一台は郡の車、もう一台は救助隊から借りたと思われるボートを牽引するトラックだ。とすると、昨日の午後以降ここへ来た車は五台——ジャクソン本人の車、サニエル、シャーロット・ワトキンズ、それに今日の二台。深い轍以外は雨で消えているが、少なくとも、あと三台分の轍は見てとれる。

さて、問題はここからだ。どうして大勢の人間が、上流に向かうのか？　釣りには不向きだし、ライラの家を越えたら川底が浅くてボートは入れない。ジャクソンは轍の説明となる、論理的な理由を探ってみた。法の執行官として、ドラッグの売人が落ちあっているのではという考えがまっ先に浮かんだが、すぐに頭から追い払った。ここではあけっぴろげすぎるからだ。オールド・ボギー・ロードは世界一渋滞する道路ではないものの、ときおり思いついたように車が通る。折しも、そんな思いを裏づけるように、農夫がピックアップ・トラックで通りかかり、ようすをうかがうように首を伸ばした。

やはり、ドラッグの売人ならもっと人目につかない場所を選ぶはずだ。だとしたら……だれが、なんのためにここへくるのか？

ジャクソンは大股でふたりの保安官助手に近づいた。「この進水路はかなり利用されてるようだな？」

「まあまあです」ローエルが答えた。

「なぜだ？」

ふたりともポカンと口を開けた。「なぜか、ですか？」アルビンが訊き返した。

「ああ。なんでそんなに利用者がいる？　この川のことをよく知らずに釣りをしにくるやつぐらいのはずだ」

驚いたことに、保安官助手は揃いもそろって、居心地悪そうにもじもじしだした。ローレルが咳払いをした。「ライラのうちを訪ねてるんじゃないですかね」

「ミス・ジョーンズのことか？」ほかにライラがいないのを確かめたくて尋ねた。

ローエルはうなずいた。

ジャクソンは周囲にざっと目をやった。「タイヤの跡から言って、相当の数だぞ」途切れのない人の流れが、上流に一軒だけ建つライラの小さな家に向かうさまを想像しようとしたが、できなかった。

「ですね」ローエルは同意した。「大勢の女が彼女のとこへ行ってます」咳払いをして続ける。「それに――たぶん、なかには男もいるでしょうね」

「なぜ彼女のところへ？」たくさんの好ましくない理由が頭をよぎった。マリファナか？人里離れた場所ではあるが、ライラが大麻を栽培しているとは思えない。その選択肢は真剣に考慮する気になれなかった。それにむかしならいざ知らず、女たちも、もう中絶のために僻地《へきち》に住む女のもとを訪ねたりしない。だから、これもない。だいたい、保安官助手たちが知っていて放置しているのだから、なんにしろ、上流で行なわれているのは法律に反することではないはずだ。唯一思いついたありそうな理由は、ばかばかしすぎて、信じられなかった。

「彼女が魔女だなんて言うなよ！」一隻、また一隻とボートが川をさかのぼる。呪文を唱えてもらい、魔法の薬を手に入れるため。ライラは魔術など知らない、魔法をかけたことなどないと言っていたが、ジャクソンは仕事柄、人が始終嘘をつくのを知っていた。日々、連続嘘つき魔に会っていると言ってもいいくらいだ。

「そんなんじゃありません」アルビンが急いで口をはさんだ。「彼女はむかしながらの治療師なんです。ほら、湿布剤やなんかをつくる」

湿布剤やなんか。治療師――そうだよな。あまりにありそうな話で、思いつかなかった自分にあきれた。安堵感が胸に広がった。想像力が暴走しすぎて、胸にむかつきがたまっている。見つけたばかりの女なのだ。あらゆる面で彼の心に触れる、そんな女が、魔術などといったインチキに手を染めているのかと想像して、耐えられなくなった。ライラとの仲がどうなるにしろ、行けるところまで、行ってみるつもりだった。

「治療師で食ってるんです」ローエルが言った。「みんな彼女からハーブなんかを買ってます。地元の連中のなかには、どこが悪いか的確に教えてくれるからって、医者に行くよりまず彼女のとこへ行くやつも大勢いるんですよね」

にんまりしたくて、口元が疼いた。だがジャクソンはそうするかわりに、ボートから防弾チョッキとショットガンを回収した。「さて、サニエル・バルガスをひっつかまえるか。たとえボートが二隻とも戻って、ジェリー・ワトキンズが訴えなくても、あいつの寿命を十年は縮めてやるぞ」

8

サニエル・バルガスはどこにもいなかった。騒ぎが収まるまで身を隠すつもりだ、とジャクソンは思った。だが、いまも続くパイン・フラッツの停電や、嵐の後片づけやらで、郡内にはやらなければならないことがまだかなり残っており、サニエルの追跡に時間や人員を多く割くわけにはいかなかった。

なにより、上流にあるライラの家に戻りたかったが、案のじょう、無理だった。嵐の被害に加えて、ブルームーンの大騒動がまだ尾を引いていた。その日、交通裁判所では、動転したある女が裁判官を人質にとってスピード違反切符の支払いを逃れようとする事件が起きた。まともな頭の持ち主なら、五〇ドルの罰金のかわりに重罪の告発を受けるわけがない。この騒ぎを収めるため、ジャクソンはほかで使うべき五、六時間を費やさねばならなかった。

真夜中に帰宅したときは疲れと不満を抱え、性欲に悶々としていた。ライラがほしかった。彼女と、その自然なまともさ、そして騒々しかった日中とは対照的な、彼女の家の静けさを必要としていた。知り合ってまだ間がないから、一夜かぎりのつきあいでないとは言いきれなかった。たがいに惹かれあったのは確かだが、なりゆきによるところも大きい。だが、ジャクソンは彼女にとってはじめてにして、唯一の男。ライラは一夜かぎりのお遊びを楽しむような女じゃない。愛の行為がなにかしらの意味を持つ女だ。それは彼にとっても同じで、これまでのセックスとは違う、やはりなにかしらの意味を持っていた。

ライラは特別だった。正直で、ウイットに富み、気骨があり、彼をおもしろがらせる辛辣なところがあった。それに、恐ろしくセクシーでもある。よく日焼けして、薄い筋肉のついた女らしい体。雲のような巻き毛は、あたしに触れて、と誘っているみたいだ。

ジャクソンが最初の男だったにもかかわらず、なにを求めてもひるまなかった。どんな要求も受け入れ、こちらが嬉々としてすることを同じように喜び、また彼にもお返しをした。あれほどまでに純粋な喜びが色褪《あ》せることなど、とても想像できない。

いまのいままで、自宅に違和感を覚えたことはなかった。かなり古い家で、天井は高く、配管にはガタがきているが、メインのバスルームとめったに使わない台所は、まるごと改修してあった。そのときは、やって正解だと思った。ベッドは自分の体格に合わせた大型。そう、ライラのベッドは丈も幅も寸足らずだった。おかげで昨晩は上下に重なって眠らなければならなかった——その見返りを思えば、たいした苦痛ではなかったけれど。自分が上になっていないときは、手足を無造作に投げだす彼女の体を載せておけた。

それが、いまは自分の家がやけに……からっぽに感じる。それに、うるさい。冷蔵庫や温水器がこんなに雑音を出しているとは、思ってもみなかった。空調設備の音で、夜に響くコオロギの鳴き声や、ときおり鳴く鳥の声がかき消されていた。

ライラがほしい。

しかたがないので、水のシャワーを浴び、大きくて冷たくて、からっぽのベッドにもぐりこんで、眠れぬまま横になった。筋肉が痛み、目は疲れて熱っぽい。そして、ライラの体に押し入ったときの、肉が焼け、電流が走るような最初の瞬間を思った。それだけで、衝撃に呻き声がもれたので、セックスのことは考えないことにした。ところが、今度は彼女の乳房がまぶたの裏に浮かんだ。しゃぶりつくと、口のなかでツンと尖った乳首。組み敷くと、甘い声をもらしてもがいた。

クーラーをつけているのに、全身にうっすらと汗が噴きだした。そんな自分に毒づきながら起きだし、もう一度冷たいシャワーを浴びた。二時ごろ、ようやく眠りについたものの、性欲をかき立てられる夢で目を覚まし、前よりももっとライラを欲し、必要としていた。

午前八時二十一分、川に浮かんでいたサニエル・バルガスの遺体が見つかった。ジーンズのポケットから、噛み煙草とともに財布が出てきたので、身元はすぐにわかった。財布がなければ、サニエルの母親は息子の特定に窮していたろう。ショットガンで顔をやられていたからだ。

「死んでから、たいしてたってないな」検死官は言った。彼はジャクソンの隣で、遺体がくるまれ、死体運搬車に乗せられるのを見ていた。「カメや魚にあまり食い荒らされていないからね。川の流れが速いんで、沈まずにいたんだろう。腕に絡まってた枝が浮きの役目を果たしたんじゃないかな」

「死んでどれくらいだ？」

「おおよそだぞ、ジャクソン。そうだな……十二時間前後。割りだしがむずかしいんだよ、水に浸かってると。だが最後に目撃されたのが一昨日の夜だから、半日以上ってことはないだろうよ」

ジャクソンは川を見つめた。今回の事件を通して考えると、吐き気で内臓が紙吹雪のようにずたずたになった。ライラがサニエルを見すえて「あなた、死ぬわよ」と言った場面は、はっきりと憶えている。そう告げる彼女の声は抑揚がなく醒めていて、怒鳴りつけるよりもよほど冷淡だった。そしていま、サニエルが死体で上がった。ショットガンでやられて。ライラはショットガンを持っている。サニエルが昨日か、場合によっては昨夜、彼女の家に舞い戻ったのか？　あれが脅しだとして、ライラはその言葉どおりにしたのか？　最善のシナリオは、ライラが身を守るためにやむをえず発砲したケースだ。サニエルを見た瞬間に発砲したのでも、まだ許される。気に入らないやり方ではあるが、ひとり暮らしの女がまずぶっ放し、考えるのがあと回しになるのはある意味しかたのないことだ。前日に襲ってきた悪党が、今度こそ的《まと》にあてようと、ふたたび現れたとなればなおさらだ。そうした事情を鑑《かんが》みたら、地区検事が起訴するかどうかさえ怪しかった。

しかし、最悪のシナリオとして、ライラが血の海で横たわっている可能性も無視できなかった。怪我どころか、死んでいるかもしれない。その場面を想像すると頭に血が昇り、パニックが全身の血管を駆けめぐった。

「ハル、そのボートを使うぞ！」レスキュー隊の隊長に大声をかけた。そのボートとは、サニエルの遺体を川から回収するのに使ったボートだ。怒鳴ると同時に、大股でボートに歩きだした。

ハルは顔を上げた。その地味な顔にうっすらと驚きの表情を浮かべている。「わかりました、保安官。なにかお手伝いできることはありますか？」

「おれはライラ・ジョーンズの家に向かう。サニエルにまた襲われて、負傷している可能性もある」そして、死んでいる可能性も。だがそんな考えはすぐに頭から追いだした。想像するだに耐えられず、考えたら動けなくなるからだ。

「彼女が負傷していたら、応急処置をして、輸送しなければなりませんね。もう一隻ボートを持ってこさせて、自分もあとを追います」ハルはベルトの無線機をはずし、指示を送った。

レスキュー隊のボートは、速度より安定を重視したつくりになっている。増水して、折れた枝や残骸が下ってくる川を遡行《そこう》するには適しているが、それでも、ジャクソンはその遅さを呪わずにいられなかった。ライラのもとへ駆けつけねばならない。彼女が撃たれていたら、そしてまだ生きていたら、一分一秒の遅れが命取りになる。わかっているだけに、尻に火がつき、やけを起こしかけていた。銃の傷ならよく知っている。即死につながる傷は案外少なく、頭または心臓への一発だけだが、いつもそうなるという保証はなかった。

倒れた彼女がなす術《すべ》もなく血を流し、ゆっくりと命を奪いとられている図は、考えられなかった。考えられないのに、逃れようもなくその図が浮かんできた。経験を通じて記憶に焼きついているからだ。頭のなかでそんな映像がエンドレスでくり返され、どんどん気分が悪くなった。

「助けてくれ、神さま。頼む」気がつくと、祈りの言葉を風に乗せていた。

ライラの家までの道のりは、永遠にも等しかった。オールド・ボギー・ロードの進水路より、ずっと下流からボートを出したのに加えて漂流物をよけねばならず、水中に沈んでいた枝の上で二度、ボートが身震いした。二度めなどエンジンが停まったが、かけなおすと、すぐに息を吹き返した。そのまま停止していたら、川に飛びこんで残りの距離を泳いで向かっただろう。

ようやく、木立に包まれた彼女の家が見えてきた。ジャクソンは心臓をばくばくさせながら、彼女が生きている兆候を探したが、静まりかえった家にはなんの気配もなかった。家にいるならば、船外モーターの音を聞いてポーチに出てくるはずだ。だが、それ以外のどこにいる？ 移動しようにも、彼女にはその手段がなかった。

「ライラ！」叫んだ。「ライラ！」いつしか、ここにいるはずの彼女が、いないことを願っていた。森に散歩でもいい、なんとかここまで治療を受けにきた人のだれかからボートを借りたのでもいい、出かけてさえいてくれたら、どんな理由でもよかった。ひたすら願った。どこかに横たわって死にかけているか、死んでいるせいで、ポーチに出られないとは考えたくなかった。

ボートを船着き場に向け、ロープを支柱に縛った。「ライラ！」

ブーツを響かせて、船着き場を駆け抜けた。二日前とそっくり同じだが、この地獄にくらべたら、二日前のアドレナリンの放出などかわいいものだ。いまにも体が爆発しそうだった。

ポーチに跳びのり、ステップをまたぎ越す。見たところ、家の表側は無傷だった。力まかせに網戸を開け、ドアのノブをまわした。鍵のかかっていないドアが内側に開いた。涼しくて薄暗い室内に踏みこむなり、顎を上げて空気を嗅いだ。以前と同じ、心地よくて、人を迎え入れてくれるようなにおいがする。かすかに残るパンの香りは、昨晩の夕食の名残りだろう。窓は開き、素朴な白いカーテンが朝のそよ風に揺れている。不吉な気配を漂わせる死のにおいはたちこめておらず、金属を思わせる、べたっとした血のにおいも感じとれなかった。

ライラはいない。わかっていながら、四部屋すべてを確認した。どこにも乱れは感じられなかった。

続いて外に出た。暴力行為の跡がないかどうか、家の周囲を歩いた。なにもなかった。ニワトリは満足げにコッコッと鳴きながら虫をついばみ、鳥たちはさえずっている。ポーチの下からよたよたと出てきたエレノアは、まだ赤ん坊を腹に入れたまま、重たそうだ。立ち止まってエレノアの頭をなで、なにひとつ見逃すまいと頭をめぐらせた。「彼女はどこだい、エレノア?」ささやきかけると、猫は喉を鳴らして手に頭を押しつけてきた。

「ライラ!」声を張りあげた。その声に恐れをなし、エレノアはポーチの下に戻った。

「いま行くわ」

家の裏手から、かすかに声が聞こえた。ジャクソンは勢いよく声のほうを向き、木立に目を凝らした。鬱蒼として、ほとんど先が見えない。彼女の声に違いないのに、その姿は見えなかった。

「どこだ?」声をかけながら、急いで裏手にまわった。

「もうすぐよ」二秒後、木立からバスケットを手にした彼女が現れた。ショットガンも一緒だ。「モーターの音が聞こえたんだけど」ジャクソンは、しゃべる彼女に手を伸ばした。「ちょっと離れたところにいたし——うーん」

残りは聞けなかった。ジャクソンの唇が襲いかかったからだ。彼はライラを抱きすくめた。どんなに強く抱いても、抱き足りなかった。彼女の体を自分の体に張りつけて、一生くっつけておきたかった。ライラが無事だった。生きて、傷ついていない肉体が、腕のなかで温かく脈打っている。やわらかな巻き毛が風にあおられ、彼の顔にかかった。鼻腔をひくつかせると、みずみずしくて、やさしい、女のにおいがした。キスに応える唇も、同じ味がする。バスケットと、ショットガンが地面に落ちる音がして、彼女の腕が巻きついてきた。ぎゅっと彼にしがみついた。

絶望的なまでの恐怖心と、安堵とで、欲望が炎となって燃えあがった。彼女のシャツを引きちぎり、ジーンズとパンティを引きずりおろすと、抱きあげて衣類の輪のなかから引きだした。

「ジャクソン?」頭をうしろに倒し、軽く声を喘がせている。「なかに入りま――」

「待てない」猛々しい声で言うと、彼女を持ちあげて木の幹に押しつけた。バランスを取ろうとおのずと持ちあがった彼女の脚が、腰に巻きついてくる。ジャクソンは乱暴にズボンの前を開け、自分のものを取りだして、股間に突き立てた。そこは熱く湿り、きつく締まっていた。閉じた襞《ひだ》に守られ、まだ迎え入れる準備ができていない。彼女が息を呑む声が聞こえたが、もう止められなかった。いったん腰を引いてから、もう一度突き立て、今度は根本まで沈めた。五度めにはクライマックスを迎え、体を波打たせながら、永遠とも思えるほど長く精をほとばしらせた。しまいには頭がふらつき、目の前がぼやけて暗くなった。それでも爆発したような感覚に襲われて、痙攣《けいれん》が収まるにはさらに長い時間がかかった。ぐったりと体をあずけ、彼女を木に押しつける。両脚は震え、肺はのたうっていた。「きみを愛してる」つぶやく自分の声が聞こえた。「どんなに怖かったか」

ライラは彼の頭を抱き、なだめるようになでた。「ジャクソン、どうしたの? なにがあったの?」

ジャクソンは、自分の発言のショックを引きずって、口がきけなかった。考える間もなく、愛しているという言葉が噴きこぼれた。つぎつぎと女の子に恋をしていたハイスクール時代を最後に、だれにも言ったことのない台詞《せりふ》だった。

だが、本心だ。それに気づいたとき、そんなことを言ったのと同じくらい、ショックだった。ライラを愛している。このおれが、ジャクソン・ブラディが、女に惚れた。だが、そんな自分に折りあいをつけるには、出会ってからの時間が短すぎ、やがてはそれぞれがたがいの人生の一部になるのだとはまだ考えられなかった。こんなに短期間に愛せるわけがないと理性は言い、理性なんてクソ食らえだ、と心は主張した。おまえは彼女に惚れている。

「ジャクソン？」

彼は感情の危機を避けて、保安官に戻ろうとした。ある男が殺されたからここへ来たのに、途中のどこかでそれを忘れ、事件の中心にいる女に目を奪われた。だがペニスはまだ彼女のなかにあり、強烈なオーガズムの余韻に目がくらんでいる。いまはさらに体をあずけ、彼女を木の幹に押しつけることしかできなかった。鳥たちのさえずりと、虫の鳴き声、川のせせらぎが聞こえる。明るい朝の陽射しが、厚く茂った葉の天蓋を通して、ふたりの肌をまだらに染めていた。

「悪かった」声を絞りだした。「痛かったろう？」まだ準備ができていない彼女を、乱暴に奪ってしまった。

「最初はね」びっくりするほど平穏な声。「でも、あとはあたしも楽しんだわ」

ジャクソンは鼻を鳴らした。「いや、そんなはずない。おれは五秒しかもたなかった」男が全権を握っていて、まだ保安官が戻ってこない。

「あなたの歓びを楽しんだのよ」と、彼の首に唇を寄せる。「と言うか……ぞくぞくしたわ」

「おれは死ぬほど怖かった」言葉を飾らずに打ち明けた。

「怖かったって、なにが？」

遅まきながら、ようやく保安官の部分が頭をもたげた。だが、いまの格好では質問することも、サニエルについて話すこともできない。そっとペニスを引きだし、尻に巻きつけていた脚をほどく彼女を支えながら、体を起こした。ライラはふたたび二本足で地面に立った。

「急いだほうがいい」彼女の衣類を拾って手渡し、自分のズボンを引きあげると、すべてを元どおりにしまった。「レスキュー隊が間もなく到着する」

「レスキュー隊？」ライラは眉をそびやかせて、問い返した。

彼女の身繕いが終わるのを待った。「きみが怪我をしているかもしれないと思った」

「なんであたしが？」いまだ、狐につままれたような顔をしている。

男としてのジャクソンは、彼女に尋問なんてしたくなかった。だが保安官ならば尋ねなければならず、それができないなら即、辞表を出すしかない。「今朝、サニエル・バルガスの死体が上がった」

ライラは静けさに包まれた。目はジャクソンに向けていたが、自分の内側をのぞきこんでいるようだった。「彼が死ぬのはわかってたわ」長い沈黙の末、言った。

「ただの死じゃない」ジャクソンは訂正した。「殺されたんだ。ショットガンで顔をやられていた」

どこかをさまよっていた彼女が戻ってきて、緑の瞳でジャクソンを串刺しにした。「あたしを疑っているのね」

9

「おれは怖かった。やつが舞い戻って撃ちあいになり、きみが死んでいるか、死にかけているんじゃないかと思った」さっきの動揺ぶりを思うと、驚くほど醒めた口調だった。

ライラは首を振った。「サニエルを最後に見たのは一昨日よ。でも、証明はできないわ」

「ライラ」彼女の肩をつかみ、軽く揺さぶって注意を引いた。「おれが殺人罪できみを逮捕すると思っているのか？　仮にきみが殺《や》ったとしても、その前の事情を考慮したら、起訴に持ちこむ地区検事など、少なくともこの地区にはいないはずだ。だが、おれはきみが人を殺せるとは思っていない。たとえ、相手が、役立たずのゴロツキでしかないサニエルだとしても、だ。きみが殺していないと言うなら、おれは信じる」ふたたび、男としてのジャクソンが口をきいていた。保安官が前に出ようともがくが、もうそんな理由はないはずだった。ライラにたいしては、二度と保安官を派遣するものか。

彼を見つめるライラの目に、驚嘆の表情が浮かびあがった。ジャクソンが口走った愛しているという言葉を、その時点では信じていなかったのが、一瞬にしてわかった。信じろというほうがどだい無理だ。男は情熱に駆られてのべつまくなしに愛を口にする。加えて、ふたりが知り合ってまだ二日しかたっていない。彼女が愛の告白になにも応えてくれていないのは痛いほど意識していたが、焦る必要はなかった。

「だが、ひとつだけ、どうしても気になることがある。きみは一昨日やつを見て、死ぬわよ、と言い、やつをその場で縮みあがらせた」彼女に答えを強いる質問の形はとらなかった。彼女の思うとおりに、返答してもらいたかったからだ。

意外にもライラは青ざめ、顔をそむけて、川を見つめた。「ただ――わかったの」ようやく出てきた声は、苦しげだった。

「わかった?」

「ジャクソン、あたし――」半分背を向け、ふたたび彼のほうを向くと、なす術がない、とでも言うように両手を上げた。「どう説明したらいいか、わからないわ」

「英語にしてくれ。頼みたいのは、それだけだ」

「あたしにはものごとが見えるの。パッと閃くのよ」

「閃く?」

彼女はもう一度、困ったように両手を上げた。「厳密に言うと、幻視ではないわ。なにかが見えるわけじゃないから。ただ、わかるの。ずっと強いけど、直感みたいなもの」

「サニエルについても、その閃きがあったって言うのか？」

ライラはうなずいた。「ポーチに出て、彼を見た瞬間、死ぬのがわかった。殺されるとは思わなかったけれど、ただ……この世から消えるのはわかったわ」

ジャクソンは首のうしろをなでた。遠くに、モーターの低い轟音が聞こえた。レスキュー隊が迫っている。

「はずれたことないの」そう言う彼女は、少し申し訳なさそうだった。

「その話はだれも知らない」気持ちと同じように、声も沈んだ。「おれ以外には」

彼女はうつむき、ジャクソンが見ると、下唇を噛んでいた。彼が板ばさみになっているのを察しているのだ。と、顔を上げて、肩を怒らせた。「あなたには保安官って仕事がある。このことを黙ってるわけにはいかないでしょう？　保安官の職務をまっとうして」

まだ彼女への愛を自覚していなかったとしても、その瞬間には悟ったはずだ。同時に、あることに気づいた。「サニエルがきみを魔女扱いしたのは、その閃きのせいなのか？」

ライラは淋しげに微笑んだ。「小さいころは隠すのが下手だったから、うっかりしゃべっちゃったのよね」

「やつは、びびったろ？　それに、きみのところへ治療を受けにくる人たち――その人たちの悪いところも、閃きでわかるのか？」

「まさか」驚いたように言うと、頬を赤らめた。「ほかにもあるのよ」

赤く染まった頬にそそられもし、警戒もした。「ほかにもって、どんな？」

「きっと、あたしのこと、異常者だと思うわ」肩を落としている。

「たとえそうだとしても、セクシーな異常者さ。話してくれ」保安官が少しだけ戻ってきて、声に静かな権威がにじんだ。

「オーラが見えるの。ほら、あらゆる人を包んでいる色のこと。あたしはどの色がどんな意味を持つか知ってるし、病気の人の場合は、どこをどう治したらいいかわかる。あたしで手に負えることもあれば、お医者さんに診せなければならないこともあるわ」

オーラときたか。ジャクソンはへたりこみたかった。ニューエイジ志向の超常現象については よく知っているが、彼にとってはそれだけのものだ。色のついた後光を見たことはないし、そんなものが存在するという証拠にも、お目にかかったことがなかった。

「オーラについては、だれにも話したことがない」彼女の声が震えている。「みんなはただ、あたしが……母と同じ、治療師だと思ってるわ。母にもオーラが見えたの。小さいころ、色の意味を話して聞かせてくれたのを、憶えてる。あたしはそうやって、色について学んだの」彼女はチラッと川を見やり、目を潤ませた。ボートが視界に入ってきた。「あなたは最高に美しいオーラの持ち主よ」そうささやく。「清潔で、豊かで、すこやかなの。それを見たとたん、あたしはあなたが――」

ライラはふっつりと口を閉ざし、彼も追及しなかった。レスキュー隊のボートが船着き場に着き、ふたりの男が降りてきた。ひとりは、万が一レスキュー隊を派遣する必要があった場合に備えて乗りこんできた、隊長のハル、もうひとりは痩せた長身の男だった。彼が救命士なのはジャクソンも知っていたが、名前までは知らなかった。

だが、ライラは知っていた。ジャクソンのそばを離れると、木立から出て手を振った。

ハルと救命士も手を振り返した。「無事でよかった」船着き場からこちらに向かいながら、ハルが声を張りあげた。

「元気よ、ありがとう。でも、サニエルはここへは来なかったわ」

「ああ、わかってる」ハルは、ライラからジャクソンに目を転じた。「ひと足違いでした、保安官。まだ信じられませんよ」

「信じられないって、なにがだ？」

「保安官のボートが見えなくなった直後に、ジェリー・ワトキンズが現れたんです。自分たちはボートを川に入れるとこだったんですが、ジェリーのやつ、一週間どんちゃん騒ぎした直後みたいなひどい顔をしてましてね。運搬車のなかの遺体収容袋を見るなり緊張の糸が切れて、赤ん坊みたく泣きだしたんです。サニエルを殺したのは、ジェリーだったんですよ、保安官。なんでも、ボートのことでなじったら、サニエルのやつ、引き際ってものを知らない大バカ野郎なものだから、あんなクソボート沈めてやった、って悪態をついたらしい。悪いな、ライラ、汚い言葉を使って。ジェリーにとっては商売道具のボートをです。それで彼が言うには、頭がプッツンいっちまって、トラックからショットガンを取りだし、サニエルにお見舞いしたって、そういうことでして」

法執行官の仕事を長くやっていると、少々のことでは驚かなくなる。ジャクソンはいまも驚いていなかった。相当ばかげた事件が起きただけ。満月が欠けはじめても、数日間はおかしな事件が続くものだ。ただ、大ボカをやった気分ではあった。ジェリーを疑ってしかるべきだった。ジェリーがボートを大切にしていたのは、みんなが知っている。それなのに、ライラを思うあまり、それ以外のことが見えなくなっていた。

「ジェリーはその場に坐りこみ、両手を頭にやって、逮捕されるのを待ってました。たぶん、そんな場面をテレビででも観たんでしょう」ハルは報告を締めくくった。

これで一件落着。サニエル殺害事件は、本物の謎になる前に解決した。だが、ひとつだけ、小さな棘《とげ》のように引っかかるものがあった。ジャクソンは救命士に目をやった。「サニエルがここで撃ちあって殺されたわけじゃないのがわかったんなら、ライラの無事もわかったはずだ。それなのに、なぜきみまで来た？」

「彼はあたしに会いにきたのよ」ライラが答えた。いやいやをしている。「あたしには助けてあげられないわ、コーリー。胆石だから、お医者さんに診てもらって」

「いや、ちょっと待てよ、ライラ。まだ症状も話してないんだぞ！」

「話さなくていいの。見ただけで、わかるんだから。食事のたびに、ひどく痛むんでしょう？　心臓の病気を心配してたんじゃない？」

コーリーはしかめっ面になった。「なんでわかるのさ？」

「たんなる直感よ。いいこと、お医者さんに行って。モンゴメリーに腹部専門の優秀なお医者さんがいるから、教えてあげる」

「わかった」憂鬱《ゆううつ》そうだ。「ただの胃潰瘍で、きみから薬がもらえたらいいなと思ってたんだが」

「残念ね。手術しかないわ」

「なんてこった」

「さて、用件がすんだんなら」ハルが声をかけた。「戻るとするか。パイン・フラッツにはまだ仕事が残ってる。すぐに来てもらえますか、保安官？」

「ああ、行くよ」ジャクソンは答えた。ハルがウインクをよこしたところをみると、この年上の男は、彼とライラのあいだになにかあるのを感づいたらしい。じつのところ、郡内じゅうに知れわたっても、ジャクソンはちっともかまわなかった。

ライラとジャクソンは、残るふたりがボートに乗りこみ、川を下っていくのを見送った。まぶしい陽射しに、ジャクソンは目を細めた。「で、オーラだって？」ええい、ままよ。彼女の予知力を信じるなら、オーラだって信じられるはずだ。惚れてるんだろう？　だったら、これまで自分には考えられなかったことでも、受け入れてしまえ。念のために、医者からこっそりコーリーの診断結果を見せてもらうにしても、なぜか、ライラの診断は信じていた。オーラだってじゅうぶんな根拠になりうる。

手にライラの手が伸びてきた。「そう、あなたは美しいオーラの持ち主だって言ったのよ。たぶん、オーラだけでも、そこに現れたものに惹かれて、あなたを愛していたと思う。でも、はじめてあなたに会ったとき、閃きがあったの」

そっと彼女の手を握った。「その閃きは、なんて？」

ライラは真顔になった。「あなたが生涯の恋人になるって」

ジャクソンは軽いめまいを感じた。今朝のストレス過多状態がここへきて極まったのだろうが、はじめて彼女に会ったときも、やはりクラッときた。「閃きがはずれたことないって、さっき言わなかったか？」

「そのとおりよ」ライラはつま先立ちになって、彼にキスした。「一〇〇パーセントの確率なの」

ジャクソンは仕事に戻らなければならなかった。やるべきことが山積みだった。だが、ほかのなにより、いまはライラを抱く必要があった。だから彼女に腕をまわし、ぎゅっと抱きしめて、生涯の恋人のエッセンスを吸いこんだ。幸せすぎて、体がぶっ壊れそうだ。

「いますぐ取りかかろう」ジャクソンは宣言した。「フルコースに、結婚に、子ども」

「フルコースね」ふたり手に手を取ってうちに入った。

Lake of Dreams
夢のほとり

1

男の瞳は宝石のようだった。靄《もや》の奥から、海を思わせる深く鮮やかなアクアマリンの瞳がきらめきを放ち、彼女を見おろしていた。その瞳のせっぱ詰まったきらめきに恐れをなして、彼女は男の腕のなかでもがき、そんな彼女をなだめようと、男が欲望にかすれた声でささやきかける。その手で愛撫をくり返されるうちに、彼女の体にはふたたび歓びが震えとなって走り、伸びあがって応えた。一定のリズムを刻む男の腰が、深いところをえぐる。その裸体には力がみなぎり、汗ばんだ皮膚の下で硬い筋肉がなめらかに動いている。ふたりの裸体は湖から立ちのぼる濃い霧に包まれて見えず、彼女はただ男を感じていた。内にも、外にも。心身ともに完璧に支配されて、二度と逃れられないのがわかる。いくら目を凝《こ》らそうと、じれったさに叫ぼうと、顔は見えない。見えるのは熱を帯びた宝石の瞳だけ。霧を通して前にも見たことがある瞳だけだ――

シーアはハッとして目覚めた。熱病にかかったように震えていた。興奮……そして絶頂の余韻。ぐっしょり汗をかき、息が荒い。鼓動が収まり、呼吸が落ち着くにはしばらく時間がかかった。この夢を見ると体力を奪われ、絞りあげられて、骨抜きにされたような疲れだけが残る。

もみくちゃにされたみたいだ。パニックと興奮とで、考えることもできない。愛の行為の直後のように、股間が脈打っている。もつれたシーツの上で身をよじり、腿を閉じて、なかに残る男の感覚を押しやろうとした。男。名前も顔もないけれど、決まって同じ男だった。

シーアは窓に寄せる淡い早朝の光を見つめた。弱々しく白みがかった光には、まだガラスを貫くほどの力がなかった。時間は確認するまでもない。その夢はいつも日が昇る前の、静かな闇のうちに忍び寄り、夜明けとともに終わる。

ただの夢よ。シーアはなんとか自分を納得させようとした。ただの夢。

しかし、これまでに見た夢とは違っていた。

たぶん同じ種類の夢なのだろうが、夢に含まれるエピソードはそのときどきで違う。この夢――夢の数々――を見るようになって、ひと月ほどになる。最初は妙な夢だとしか思わなかった。あまりの鮮明さに恐怖を覚えたものの、ただの夢でしかなかった。ところが、翌晩もその夢を見た。さらに、翌晩も。以来、欠かさず同じ夢を見るようになり、しまいには眠るのが怖くなった。目覚ましを早めにセットして、なんというか、夢を出し抜こうともしてみたが、うまくいかなかった。目覚ましは鳴った、時間どおりに。だが、中断された眠りを惜しんでぐずつき、いざ、起きようと身がまえたときに、その夢が襲ってきた。目覚めが遠のき、意識の世界から滑り落ちるのがわかった。そして、鮮烈なイメージに満ちた闇の世界に連れ去られた。シーアはあらがった。眠るまいと、踏んばった。だが、負けた。重くなったまぶたが下がり、ふたたび男が現れた……。

　男は激怒していた。自分を避けようとする彼女に腹を立てていた。肩に垂れた黒っぽい長髪。そのひと房ひと房が、怒りにのたうつようだった。瞳は……ああ、あの瞳。夢と同じぐらい鮮明で、青みがかった緑の瞳が、ベッドをおおう雲のような蚊帳《かや》を貫きとおした。彼女はじっと横たわったまま、リネンのシーツの冷ややかさを痛いほど意識している。けだるい熱帯の夜の香り。着ている薄いナイトガウンさえ、うっとうしいほどの暑さ。そしてなによりも、暗い寝室に立ちつくす男と、蚊帳の囲いごしに自分を見つめるその視線を意識した。

　そう、怖かったけれど、同時に誇らしくもあった。こうなるのはわかっていた。そのために男を導き、誘いをかけた。男に魂を売り渡したのだ。男は彼女の敵だった。そして今宵《こよい》、情人になろうとしていた。

男が近づいてきた。優雅で力強いひとつひとつの動きに、戦士として受けてきた訓練の跡がうかがえた。「おまえはおれから逃げようとした」夜の雷鳴のように、男の声が野太く響いた。怒りにあたりの空気が震え、火花が散るのが見えるようだ。「おまえはおれを弄《もてあそ》んだ。おれを牝馬にのしかかる種馬のように、歯止めがきかないほど興奮させた……なのに今度は、おれから隠れようというのか？　絞め殺してやらねばならない」

彼女は肘をついて体を起こした。鼓動が激しく、心臓が肋骨に打ちつける痛みすらあった。気を失いそうなのに、近づいてきた男に反応するあまり、危機感が遠のいている。「怖かったのよ」率直に述べて、男の敵意をそいだ。

男の動きが止まり、瞳が輝きを増す。「困った女だ」男はつぶやいた。「おれもおまえも、困ったものだ」ごつい戦士の手で蚊帳をつかむと、引きちぎって彼女の上半身にかけ、重さのない薄い布のかたまりが、それ自体夢のように彼女にかぶさってきた。視界をさえぎられ、男の顔がはっきりとしない。ついに男の手が伸びてきたとき、唇から小さな驚きの悲鳴がもれた。熱くざらつく手が、裸の脚をゆっくりと這《は》いあがり、ナイトガウンの裾を押しのけていく。道を踏みはずす行為ゆえに、男はいっそう燃えあがり、荒々しい欲望のままに、陰の差す太腿のつけ根に視線をそそいだ。

そういうことか。なんの準備もせずに純潔を奪うつもりなのだ。痛みとショックで泣き叫ぶと思っているのなら、吠え面《づら》をかかせてやる。相手は戦士。けれど、勇気ならば彼女にもある。

思ったとおり、男はベッドの端まで彼女を引っぱると、下半身だけをあらわにし、蚊帳をはさんで奪った。そこには怒りと、やさしさがあった。情熱で焼き印をつけ、不足のなさで永遠に彼女を縛りつけた。そして、彼女は最後には泣き叫んだ。勝利はやはり男のものだった。だが、泣き叫んだのは痛みのせいではなく、快感と、満たされた歓び、そしてこれまで知らなかった晴れがましさのせいだった。

これが、はじめて彼から愛されたときのことだ。そのときはじめて、シーアは絶頂感に震えながら目覚め、その甘さ、激しさに、寝乱れたベッドで体を丸め、満たしきれない欲望を抱えてすすり泣いた。そう、これが最初だった。そして、最後にはならなかった。

シーアはベッドを出て窓辺に寄り、そわそわと腕をこすりながら、静まりかえったアパートの中庭をながめた。本格的な夜明け――はつらつとした陽射し――が、いまだ漂う不吉な非現実感を消してくれるのが待ち遠しかった。正気を失いつつあるのだろうか。これが狂気のはじまりで、こうやってじょじょに現実感を蝕《むしば》まれ、そのうち夢とうつつの区別がつかなくなるの？　そう思わずにいられないほど、自分がいまいる場所よりも、夜明けの先駆けとなる夢をリアルに感じていた。仕事にも影響が出ている。集中力が落ちているのだ。勤め人だったら、きっと大問題になっていたわね、とシーアは口元にほろ苦い笑みを浮かべた。

考えられない事態だった。シーアのすべてがあまりに平凡で、あまりに保守的だった。きちんとした両親に、穏やかな家庭生活。愛する兄と弟は——子ども時代の悪さはどこへやら——人好きのする、愉快な男性になった。成長の過程でも、トラウマとなるような事件は起きていない。退屈な学校生活を送り、思春期には、その時期特有の息苦しいほどべったりした友だちづきあいをして、ごく普通の内輪もめや口喧嘩はあった。そして、のどかにすごした湖畔での長い夏の日々。勇ましいシーアの母親は、毎年、夏になるとステーションワゴンに荷物を積み、意気揚々と夏の別荘へ出かけては、ほぼ夏のあいだじゅう、元気すぎる三人の子どもを監督してすごしたものだ。週末には父親も車で家族のもとに駆けつけた。いままでも、シーアの脳裏には、水泳と釣りに明け暮れた暑く長い日々が焼きついている。草むらでブンブンいっていたハチの羽音。鳥のさえずり。夕暮れの空を舞うホタルの輝き。コオロギとカエルの低い鳴き声。カメが水にもぐる水音。そして、木炭の上でジュウジュウいっていたハンバーガーの、唾の湧くような香ばしいにおい。じきに退屈して、うちに帰りたいとぐずったものだ。なのに、また夏がめぐってくると、湖畔に出かけたくてうずうずした。平凡でないものがあるとしたら選んだ職業くらいだが、ペンキ塗りという仕事は気に入っていた。塗装なら屋内外を問わずに引き受けてきた。細部に目配せのきいた仕事ぶりを評価されたのか、最近は壁画の仕事が増えている。彼女に特殊な才能があるのを知った客たちから、壁の変身を頼まれるのだ。そんな壁画にしても、彼女の場合は笑ってしまうほど普通で、謎めいた部分や、苦しげな部分はまったくなかった。それがなぜ、突然、顔のない同じ男が登場する薄気味の悪い夢を、毎日同じ時刻に見るようになったのだろう。

男の名前は夢によって違った。あるときは、ローマ軍の百人隊長の格好をしたマーカスだった。ノルマン人の侵略者、ルックのこともあった。さらにはニールになり、ダンカンになり……登場するたびころころと変わるのに、シーアはすべて憶えていた。彼女のほうも、夢のなかでジュディス、ウィラ、モイラ、アニスなど、彼からさまざまな名前で呼ばれた。彼女はそのどの女でもあり、全員がひとりの女だった。彼のほうも、どんな名前だろうと、同じ人物だった。

彼は夢を通じてシーアのもとに現れ、愛を交わすことで、肉体以上のものを奪った。魂まで浸食して、癒《い》えることのない渇きを植えつけた。そう、彼なしではいられないという感覚を。歓びは魂を揺さぶるほど大きく、感覚はあまりに生々しいので、はじめてそんな夢から目覚めてむせび泣いたときには、股間が彼の子種で濡れているような気がして、恐るおそる手を伸ばしたものだ。もちろん、なにも残ってはいなかった。彼が存在するのは、彼女の心のなかだけだった。

三十歳の誕生日まで、あと一週間足らず。夢に取り憑《つ》いた架空の男ほど、シーアを夢中にさせた現実の男はいない。

仕事に集中できないせいで、仕上げたばかりのカルマン家の壁画は細かい部分に不満が残った。それでもミセス・カルマンは満足してくれているが、本人にはふだんの水準に達していないのがわかる。いいかげん、彼の夢から卒業しなければならない。心理療法士に、いや、精神科医に診てもらったほうがいいのかもしれない。だが、シーアのなかのすべてが、赤の他人に自分の夢を物語るという考えに異を唱えていた。それは、公衆の面前でセックスをするに等しかった。

だが、このまま放置するわけにはいかない。夢は日ごと激しさ、恐ろしさを増し、昨日は車で橋を渡りながら、水への恐怖でパニックを起こしそうになった。水に関するスポーツをこよなく愛し、魚のように泳いできたのに、いまは心の準備をしてからでないと川や湖を見ることさえできない。恐怖心は強まる一方だった。

ここ三日は、湖畔が夢の舞台になっている。シーアの湖——子どものころ、豊かな夏の日々を送ったあの湖だ。男が家族の別荘地にまで乗りこんできたのに気づいたときは、背筋が凍った。夢のなかで男につけまわされ、シーアにもすでにわかっている結末へと、否応なく引きこまれるようだった。

それは、愛される夢がすべてではなかったからだ。ときには、彼に殺されていた。

2

夏の別荘は以前のとおりだったが、時の経過のせいで、驚くほど縮んで見えた。子どもの目を通して見た別荘は、広々として謎めいた場所だった。あたりまえのように楽しさと笑いにあふれた家、長く輝かしい夏のために建てられた家だった。車に坐ってその別荘を見つめるうちに、こうしてここまで来てみると、愛情と安らぎがこみあげてきて、最新の夢で見た場面を目のあたりにしている恐怖が押しのけられるのを感じる。この地に結びつけられているのは、いい思い出だけだ。はじめてキスされたのは十四のとき。サミー某と、シダレヤナギの木陰でだった。その夏のあいだじゅう、サミーに熱を上げていたが、いまは名字さえ思い出せない！　恋愛なんて、そんなものだ。

いまこうして見ると、家は小さく、ペンキを塗りなおす必要があった。シーアは微笑んだ。暇つぶしの雑用には、ことかかないわね。草は膝丈まで茂り、オークの巨木の太い枝から下がるブランコは傾いている。こわごわ湖の方角に目をやると、桟橋も修理してやらなければならないのがわかった。それ以外のことは考えまいとしているのに、桟橋の向こうに広がる青い水面のせいで、額にうっすらと汗がにじむ。せりあがってきた吐き気を急いで呑みくだし、別荘に視線を戻して、玄関ポーチの剝《は》げた塗装に意識を集中した。

昨晩、彼はシーアを殺した。彼女を冷たい湖の水に沈めながら、アクアマリンの瞳に、静かでゾッとするほどよそよそしい表情を浮かべていた。シーアは必死に抵抗したが、鋼《はがね》のような腕につかまれてしだいに力を失い、ついには追いつめられた肺が最後に残された貴重な酸素を吐きだした。かわりに呑みこんだのは、みずからの死だった。

汗にまみれ、がたがた震えながら目覚めた夜明けどき、これ以上こんな状態が続いたら、神経がまいってしまうと悟った。ベッドを出てコーヒーのポットを火にかけ、これからの計画を練りながら、カフェイン過多の数時間をすごした。当面、仕事の予約はないので、時間を捻出するのはたやすかった。かき入れどきの夏に休むなんて、賢明とはいいがたいが、簡単なのは確かだった。両親が起きる時間を見はからって電話をかけ、湖で二週間すごしたいと持ちかけた。思ったとおり、両親は娘がようやく休暇をとる気になったのを喜んでくれた。兄弟とその家族はちょくちょく夏の別荘を利用しているが、シーアはなにかと用事があって、十八を最後に湖を訪れていない。十一年とはずいぶんな年月だが、ずっと生活に追われていた。最初は大学に進学したため、夏のあいだは学費を稼がねばならず、その後何年かは、二、三の退屈な仕事に就《つ》き、おかげで進むべき道を間違えたのに気づいた。

ペンキ塗りが生業《なりわい》になったのは、たまたまだった。勤めを辞めたあと、なんとしても生活費を稼がなければならなかった。自分でも意外なことに、暑さのなかでの重労働にもかかわらず、ペンキ塗りは楽しかった。仕事はしだいに増えた。冬季も屋内での仕事にありつけるものの、夏のあいだはたいてい中毒患者のように夢中で働いてきたので、結果として家族とともに湖畔ですごせなかった。

「でも、あなたのお誕生日はどうするの?」シーアの母親は尋ねた。きたるべきイベントを急に思い出したらしい。「こっちに帰らないつもりなの?」

シーアは言葉に詰まった。彼女の家族は誕生日を大々的に祝う。兄と弟が結婚したいま、その妻子までを加えると、だれかの誕生日を祝わない月はひと月としてない。「どうしようかな」沈黙の末、言った。「わたしね、疲れてるのよ、お母さん。どうしても休息が必要なの」だから湖に出かけるわけではないけれど、あながち嘘でもない。よく眠れなくなって、まもなくひと月になろうとしている。疲れが重くのしかかっていた。「誕生パーティーを遅らせるっていうのはどうかな?」

「そうね、それでもいいけど」母の声は迷っている。「リーとジェーソンに伝えておかないといけないわね」

「まあね。パーティーじゃない日に大騒ぎされても困るから」シーアはさらりと言った。

「ふたりがわたし宛に大量の鶏糞《けいふん》を注文してくれてるんなら、二、三日先に延ばしてもらわないと」

母はくすくす笑った。「さすがのあの子たちも、そこまではやらないでしょう?」

「やったら、わたしから二倍返しにされるってわかってるからよ」

「湖で楽しんでらっしゃい、シーア。でも、くれぐれも気をつけてよ。あなたをひとりでやっていいものかどうか、迷ってるんですからね」

「気をつけるわ」シーアは約束した。「まだ食料は残ってる?」

「食品庫にスープの缶詰がいくつかあるでしょうけど、そのくらいね。それと、着いたらチェックインすること。わかったわね?」

〝チェックイン〟とは、シーアの父親が言うところの、〝行方不明者の届けを出される前に受話器を取って母親に自分の無事を伝えること〟を示す暗号である。ふだんは子どもの人生に口出しをしないミセス・マーローだが、家族はみな、そんな彼女が〝チェックイン〟と言うときは少し神経質になっているのを知っていた。

「食料品店に着いたら、すぐに電話するわ」

シーアは約束どおり、別荘にいる間の物資の調達先である小さな食料品店に到着すると、すぐに電話をかけた。そしていまは別荘の前に停めた車の運転席に坐って、湖の近さに凍りつき、後部座席の生鮮食品がゆっくりと腐敗に向かうにまかせている。

シーアはあえて深呼吸して、恐怖と向きあった。湖を見られないのなら、それはそれでいい。目をそむけたまま、車から荷物を降ろすまでのことだ。

玄関の網戸を開けると、ギイッと鳴った。聞き慣れた音のおかげで、顔のこわばりがゆるむ。表側はすべてスクリーン張りのポーチになっており、子どものころは木製の安楽椅子に、枝編み細工の椅子、芝生用の椅子と、異なる種類の椅子があちこちに置いてあった。母は何時間となくそのポーチで縫い物や読書をしながら、湖ではしゃぐ子どもたちを見守ったものだ。いまはそのポーチががらんとしている。安楽椅子と枝編み細工の椅子はとうになくなり、芝生用の椅子は裏の物置にしまったと母から聞かされている。それを出したものかどうか、シーアにはわからなかった。できることなら、湖は見ずにすませたい。

だめよ、それじゃ。ここへ来たのは、夢によって引き起こされた恐怖と対決するため。そのためには、必要とあらば、何時間だって湖面を見つめなければならない。夜中の狂気のために、今後一生、喜びを奪われたままにするつもりはなかった。

玄関のドアの錠を開けると、閉めきった家屋特有の熱気とかび臭さが襲いかかってきた。顔をしかめて突進し、窓という窓を開けて、新鮮な空気を招き入れた。食料品を運び入れ、生鮮食品を冷蔵庫に収めるころには、そよ風のおかげですがすがしさが戻りつつあった。いつもの習慣で、むかし使っていた寝室に衣類を運びかけたが、ドアを開けたとたんに足が止まった。シーアの古い鉄製のベッドはなくなり、かわりに揃いのシングルベッドがふたつ置いてあった。記憶にあるより、ずっとせまい。軽く眉をひそめて、室内を見まわした。むきだしの木の床は当時のままだけれど、壁の色は変わり、窓には少女のころ好きだった襞《ひだ》の入ったカーテンのかわりに、ブラインドがかかっていた。

兄と弟の寝室には前からシングルベッドがツインで——実際は三つだが——入っていた。確認のためにのぞくと、やはりシングルベッドだったが、数はふたつに減っていた。シーアは溜息をついた。むかしと同じ部屋で眠りたいのは山々だが、ダブルベッドがあるのは両親の寝室だけらしく、いまは快適さのほうが重要だ。アパートではクイーンサイズのベッドを使っている。

クマの家に迷いこんだ童話の少女になった気分で、三つめの寝室の扉を開け、声をあげて笑った。思ったとおり、そこには希望どおりのベッドがあった。ダブルベッドどころか、部屋を占領するほど大きいキングサイズのベッドで、両脇にどうにかベッドメイクできるだけの空間がある。残りのスペースは幅広のドレッサーでほぼ埋められていた。この部屋に入ったら、つま先をぶつけないように気をつけなければならないが、快適な眠りは保証されている。

クローゼットに衣類をかけていると、網戸の開く音がはっきりと聞こえた。続いてポーチに重い足音が響き、開いたままの正面のドア枠をノックする音がふたつした。シーアはギョッとして、その場に立ちつくした。恐怖に胸を締めつけられる。訪ねてくる人など、想像できない。これまで、この別荘にいて怖いと思ったことはなかった。犯罪発生率は限りなくゼロに近い。だが、急に怖じ気づいた。浮浪者が車から荷物を降ろすのを見ていて、シーアがひとりなのに気づいたとしたら？　もうチェックインして、母に無事着いたと伝えたから、シーアから一週間ほど連絡がなくとも、不審に思う人はいない。母には二週間ほど滞在すると言ってある。殺されようと、誘拐されようと、シーアの行方不明にだれかが気づくまでには最低でも二週間かかるということだ。

もちろん湖畔には、ほかにも家があるが、目の届く範囲にはなかった。いちばん近い貸別荘でさえ半マイルほど離れており、湖に突きでた岬にはばまれて、ここからは見えない。記憶によると、彼女が十四のとき、サミー某の家族は夏のあいだその別荘を借りていた。だがいまの借り主はわからず、だれかが借りる手間を惜しんで黙って入りこんでいる可能性もあった。

車やボートの音はしなかったから、ポーチにいる人物は徒歩でやってきたのだろう。無理なく歩いてこられる範囲にあるのは、貸別荘だけだ。つまり、相手は毎夏会っていた常連ではなく、見ず知らずの男ということになる。

なにを勝手に想像しているの？　だが、そう自分を諫《いさ》めたところで、荒くなった息は鎮まらず、心臓は激しく鼓動していた。いまできるのは、寝室に立ちつくすことだけ。近づいてくる敵に怯《おび》えて、身をすくませている小動物のようなものだ。

玄関のドアは開きっぱなしだった。そこにもう一枚網戸があるが、留め金はかけていない。男がだれにしろ、押しとどめるものはないから、ただ歩いて入ってくればよかった。侵入者が危険な人物だとしたら、シーアは罠にかかったも同然だ。武器になりそうなのは包丁ぐらいなのに、相手に見られずにキッチンまで行くことはできない。苦しまぎれに窓を見た。物音に気づかれずに窓を開け、外に出られるかしら？　だが、別荘内は静まりかえっていて、そう簡単にいくとは思えなかった。

ふたたび二度、重いノックの音がした。少なくとも、男がまだポーチにいるのは確かだった。

頭がおかしくなったの？　相手が男性だと思いこむなんて。足音が重かったから？　それだけなら、体格のいい女性の可能性もある。

いいえ、あれは男に違いない。シーアには確信があった。ノックの音にも、男らしさが感じられた。女のやわらかな手では、あんな音はたてられない。

「こんにちは。お留守ですか？」

室内に野太い声が響くのを聞いて、シーアは体の芯から震えあがった。まぎれもない男の声。聞いたことがないのは確かなのに、なぜか、妙に懐かしかった。

しっかりなさい。いったい、どうしたのよ？　ポーチの男に危害を加えるつもりがあるとしたら、こんな寝室で縮こまっていても、いいことはない。だいたい、犯罪者ならずかずか入ってくるはずだから、いまごろはもう家のなかだ。だから、いまいるのは散歩中の最高にすてきな男性で、新たなご近所が到着したのをたまたま目にしただけのこと。ひょっとしたら、シーアの姿さえ見ておらず、車回しの車を見かけただけかもしれない。疑いに凝りかたまり、パニックを起こすなんて、愚の骨頂だ。

とりあえず、恐怖を鎮めるには、理屈をつけるしかなかった。胸を張って呼吸を整えるには相当な覚悟がいり、寝室のドアに向かって歩きだすにはさらにひと苦労いった。まだ相手が見えてもいないのに、いま一度立ち止まって、勇気を奮い立たせる。そうして寝室からリビングに踏みだすと、ポーチの男が見える位置へと進んだ。

開いたドアに目をやったとたん、心臓が止まりそうになった。明るい陽射しを背にして立つ男の顔は見えないものの、大柄なのはわかる。どう見ても六フィート三インチはある。肩幅はドア枠と同じくらい。その肩が——これはあくまでシーアの想像でしかないけれど——どことなく緊張しているようだった。警戒しながら、同時に脅しているような気配がある。

それ以上、一歩も近づけなかった。もし男が動いて網戸を開けたら、キッチンにある裏口へ逃げるしかない。背後の寝室からハンドバッグを持ちだす余裕はないだろうが、車のキーはジーンズのポケットに入っている。男につかまらないうちに車に飛びこんでロックをかけ、逃げだして助けを求めればいい。

シーアは咳払いした。「あの」声を絞りだした。「なにか?」努力したにもかかわらず、小さなかすれ声しか出なかった。われながらたじろぐほど……誘っているような声だった。怯えて聞こえるのも困りものだが、どちらにしろ、いいことだとは思えない。恐怖と誘いのどちらが、危険人物をより惹きつけるだろう?

なにを考えてるの! 自分を叱りつけた。来訪者は、まだそんな妄想を裏づけるようなことを、なにも言っていないし、していない。

「リチャード・チャンスです」彼は名乗った。深みのある声がまたもや皮膚に刺さり、体の芯に響いた。「夏のあいだ、隣の家を借りてます。玄関先に車が見えたもんだから、立ち寄って、挨拶しておこうと思いまして」

安堵は恐怖と同じくらい人間を骨抜きにする。筋肉がゆるんで、シーアはへたりこみそうになった。震える手を壁にやって、体を支えた。

「はじめまして。シーア・マーローです」

「シーア」彼はつぶやいた。彼女の名を味わうような口ぶりには、どことなく官能的なところがあった。「はじめまして、シーア・マーロー。まだ荷物が片づいていないだろうから、長居はしませんが、また、明日にでも」

彼がまわれ右をすると、シーアは急いで一歩ドアの方向に踏みだし、さらにもう一歩進んで、彼がスクリーンのドアを開けるころには、戸口まで来ていた。「なぜ、わたしが荷物を片づけ終わっていないのがわかったんですか?」うっかり口を滑らせ、ふたたび体をこわばらせた。

彼は立ち止まっただけで、振り返らなかった。「おれは昼前に散歩に出ることにしてます。今朝、ここにはきみの車がなくて、ついさっき車のボンネットに触れてみたら、まだぬくもりが残っていた。ってことは、着いて間がない。無理のない推理です」

たしかに。無理のない自然な推理だ。だとしても、なぜボンネットに触れてまだ温かみがあるのを確かめたのか。疑いが喉に詰まって、黙りとおすしかなかった。

そのとき、彼がゆっくりと振り返った。明るい陽射しが艶《つや》のある黒髪に照り返し、ミンクの毛皮のように豊かで美しい髪が、くっきりとした顔だちを際立たせている。スクリーンの細かい編み目をはさんで、ふたりの視線が絡みあった。彼の口元に裏の読めない笑みがじんわりと浮かぶ。「また明日、シーア・マーロー」

シーアはふたたび動きを止めて、歩き去る彼を見送った。顔から血の気が引き、気絶しそうだった。耳の奥がじんじん鳴り、唇の感覚がなくなっている。視界に暗いものが忍び寄ってきたとき、はじめて実際に気絶しかかっているのに気づいた。四つんばいになり、頭を突きだして、めまいが収まるのを待った。

そんな……あれは彼だ！

間違いなかった。夢で顔を見たことはないけれど、彼だとわかった。彼が振り返り、鮮やかなアクアマリンの瞳がきらめきを放ったとき、全身の細胞がそれと認めてぞくぞくした。

リチャード・チャンスは夢のなかの男だった。

3

衝撃が強すぎて、一度は車に荷物まで積んだ。とりあえず安全な、ホワイトプレインズのアパートに逃げ帰りたかった。しかし、結局はショックに震えながらも、食料と衣類を別荘に戻し、むかしからの精神安定剤であるコーヒーに頼った。アパートに帰ってどうなるというの？　問題は夢にあった。そのせいでこんなに怯え、隣人の訪問にパニックを起こし、鮮やかな瞳の色を見るや、夢の男だと決めてかかった。

さあ、現実を確認する時間よ。三杯めのコーヒーのカップを握りしめ、しかと自分に言い聞かせた。つねにあの霧に邪魔されているらしく、これまでマーカスであり、ニールであり、ダンカンである男の顔は見たことがなかった。わかっているのは黒っぽい長髪と、アクアマリンの瞳だけ。そのくせ、彼の体臭や手の感触や、筋肉におおわれた肉体のすみずみ、愛を交わすときの力強さは知っている。かといって、似ているかどうか調べたいから裸になって、とリチャード・チャンスに頼むわけにはいかない。

黒っぽい髪の男は大勢いる。大半がそうだと言ってもいいくらいだ。そして黒っぽい髪の男の多くが、鮮やかな瞳を持っている。リチャード・チャンスに出会ったときに、たまたま瞳の色に関して平常心を失っていただけ。ただの偶然《チャンス》よ。シーアは言葉遊びに顔をしかめ、四杯めのコーヒーをつごうと立ちあがった。

ここにはある目的を持ってやってきた。どれほど悩ましく生々しくとも、夢は夢でしかない。そのせいで、これまで好きだったことが楽しめなくなるのは癪《しやく》にさわる。水への恐怖を植えつけられただけでなく、子ども時代の夏の思い出までが損なわれた。喜びを失うのは、自分自身の核を失うようなもの。そうはさせない。ふたたび水を愛せるようになりたい。いまはまだ湖を見られなくても、ここを立ち去るころには、また湖で泳げるようになってみせる。そう、心に誓った。リチャード・チャンスにたいして愚かな妄想を抱いたくらいで、すごすごと逃げだしてたまるものか。

彼がシーアの名前を味わうように口にしたことには、なんの意味もない。いや、意味はあるけれど、それは夢ではなく、下半身にかかわるなにかだ。シーアは絶世の美女ではないものの、異性に訴える魅力があるのは自覚していた。本人にしたら、豊かな栗色の巻き毛など、永遠に乱れないかっちりした髪型にまとめてしまいたいとやけを起こすほど厄介なものでしかないのに、男にはなぜか受けがいい。瞳はグリーンで、目鼻だちはすっきりと整い、仕事柄、体は引き締まっている。いまあらためて思い返すと、印象に残る宝石のような瞳に浮かんでいた表情は、脅しというより、好奇心だったのがわかる。

面倒なことになる可能性があった。ここへは、新しい隣人とひと夏の火遊びを楽しむためではなく、問題を解決するために来たのだから。たった二週間の軽いつきあいだとしても、恋愛ごとにうつつを抜かす気分ではなかった。どんな誘いにも乗らず、冷たくあしらっていれば、彼のほうもそれと察して、そのうちあきらめるだろう。

「おいで」

振り向くと、男がシダレヤナギの下で手を差し伸べていた。近づきたくなかった。ありとあらゆる本能が逃げろと叫んでいるのに、従うしかなかったのは、男にしか癒せない疼きがあり、飢餓感があったからだ。

「おいで」もう一度誘われたとき、重い足が露に濡れた冷たい草地を歩きだした。白いナイトドレスが脚にまとわりつき、薄い生地の下にある裸体を意識した。ただ、どんなに厚着をしていても、男のそばにいると、身ぐるみはがれて裸にされたように感じる。ひとりで、しかもこの男が待つ外に出てきたのが、そもそもの間違いだった。わかっているのに、あと戻りはできなかった。危険な男だと知りながら、彼のことしか目に入らない。人生の規範だった慎ましさがふいに意味を失い、足の裏に感じる湿った草ほども大切に思えなくなっている。

彼女が近づくと、ふたりは敵《かたき》同士のように向きあった。黙って立ちつくすうちに時間は長く引き延ばされ、その緊張に耐えきれずに叫びだしそうになった。男は何週間もかけて、略奪者のように彼女を追ってきた。そしていまは、その狂いのない本能で、彼女が自分の手のうちに落ちたのを感じとっている。腕に男の手が伸び、その生の息吹きが熱となって伝わってくる。そして、彼女がわれ知らず震えはじめたとき、険しい口元にうっすらと笑みが浮かんだ。「おれがおまえを傷つけると思うか?」おもしろがっているのは明らかだ。

彼女はブルッと震えた。「ええ」男を見あげる。「どんな形にしろ……傷つけるわ」男は容赦なく彼女を引き寄せ、薄衣をまとった体を抱いた。男の肉体から放たれる動物の熱によって、夜気の冷たさが追い散らされる。とっさに胸に手を置き、硬い筋肉の層に息を呑んだ。こんなに硬くて、活力に満ちた人ははじめて――戦士だから。この男は死と破滅と隣りあわせに生きる戦士なのだ。彼を拒みたかった。背を向けたかった。なのに、風に弄ばれる木の葉のように、否応もなく男へと導かれた。

唇が髪に近づいてくる。戦士には不似合いな、やさしいしぐさだった。「おれと横になろう」男はささやいた。「どんな歓びよりも深い、甘い痛みを教えてやる」

シーアは目覚めた。暗い寝室には、いまも彼女自身の悲鳴が漂っていた。奪われた。そう、彼にだ。あおむけに横たわった彼女のナイトガウンは腰までたくしあげられ、立てた膝は開いていた。絶頂の余韻が股間をやわらかにひくつかせている。

顔を両手でおおって、わっと泣きだした。

こんな夢は、悩ましいどころか、屈辱でしかない。夢を奪われただけでなく、肉体までも支配された。シーアの自己像は、たしかな日常性と健全な常識にもとづいている。これまでは自分のことを信頼できる人間だと思ってきたのに、ここへきて急遽修正を迫られている。いちばん忙しい時期に、夢のせいで二週間も休むなんて、信頼できる人間のすることではない。いま起きていることは、常識やそれを理解しようとする努力を超えていた。毎夜、ひとりで眠りながら、激しい絶頂感に襲われるなんて、とても普通とは言えない。

嗚咽《おえつ》を噛み殺し、ぎこちなくベッドを出て、廊下をバスルームに進んだ。シャワーを浴びながら、目に見えない手に触れられた感触を洗い流そうとした。どうにか落ち着きを取り戻すと、体を拭《ふ》いてキッチンでコーヒーを淹れ、それを飲みながら、夜明けの空が晴ればれと明るく輝きだすのをながめた。

キッチンは別荘の裏手なので、窓から湖を見ないですむ。小鳥たちが近くの木の枝から枝へと飛び移り、たがいにさえずりあうのを見るうちに、しだいに緊張がほぐれてきた。いつまでも夢に翻弄《ほんろう》されているわけにはいかない。どんなに悩ましくても、これはただの夢なのだ。理性的に考えれば、夢による実害は水にたいするいわれのない恐怖だけだ。その恐怖になんとか真正面から取り組むために、湖畔の別荘まで来たのだから、それさえ克服できればいい。これほど官能的な夢を見たり、深い快感をもたらすのと同じ男に夢のなかで殺されたりするのは常軌を逸しているにしても、手に負えないわけではない。だいたい、なにが夢の引き金になっているかわかったものではない。ある種の脳内物質や、どこかで観た映画、あるいはその両方の組み合わせかもしれない。きっと、はじまったときと同じように、ある日を境に、ぱったりと見なくなるだろう。

それより、自分で決めた克服期間をすでに一日無駄にしている。着いた直後に湖をちらっと見た以外、頭からいっさい追いだそうとしてきた。

いいこと、セアドラ、とシーアは自分を叱咤《しった》した。いつからそんなに意気地なしになったの？　穴から出て、ここへ来た目的を果たすのよ。

だが無意識のうちに、コーヒーを飲む間におおかた乾いてしまった髪に手櫛《てぐし》を入れ、避けられない試練を先延ばしにしようとしていた。豊かで気まぐれな巻き毛が手に触れ、指のあいだで整っていくのがわかる。きっと、怯えた表情をしているから、ほかに人がいなくてよかった。これから二週間、最低限の身繕いはするとしても、おおむね格好を気にせずにすむ。そんな気ままさが嬉しかった。

景気づけに最後のコーヒーをつぎ、カップを持ってポーチに出た。熱い液体をこぼしたら大変だわ。下を向きながら、口元をゆがめた。これぞ格好の口実。ドアを開けたとき、まっ先に湖を見ないですむ。

顔を伏せたまま表のドアを開けるや、冷たい朝の空気が素足にまとわりついた。シャワーのあと、なにも考えずにまたナイトガウンを着たが、外はまだ陽射しにぬくもっておらず、薄い布一枚では寒すぎた。

さあ、行くわよ。シーアは命綱のようにカップを握りしめ、ポーチの床を這うように、じりじりと視線を上げた。続いて伸びすぎた雑草を視界に収め、軽い傾斜を湖のほうへ進んでいく。あたりがぼんやりとしか見えないよう、わざと視界をせばめた。左手にヤナギ。そして――

広がった枝の下に彼が立っていた。夢で見たとおりの光景だ。

心臓が止まりそうになった。どうしよう。ついに夢が現実となり、目を覚ましている時間にまで幻覚となって立ち現れるようになってしまった。まばたきして幻覚を追いやろうと思ったのに、そんな思いとはうらはらに、彫像のようにじっと立つ男に見入っていた。アクアマリンの瞳が、ふたりのあいだの距離を射抜いて輝きを放った。

やがて彼が動いた。シーアは即座に反応した。瞬時にふたつのことに気づき、どちらにも、別な意味で心をかき乱された。

ひとつは、〝幻覚〟がリチャード・チャンスだったこと。木の下に立っていたのは想像の産物ではなく、血の通った人間だった。

もうひとつ。シーアはそのときになって、前夜、夢の恋人の顔をはじめて見たのに気づいた。男はリチャード・チャンスの顔をしていた。

彼女は動悸をなだめた。知らずしらずのうちに、夢の恋人にリチャード・チャンスの顔を重ねたに決まっている。そうよ、ちょうど同じ日に、よく似た瞳の男に出会って驚いただけよ。少なくとも、夢に関するこの解釈は、理にかなっていた。

朝露に濡れた草地をはさんで目を見交わしていると、険しい彼の口元にゆっくりと笑みが浮かんだ。彼女の心臓をあおろうとしているみたいだ。心臓のためには、彼にはあまり笑ってもらいたくない。

そのとき、リチャード・チャンスが手を差し伸べた。「おいで」

4

シーアの顔から、かすかに残っていた赤みが消えた。「いま、なんと?」ささやいた。

彼には聞こえないはずだった。ふたりのあいだの距離は、ゆうに三〇ヤードはある。だから、彼が発したひと言もかろうじて聞こえる程度だった——ただ、なぜか内と外の両方から発されたように、妙にはっきり聞きとれたが。それなのに、彼の表情は微妙に変化し、警戒の色が強まって、目つきが鋭くなった。口調はやさしかったが、差し伸べられた手までが、急に強引になったようだ。「シーア、おれとおいで」

シーアは震えながら、あとずさった。ドアを閉めるつもりだった。いい機会ではあるけれど、あまりに気味が悪かった。

「逃げないでくれ」彼は小声で続けた。「心配するな、きみを傷つけたりしない」

これまで自分が弱虫だと思ったことはなかった。兄と弟なら、シーアのことを無茶をしすぎて危なっかしいと評するだろう。兄と弟に登れる木には無理にでも登り、ふたりに負けないくらいロープを大きく揺さぶって、湖へ飛びこんできた。いまはリチャード・チャンスの台詞《せりふ》が不気味なほど夢と一致しているのに、肩を怒らせて、ヤナギの木の下で薄い霧に包まれた彼を見つめている。不可思議な偶然にまたもや脅かされつつ、そんな自分に愛想をつかしていた。恐怖に打ち勝つにはそれに立ち向かうのがいちばんだ、と本能が告げている。だから、湖に向かった。だから、ミスター・チャンスを穴の開くほどじっくり見て、夢の恋人と彼のどこが似ているのか見きわめようとした。シーアは見た。そして、見たことをなかば後悔しかけた。

似ているのは瞳と髪の色だけではなかった。長身で、いかつい体の線も似ていた。ジーンズにハイキングブーツをはき、半袖のシャンブレーシャツから筋肉の盛りあがった腕が伸びている。その先に、太い手首。肉体をつねに酷使している人間の手首……剣士の手首だ。

シーアは息を呑み、そんなことを思う自分に動揺した。剣士のことなんて知りもしないのに、どこからそんな考えが浮かんできたのだろう。だいたい、剣士というのはどこにでもいるような人種ではない。フェンシングの選手にさえ会ったことがないのだから。と、フェンシングの優雅な動きを思い浮かべ、とても比較にならないと結論した。そう、彼女が剣士と呼んでいるのは、戦場で重い大刀《だんぴら》を振りまわし、斬ったり突いたりする男たちのことだ。そのとき、ある光景が脳裏をよぎり、巨大な両刃の剣を手にしたリチャード・チャンスが見えた。ただし、彼はナイルと名乗っていた……それがマーカスとなり、振るうのはローマ風の短剣に変わった——

なにを考えてるの！　夢は潜在意識がつくりだす幻想であって、それ以上のものではない。リチャード・チャンスのことは、なにも知らないのだ。失恋直後のように、不安定で気弱なときに、たまたま彼と出会った。それだけのことで、夢には無関係な男性なのだから、気をたしかに持たなければ。

シーアにはその間にまるまる一分ほど過ぎたように感じられたが、数秒しかたっていなかったらしく、彼はさっきと同じ場所で手を差し伸べていた。

と、リチャード・チャンスがまたニコッとして、生気あふれる目の端に皺《しわ》を寄せた。「生まれたばかりの子ガメを見たくないかい？」

子ガメ。その誘いに警戒心がゆるんだ。すっかり魅了され、いつしか二、三歩進みでていた。ポーチの網戸まで来てそれに気づき、遅ればせながら立ち止まってナイトガウンを見おろした。「着替えなきゃ」

彼の視線がシーアの体をさっとなでた。「おれはいかすと思うけど」賞賛にしわがれた声を隠そうともしない。「それに、ぐずぐずしてると、どこかへ行ってしまうかもしれないぞ」

シーアは唇を噛んだ。ナイトガウンといってもレース地ではない。詰まった襟ぐりに、小さなパフスリーブのついた飾り気のない白いコットンで、丈だって踝《くるぶし》まである。しばらく子ガメを見たいという願望と、警戒心がせめぎあっていたが、突然、子ガメ以上にかわいいものがあるとは思えなくなった。それで即座に腹を決め、網戸を開けて、背の高い草のなかに降り立った。朝露に濡れないように、ナイトガウンの裾を持ちあげなければならない。生い茂った草むらをそろそろと進み、自分を待つ長身の男に近づいた。

リチャード・チャンスまであと一歩と迫ったとき、水辺のすぐ近くまで来ているのに気づいた。

片足を浮かせたまま凍りついた。湖の水がひたひたと押し寄せる右側には、ちらりとも目をやれない。とっさに助けを求めて、パニックに血走った目で彼の顔を凝視した。

リチャードが背を起こした。シーアの異変に気づいて全身の筋肉をこわばらせ、彼女を怯えさせているものの正体を突き止めようと、細めた目を左右に走らせた。「どうした？」かすれ声で尋ねると、彼女の腕をつかみ、熱を発する肉体の懐に引っぱりこんだ。

シーアは身震いして、口を開きかけた。だが、彼の肉体が近すぎて、言葉が出てこなかった。安らぎと不安の両方がある。湖と彼のどちらが怖いのかわからなかった。湖には愛着があるし、彼のことはひどく警戒しているけれど、怖がる自分に自然に反応してくれたとき、心の奥底が揺さぶられて、しゃにむにしがみつきたくなった。彼の肉体が放つ温かなにおいが、鼻腔と肺を満たしている。石鹸と、すがすがしい空気と、清潔な汗と、男の麝香《じゃこう》くささが渾然《こんぜん》一体となったにおいだ。彼は右手を空けた格好で、シーアを左に抱き寄せていたので、たくましい胸板の下に安定した鼓動が感じられた。

ふいに、ナイトガウンの下にある裸体を痛いほど意識した。彼の脇腹に押しつけられた胸が脈打ち、腿がぶるぶると震えだした。こんな格好で外に出るなんて、自慢の常識はどこへやったの？　夢を見るようになってから、あらゆる常識が吹き飛んでしまったらしい。昨日会ったばかりの男にこんなに近づくなんて、考えられなかった。離れるべきなのはわかっていたが、彼に触れられたとたん、なぜか親密な、しっくりくる感覚――何度も訪れたことのある場所に、戻ってきたような感覚があった。

彼は右手を湿った巻き毛にもぐりこませた。「シーア」呼びかけて、緊張を少しゆるめた。「なにかに怯えていたのか？」

シーアは咳払いをして、波のように襲ってくるめまいを押しやった。頭に触れる手の感覚が懐かしかった。まるで……ありえない方角へ流れていく気まぐれな思いを振り払う。「水が」ようやく出てきた声は、まだ恐怖にひきつっていた。「水が――水が怖くて。急に水辺に近いのに気がついたものだから」

「なるほど」それで合点がいったらしく、噛みしめるように言った。「そういうことか。でも、水が怖かったのなら、どうやってカメを見るつもりだったんだい？」

愕然として、彼を見あげた。「考えてなかった」説明できるはずがなかった。水が怖くなったのはごく最近のことなので、水のあるなしで自分のできること、できないことを判断するのに慣れていないのだ。そこでふたたび注意がそれ、下から見た彼の顎のラインに目を奪われた。がっちりとした、頑固そうな顎。それに、顎ひげがかなり濃い。見るからに剃《そ》ったばかりなのに、もう夕方のように黒いものがめだっている。またしても懐かしさがこみあげてきて、彼の顔に手をやりたくなった。女を抱く前には、気を遣ってひげを剃るのかしら？つぎの瞬間、まぶたの裏に、ちくちくする顎が自分の胸のふくらみにやんわりと押しつけられる映像が浮かびあがった。

ビクッとするや、彼の腕に力が入り、いっそうしっかりと抱き寄せられた。「カメはすぐそこにいる。五〇フィートかそこらだ」小声で言って、頭を下げた。顎が巻き毛をかすめる。「落ちる心配をしないでいいように、おれがきみと湖とのあいだに立って抱えててやる。それなら、見られるかい？」

いい人だわ。意識の片すみで、そう理解した。リチャード・チャンスはシーアを脅かすようなことをするたび――抱き寄せるといった、脅威に感じて当然のことをするたび――に、すかさず冗談めかしたコメントを発して、気を紛らわせてくれる。これが彼のやり口なのだろうけれど……子ガメはやっぱりかわいい。そこで、彼の提案を考えてみた。危険な幻想かもしれないけれど、リチャードの腕のなかにいると、その体温のぬくもり、力強さにすっぽりと包まれて、安心していられる。と、欲望が頭をもたげた。体の奥底に、淡く、心地よい感覚が広がる……彼に最初に触れられたときから感じていて、いまになって、それとわかるほど強まったのかもしれない。だからかも、さっき顎のざらつきなんて想像したのは。別荘に戻るべきだった。たとえお手軽なロマンスであれ、そんなものに時間を割いている暇はないと、頭ではわかっているはずだった。しかし、彼との出会いによって引き起こされた激しい反応の数々は、理性とはなんの関係もなかった。恐怖、パニック、衝動、欲望。それらすべてがないまぜになって、そのたびに自分がどう反応していいのかわからなくなる。気に入らない状態だった。まったく気に入らない。自分でもよく理解できない、臆病で論理性のないだれかではなく、以前のシーアに戻りたかった。

こうなったら、論理は窓から捨ててしまおう。どうせ、夢がはじまってからは役に立っていない。シーアは鋭いアクアマリンの瞳を見あげると、用心深さも犬にくれてやり、純粋に本能にしたがって行動しようと決めた。「それなら大丈夫かもしれない。試してみる」

一瞬、彼の澄んだ瞳が勝利に輝いたような気がしたが、あらためてのぞきこむと、そこには男としての喜びしかなかった。「じゃあ、水際から二、三歩離れたところまで行こう」腰をしっかり抱えて、さっそく彼女を導きだす。「そこからでも、カメはじゅうぶんに見える。まだ近すぎるようなら、言ってくれ。きみをびくつかせたくはないからね」

シーアは小さな笑い声をもらし、こんなときに笑える自分に驚いた。びくつかずにすむわけがない。湖にも彼にも近すぎる。「裸足でなかったら、いまごろ震えすぎて靴が脱げてるわ」正直に打ち明けた。

リチャードはシーアの裸足を見おろした。朝露に濡れないよう、ナイトガウンは持ちあげたままだ。「茨《いばら》があるといけないから」説明するように言い、かがんで彼女の膝の下にもう片方の腕を入れた。持ちあげられたシーアは小さな悲鳴をあげ、ずり落ちまいとシャツをつかんだ。彼女を胸の位置まで抱きあげると、彼はにやりとした。「これでどうだ?」

怖いけど刺激的。胸がどきどきして欲望がつのった。目を地面にやって答えた。「高いわ」

「高いところも怖いのかい?」

「いいえ、怖いのは水だけよ」それと、あなたもね、大男さん。けれど、恐れる以上に惹かれているのは、自分でもわかっていた。

リチャードは湖に近づきすぎないよう気をつけながら、湖畔沿いに歩いた。その間、シーアはひたすら湖を見ないようにしていた。どこより焦点を合わせやすいのは、彼の首だった。日焼けして、たくましくて、喉ぼとけの下に傷つきやすいくぼみがある。彼の皮膚が近くにあるせいで唇がむずむずする。誘うように脈を打つその小さなくぼみに、唇を押しあてた直後のようだ。

「静かにしてろよ」リチャードはささやくと、最後は足音を忍ばせて近づいた。まだしもこざっぱりとしていた草むらを離れて、茨が混じっているであろう低木と雑草の茂みに踏みこむ。裸足なのを考えると、彼に運んでもらえて純粋に嬉しかった。そのあたりは木が密生しているので、湖がごく一部しか見えない。「いたぞ。水際に転がってる倒木の上だ。急に動こうとするなよ。おれがゆっくり降ろしてやるから。さあ、ブーツの上に足を置いて」

腕のなかですっかり満足していたので、どうして、と尋ねそうになった。だがそれより先にリチャードは腕を抜き、ゆっくりとシーアを立たせた。彼はナイトガウンがめくれないように気をつけてくれたものの、ふたりの体がこすれあう感覚に否応なく刺激されて、息が詰まった。ブーツを探り、体重を乗せるあいだも、その熱で胸と腿がちりちりした。感じているのは彼も同じ。股間には、それとわかるふくらみがあった。

しかし、シーアよりもしらばっくれるのがうまいらしい。両腕を彼女にまわしてゆったりと抱き寄せながら、顔は湖に向けていた。その肉体が興奮に満ちているのを感じたが、股間をなかばその気にさせながらも、性的な興奮ではないようだ。

「七匹が丸太の上に並んでる」睦言《むつごと》のように、しわがれたささやき声だった。「薄っぺらな一ドル銀貨に脚がついたみたいだ。頭を少しまわしたら見えるぞ。怖くないように、支えてやるから」

シーアは子ガメを見たいという気持ちと、水への恐怖とのあいだで揺れた。両手で彼の二の腕をつかんでいたので、さらに少し抱き寄せられたとき、その二頭筋が縮むのがわかった。

「ゆっくりな」今度も彼はささやき、唇が巻き毛に触れた。

シーアは深く息を吸って、心の準備をした。だがつぎの瞬間には彼の胸に顔を伏せ、震えながら、吐き気を我慢していた。彼はそんなシーアを抱きしめ、軽く体を揺すりながら、言葉にならないつぶやき声で慰めた。

二分後にもう一度試みたが、今度も結果は同じだった。

四度めを試すときには、失望に目が潤んでいた。リチャードからは別荘に戻ろうと言われたが、兄弟たちがよく知る頑固さを発揮して、頑としてその場を離れなかった。ぜったいに子ガメを見てやる。

十分たっても、まだカメを見られなかった。試すたびにパニックと吐き気に襲われ、そんな自分にむかむかしてきた。いまはまだ幸せそうにひなたぼっこする子ガメたちだが、いつ、水にもぐってもおかしくない。

「今度こそ見るわ」シーアは決意を込めて、腹立たしげに宣言した。

リチャードは溜息をついた。「がんばれよ」彼がその気になれば、いつでもシーアを抱きあげて立ち去ることができる。それはよくわかっていたが、一方で、自分があきらめるまで待ってくれるとも感じていた。シーアは身がまえ、少しずつ頭をめぐらせた。そのとき、彼が言った。「きみが拷問に耐えているあいだ、おれは庭を歩いていたときのきみを思い出して時間を潰すとするか。寝間着が透けてたんだよな」

シーアは唖然とした。その発言に目がくらみ、気がつくとまばたきしながらたっぷり二秒間、子ガメを見つめていた。急いで振り返ったのは、恐怖のせいというより、怒りに駆られたせいだ。「なんですって?」

「寝間着が透けてた」ご親切に、くり返してくれた。口元をゆるませ、水晶のような瞳を楽しげに輝かせて、シーアを見おろしている。「朝日が斜めにあたってたから、見えた……」

続く言葉は言わなかった。

シーアは彼を押したが、腕はふりほどけなかった。「なにが見えたのよ?」

「全部さ」リチャードは記憶に焼きついた光景を楽しんでいるように、嬉しそうに喉を鳴らした。「小さな乳首がきれいだったよ」

シーアは頬を赤らめつつ、くだんの〝きれいな乳首〟が固く蕾《つぼみ》のようになるのを感じた。彼のパンツの中身も、それに見合った反応を見せていた。

「ほら、カメを見ろよ」

とっさに言われたとおりにするや、お尻に彼の右手が伸びてきた。薄い布地ごしに、焼けるように熱い手を感じる。と、リチャードは尻を持ちあげ、彼女の股間を大きくふくらんだズボンの前に押しつけた。息ができない。シーアはひたすらカメを見つめながら、そのじつ、腿のつけ根に意識を奪われていた。呻き声を嚙み殺し、彼のものの上で振りそうになる腰を抑えつけた。自分の内側が変化するのがわかる。筋肉が収縮し、欲望の高まりにつれて、じんわり濡れてきた。

知らない男なのよ。そんな男と、外でこんな醜態を演じているなんて、頭がどうかしているに違いなかった。だが、頭では赤の他人とわかっているのに、体はむかしからの恋人のように彼を受け入れている。その葛藤の結果が、身動きのとれない、いまの状態だった。

彼が言ったとおり、子ガメは一ドル銀貨ほどの大きさだった。そこにちんまりした爬虫類の頭と、ずんぐりした脚がついている。子ガメたちは半分水に浸かった丸太にずらりと並び、その足元に小さく水が打ち寄せていた。輝く水面を見つめて五、六秒してから、シーアは自分のしていることに気づいた。彼が巧妙に気をそらせてくれたおかげだ。

「リチャード」息を継いで、言った。

「ん？」彼の声は低く、呼吸が少し速くなっていた。

「わたし、子ガメを見てるわ」

「わかってるよ、かわいい人。きみならできると思ってた」

「これ以上近づきたくはないけれど、水を見てる」

「よかったな」リチャードは一拍おいて続けた。「おれのことを信用できるようになれば、恐怖も薄らいでいくさ」

おかしなことを言うのね。水への恐怖と彼に、どんな関係があるというのだろう。恐怖の源は彼ではなく、夢なのだ。真意を問いただしたいけれど、親しげに抱きかかえられているせいで、頭がまともに働かない。彼は時がたつにつれて、勃起したものを大っぴらに押しつけてきた。

そのとき、目に見えないなにかに驚いたのか、それとも一匹が日光浴に飽きてほかがそれにしたがったのか、子ガメたちが丸太を滑り降りて、水にもぐりだした。一匹ずつ、するりともぐり、一秒もしないうちにみんないなくなった。丸太の周囲に波紋が広がる。シーアはぶり返した吐き気を呑みこみ、湖から視線をはずした。性欲の魔法は破られた。

それが彼にも通じた。シーアが口をきけるようになる前に抱きあげ、ごく当然のように湖岸を離れた。

シーアはナイトガウンに関する発言を思い出し、地面に足が着くなり、まっ赤になった。

リチャードはその頬を一瞥して、愉快そうに目を輝かせた。

「笑わないで」遠ざかりながら、ぶすっとつぶやいた。遅まきながら、体面を保とうと試みた。「ありがとう、カメを見せてくれて。それに、辛抱強くわたしにつきあってくれて、助かったわ」

「どういたしまして」応じる声は厳《おごそ》かだったが、笑いをこらえているのが伝わってきた。

シーアは眉をひそめて迷った。このままあとずさるか、まわれ右をしてうしろ姿まで彼にじっくり見られるか。視線の集まる先をすべて隠すほど手はないし、だいたいいまさら遅すぎる。結局、横歩きで進むことにした。

「シーア」

彼女は足を止め、もの問いたげに眉を吊りあげた。

「今日の午後、おれと一緒にピクニックに行かないか?」

ピクニック? リチャードを見つめ、彼にたいしてよそよそしさと親密さの両方を感じるのを、あらためて不思議に思った。子ガメ同様、ピクニックにも無性に惹かれた。ある本を開いたら、すっかり釣りこまれて、つぎつぎにページを繰らずにいられなくなったようなものだ。それでも、自分が躊躇《ちゅうちょ》しているのがわかる。「だめ――」

「ここから一マイルほど先にある休耕中の畑に、一本の木が立っている」リチャードは最後まで聞かずに、話しだした。海色の目からは、楽しげな表情がすっかり消えていた。「枝なんかおれの腰よりも太くて、ずっとむかしから立ってるみたいな巨木なんだ。その木陰にブランケットを敷いて寝ころび、きみに膝まくらしてもらって、おれの夢の話をしたい」

5

シーアは逃げだしたかった。この際、勇気なんてどうでもよかった。分別が立ち去れと告げていた。そうしたいのに、脚が動かない。全身が痺れたようだ。濡れた草地にナイトガウンの裾を降ろし、無言で彼を見つめた。「だれなの？」やがて小声で尋ねた。

彼女の目が突如、恐怖にひきつったのに気づき、リチャードの顔に後悔の表情がよぎった。

「知ってるだろう」しばらくして、穏やかに答えた。「おれはリチャード・チャンスだ」

「どういうことなの——あなたの夢がどうのって？」

彼はふたたび押し黙り、些細な表情の変化も見逃すまいと、鋭い目でじっとシーアを見ていた。「入ろう」近づいてそっと腕を取り、よろめく彼女を別荘へと導いた。「なかで話す」

シーアは震える脚を踏んばり、彼を引き止めた。むしろ、彼がそれを許したと言っていい。これほど馬力を感じさせる男は、いままでいなかった。筋骨隆々の大男ではないが、鋼のような体をしている。「なんなの、あなたの夢って？」彼女は食いさがった。「なにを望んでいるの？」

リチャードは溜息をもらすと、腕を握る手をゆるめ、やわらかな腕の内側に指を這わせた。

「おれが望んでいないのは、きみを怖がらせることだ。やっときみを見つけたんだ、シーア。怖がらせて、逃げられるのだけはご免こうむりたい」

その静かで真摯《しんし》な話し方が、シーアに不思議な作用をおよぼした。そんなふうに淡々と話しかけられたら、女はだれだって安心まではしないまでも、穏やかな気持ちになるものだ。警戒心がいくらか薄らぎ、いつしか、ふたたび別荘に向かって歩いていた。もう彼を引き止めようとはしなかった。少なくとも、別荘に戻れば、彼がしたがっている話をする前に、適当な格好に着替えられる。

なかに入るなりリチャードから離れ、失った落ち着きをマントのようにまとった。「キッチンはそっちよ」指し示す。「コーヒーを仕掛けておいてくれる？　着替えたらすぐに戻るわ」

彼は今度も女を評価する男そのもののまなざしで、彼女の全身に目を走らせた。「おれのことなら気にしないでいいぞ」つぶやいた。

「あなたのことが気になるのよ」シーアは言い返した。彼の口元に浮かんだ小さな笑みを見て、浮き立った。どんなに抑えようとしても、彼の飾らない魅力を目にすると、胸が熱くなる。「コーヒーはシンクの左手の戸棚にあるわ」

「承知しました、奥さま」ウィンクして、のんびりとキッチンへ向かう。シーアは寝室に逃げこむと、閉めた扉にもたれてひと息ついた。膝がまだ笑っている。いったいどうなってるの？　ウサギの穴をまっ逆さまに落下する、アリスの気分だった。昨日会ったばかりの他人なのに、まるで自分のことのように彼を知っていると感じる瞬間があり、しかもそんな瞬間がどんどん増えていた。彼の声が体内に埋めこまれたベルのように内側から鳴り響き、これまでになく体が反応する。しかも、長くつきあってきた恋人のように、やすやすとだ。リチャードの言動は、不気味なほど夢に似ていた。でも、会ったことのない男の夢が見られるはずがない。まったく未知の体験、説明のつかないことばかりで、千里眼にでもなったみたいだ。

そうかもね。首を振ってナイトガウンを脱ぎ、ドレッサーのひきだしを開けてブラジャーとパンティを取りだした。こんなことを打ち明けようものなら、兄と弟になんと言われるか。「それは、それは」きっと嘲《あざけ》りの声をあげて、鼻でせせら笑うだろう。「だれかこの方にターバンをお持ちしろ！　マダム・セアドラが未来を占ってくださるぞ！」

ジーンズとTシャツを着て、スニーカーをはいた。衣類の鎧《よろい》をまとうと、リチャード・チャンスに再度立ち向かう腹が決まった。夢で彼に出会ったと思うなんてばかげているが、妄想であることを確かめる方法がひとつあった。どの名前で登場するときも、夢の戦士の左腿には傷があり、長く赤い鉤裂きのような線が、膝のわずか数インチ上まで続いていたのだ。だから、彼にズボンを降ろして脚を見せてと頼みさえすれば、いまのこの気分に、きっぱりけりをつけられる。

そうよ。彼にコーヒーのカップを渡す自分が目に浮かぶ。「ミルクや、お砂糖は？　シナモンロールはいかが？　それと、ズボンを降ろしてもらえるかしら？」

胸が疼き、胃が縮まった。リチャードが裸になるのを見ると想像しただけで、妙にそそられる。彼に着ているものを脱いでと頼むという計画には、どこか危険な刺激があった。きっと、彼は頼みを聞き入れ、あの鮮やかな瞳でシーアを見ながら服を脱ぐ。彼にもわかっている。ふたりがつかまったら、彼は殺される――

あわてて、不穏な妄想を振り払った。なんで、殺されるなんて思うのだろう。たぶん、まただの夢のせい――でも、彼が殺される夢は見たことがない。自分が彼の手にかかって殺されることはあっても。

また、胃が縮まったが、今度は生理的な恐怖だった。はじめてリチャードの足音を聞いたときの感覚がよみがえった。会う前から彼を恐れていた。噂《うわさ》のほうが先行している男――

そこまで！　厳しく自分に言い渡した。どんな噂よ？　リチャードの噂など、聞いたことがなかった。シーアは寝室を見まわし、なんの変哲もない調度品に安定を求めた。なにかぼんやりしている感じがあるのに、家具の輪郭はくっきりとしている。そう、ぼんやりしているのは内側だった。シーアは内心怖くなった。夢とうつつを隔てる細い線を、踏みはずしつつある。

リチャード・チャンスなんて存在しないのかも。空想の産物で、とてつもなくたちの悪い夢が生命を与えてしまったのだとしたら?

しかし、淹れたてのコーヒーのかぐわしい香りは、夢ではなかった。シーアは滑るように寝室を出ると、リビングを抜け、そっとキッチンの戸口に立った。スニーカーで歩く音は静かなものだったので、気づかれるはずがなかった。だが、リチャードは冷蔵庫のドアを開けて中身を見ていたにもかかわらず、すぐに笑顔で振り向き、ナイトガウン一枚のときと同じように、感嘆の表情で人をとまどわせるアクアマリンの瞳をジーンズの脚に走らせた。この男には、なにを着ていようと関係がない。女の外見ではなく、肉体を見ているからだ。それに気づくと、彼の目の熱っぽさに反応して、自然と体がこわばった。

「あなたは本物なの?」知らずしらずのうちに、口から質問がこぼれ落ちた。「それともわたしの頭がおかしくなってしまったのかしら?」手を拳に握って、返事を待った。

彼が冷蔵庫を閉め、足早に近づいてくる。大きな手で固く握りしめられたシーアの拳を取り、唇に運んで請けあった。「もちろん、きみはおかしくなんかない」白く浮かんだ関節のひとつずつに温かい唇を寄せ、手のこわばりをほぐしていく。「いっぺんにいろんなことが起きたんで、少し混乱してるのさ」

やっぱりよくわからない説明だったが、なぜか心が慰められた。それに、たとえ幻だとしても、彼には実体がある。筋肉に包まれた全身と、その肉体が発する熱。かすかな体臭のおまけつきだ。

しげしげと彼を見た。「でも、もしわたしが狂ってたら」理屈をこねる。「あなたは存在しないから、あなたの言うことを信じる理由なんてないわよね？」

リチャードは天をあおいで大笑いした。「おれを信じろよ、シーア。きみは狂ってなんかいないし、夢を見てるわけでもない」

信じろ。頭のなかでその台詞がこだました。顔がひきつって、背筋を寒気が伝った。リチャードを見あげる。信じろ、と前にも言われたことがある。いまのいままで忘れていたが、彼は夢のなかでそう言った――そう、シーアを殺す夢のなかで。

彼女の顔色が変わったのに気づき、リチャードは表情を隠した。顔をそむけて、ふたつのカップにコーヒーをつぎ、それをテーブルに置いてから、椅子の一脚にシーアを坐らせた。それから向かいの席に腰掛け、両手でカップを持ち、豊かな香りを吸いこんだ。

彼はコーヒーの飲み方を尋ねなかった。シーアのほうも、砂糖やミルクを勧めなかった。彼はお茶と同じようにコーヒーを飲む。そう、ブラックでだ。

彼のコーヒーの飲み方なんて、なぜ知っているの？ 軽いめまいに見舞われ、テーブルの端をつかんでリチャードをながめた。実際に見ている姿はひとつなのに、一度に複数のイメージをとらえているような、奇妙な感覚がある。それにはじめて、自分の一部が欠けているような、不足感を覚えた。

目の前に置かれた熱いカップを両手で包んだものの、口はつけなかった。警戒の目を彼に向ける。「いいわよ、ミスター・チャンス。手のうちを明かして。あなたの夢がなんだっていうの？」

彼は笑顔で話しかけたが、途中で表情を曇らせた。そして、これ以上先には延ばせないと腹を括《くく》ったのか、やがて肩をすくめて口を開いた。「きみの夢を見るようになって、ひと月くらいになる」

予期していたにもかかわらず、彼から直接聞くのは、やはりショックだった。手が小きざみに震えた。「わたしもあなたの夢を見ているわ」シーアも打ち明けた。「なにが起きてるの？ わたしたちの精神が感応しあってるとか？ そんなの、とても信じられないわ！」

リチャードはコーヒーを口に運び、カップの縁ごしに彼女を見た。「じゃあ、きみはなにを信じるんだい、シーア？　運命？　それともめぐりあわせや、偶然か？」

「そのすべてよ、たぶん」ゆっくり答える。「起きるべくして起きることもあるし……偶然のできごともある」

「じゃあ、おれたちの場合は？　これはただの偶然か、起きるべくして起きたのか？」

「あなたは〝おれたち〟を前提にしてる」シーアは指摘した。「たしかに、わたしたちは気味の悪い夢を見ているけれど……」

「親密な夢ではなくてか？」彼の目つきが鋭くなった。

実際はそのとおりだった。こまごまとした場面がよみがえり、頬が染まった。リチャードの夢がわたしと同じでないといいのだけれど……だが、彼の目を見て、心配したとおりなのがわかり、ますます頬が赤らんだ。

リチャードは高笑いした。「きみのいまの顔、見せてやりたいね！」

「やめて」むすっと言うと、カップを凝視した。どぎまぎしすぎて、彼を見られない。もう一生、顔を合わせられそうになかった。

「シーア、愛しい人」彼は諭《さと》すように、そして胸が締めつけられるほどやさしい声で、彼女をなだめようとしていた。「おれはありとあらゆる方法できみを抱いた……ただし、夢のなかでだ。夢はどのくらい現実に迫れるんだろう？」

現実が夢より少しでも激しかったら、死んでしまう。シーアは卓面の模様を指でなぞり、気持ちが落ち着くまでの時間を稼いだ。あの夢は、どのくらい現実に近いのだろう？　彼はどうしてこんなに気安げに〝愛しい人〟と言えて、どうしてわたしにはそれが当然のように聞こえるのかしら。初対面からまだ二十四時間もたっていないのよ、と言い聞かせてはみたものの、時の長さにはなんの意味もないのがわかっただけだった。ふたりのあいだには、地球が太陽の周りをめぐった回数とは無関係に、深い認知の感覚がある。

まだ彼を見られなかったが、見なくても、体じゅうの細胞が彼に反応して震えていた。いままで、これほど生きているのを実感し、他人の存在を意識したのは、彼の夢を見ているときだけだ。ふたりの夢がなぜ、どうしてリンクしたのかわからないが、実際に起こっているのは明らかで、否定しようがなかった。けれど、夢はどのくらい現実に即しているのだろう？　シーアは咳払いをして尋ねた。「これって変な質問だと思うけど……あなたの左腿に傷はある？」

しばしの静けさののち、リチャードの溜息を聞いた。「あるよ」

シーアはショックに目をつぶった。彼の返事が体に響いた。あの夢どおりなら、もうひとつ、はるかに深刻な質問がある。決意を固め、喉を詰まらせながら尋ねた。「あなたの夢のなかで、あなたはわたしを殺したことある？」

ふたたび沈黙が返ってきた。その長さに耐えきれなくなって、ついに彼を見あげた。揺るぎのない瞳が、シーアを見つめていた。「ああ、あるよ」彼は言った。

6

シーアは椅子を蹴って立ちあがり、表のドアに走った。そこで彼につかまって、背後から抱きすくめられた。「頼む、おれを怖がらないでくれ」リチャードが切迫したしわがれ声で、乱れた巻き毛にささやきかけている。「きみを傷つけたりしない。信じてくれ」

「信じろ!」不信感をあらわにし、泣きそうになりながらもがいた。「どうやって信じるの? どうしたら、信じられたって言うの?」

「少なくともその点では、きみの言うとおりだ」声に険しさがにじんだ。「きみはおれに身をゆだね、おれから歓びを与えられようとはしたが、おれの愛を信じてくれたことはなかった」

シーアの口から、狂ったように笑い声がほとばしりでる。「あなたには昨日、会ったばかりなのよ! どうかしてる――わたしたち、ふたりとも。こんなの理解を超えてるわ」彼の手をゆるめようと爪を立てたが、彼は両腕でシーアを押さえこんだまま、それ以上なにもできないように指に指を絡ませてきた。そこまで徹底されると、あとは向こうずねを蹴るぐらいしかできない。だが、スニーカーのシーアにたいして、彼はブーツだった。たいした痛手は与えられそうにない。圧倒的な彼の力の前では無駄だと知りつつ、それでも身をよじり、背を丸めて抵抗した。最後には疲れはて、それ以上一秒も動けなくなったとき、はじめて息をはずませながら震える筋肉から力を抜いた。

すぐさま彼に抱き寄せられ、こめかみに唇を押しあてられた。薄い皮膚の奥が脈打っている。「おれたちの出会いは昨日じゃない。前世だ——前世で何度も会っている。おれはここできみを待っていた。きみがくるのを知ってたからだ」

彼との接触が奇妙に作用した。毎回こうなる。いま起きていることがかすんで、過去と混じりあい、現在と過去の区別がつかなくなるのだ。彼女の父親が率いる軍隊の野営地から抜けだした彼が、寝屋《ねや》に忍んできた夜、やはりこんなふうに抱きすくめられた。と、コンドルの翼にあおられたように、シーアの身内を恐怖が駆け抜けた。だが、過去にそうであったように、いまもなす術《すべ》がなかった。あのときは口をふさがれ、こっそりと闇のなかを彼の野営地まで連れ去られた。父からの攻撃をかわす人質にされたのだ。

誘拐されたときは、まだ男を知らなかったのに、ひと月後に戻されたときには、もう処女ではなかった。しかも、かつて自分を誘拐した男に惚れこむあまり、その男のために嘘をついた。それは父親にたいする、究極の裏切り行為となった。

シーアの頭が彼の肩に倒れこんだ。「なにが起きているのか、わからないわ」自分のつぶやきが遠く、くぐもって聞こえる。脳裏に残る光景は、記憶のはずがなかった。

リチャードの唇が耳の下の小さなくぼみを探りあてた。「おれたちはふたたび出会ったんだ、シーア」最初のときと同じく、味わうように彼女の名を呼んだ。「シーア。この名前がいちばんいい」

「ほんとは――セオドラよ」むかしから、両親はなぜこんなに古風で、変わった名前をつけたのか不思議に思ってきた。あるとき尋ねると、母は困ったような顔をして、なんとなく気に入ったからと答えたものだ。その一方で兄と弟には、リーとジェーソンという、きわめて通りのいい名前をつけていた。

「そうか。そのほうがもっといい」シーアの耳たぶに歯を立て、尖った歯でやんわりと引っぱる。

「むかしのわたしは、だれだったの?」なにげなく尋ね、急いで首を振った。「気にしないで。そんなの、わたしは信じてないから」

「いや、信じてるさ」リチャードはたしなめ、首の脇に現れた細い筋にそっと舌を寄せてきた。また勃起している。いや、ずっとそうだったのかもしれない。硬く盛りあがったものが、ジーンズのお尻に押しつけられていた。これほど欲望をあからさまにして、激しくねばり強く自分を求める男ははじめてだった——あとは軽くいたぶるように腰をうねらせるだけで、彼は例によってわれを忘れ、この場でシーアを奪う。城の壁に彼女を押しつけ、スカートをたくしあげて——

シーアはあわてて漂いゆく意識を白昼夢から引き戻したが、現実も同じように刺激と危険をはらんでいた。「もう、なにが現実なのか、わからないわ」と、悲鳴をあげた。

「おれたちだよ、シーア。おれたちが現実なんだ。きみが混乱しているのは理解できる。ひと目見たときから、きみは記憶がよみがえりだして日が浅いのがわかっていた。できることなら、きみを抱きしめたかったが、まだその時期じゃなかった。いま起きていることに、きみが怯えていたからね。さあ、コーヒーを飲もう、シーア。おれに答えられることだったら、なんでも答える」

彼の腕から解き放たれたシーアは、奇妙な肌寒さと心細さに襲われた。振り返って、リチャードを見あげた。がっちりした顔の骨格。警戒をおこたらない鮮やかな瞳。全身から飢餓感を発しているのがわかる。その熱にくるまれると、彼の腕を失った寒さがやわらいだ。そのとき、また別の記憶が脳裏をかすめた。いまと同じように、立って彼の顔をのぞきこみ、その目に明らかな欲望の色を見ていた。そのときはショックのあまり震えあがった。汚れを知らぬ箱入り娘が突然厳しい環境に投げこまれて、危険から守ってくれるのは彼だけという、心許ない状況だった。なぜなら、彼にその能力がないからではなく、外の脅威以上に、彼のほうが危険だと感じていたからだ。

シーアはふたたび過去と現在が渾然となるのを感じながら、深々と息をついた。と、ふいに真実にあらがいつづける不毛さに気づいた。信じられないことでも、いま起きていることを受け入れるしかない。生まれてからずっと——この人生、という意味で——小さな時間の枠組みにとらわれ、その外側にあるものは知らずにきたが、目隠しがとれたいま、はるかに多くのことが見えるようになった。底なしの世界がいっきに襲いかかってきて、いまの安全な人生の枠組みを超え、危険な世界に足を踏みだせと迫っている。それが、ふたたび彼女の人生に登場したリチャード・チャンスがもたらしたものだった。シーアは生まれ変わるたびに、あらがいながらも、否応なく彼を愛してきた。そして彼のほうもやみくもに彼女を求め、いっさい危険をかえりみることなく、くり返し彼女の前に立ち現れた。けれど、それほどに彼女を求めながら、いつも最後には破滅させた。それを思ったとき、シーアの胸は痛んだ。そう、夢は過去を教えることで、この男を避けろと警告している。

立ち去ること。荷物をまとめて立ち去るのが、いますべきことだった。それなのに彼に導かれるままキッチンに入り、目の前にはまだ静かに湯気をたてるカップがあった。キッチンを逃げだしてから間がないのがわかって、シーアはまごついた。

「わたしの居場所はどうやって？」唐突に尋ね、気つけがわりにコーヒーをひと口飲んだ。

「いつからわたしを知っているの？」

答えを受け入れる用意があるかどうか計るように、彼は思案顔でシーアを見ていたが、やがて、向かいの席に腰を下ろした。「先にふたつめの質問に答えるよ。きみのことは、生まれてからずっと知っていたと言っていい。むかしから時代や生き方が異なる、やけにはっきりとした風変わりな夢を見てたんだ。だから、ありえないことだとわかるよりずっと前に、すべてを受け入れていた」かすれた笑い声をあげ、彼もカフェインに助けを求めた。「きみを知り、きみを待っていたおかげで、ほかの女性とはうまくいかなかった。修道士のように童貞を通したと嘘をつくつもりはないが、思春期でさえ、だれかにのぼせあがったことはなかった」シーアを見あげたまなざしは、厳しかった。「笑うしか能のない十代の娘に勝ち目があると思うか？」小声でささやきかける。「おれには別の記憶があって、一人前の男としてきみと愛しあうのがどんなものか、もうわかってたんだ」

シーアの場合、そうした記憶が戻ったのは最近だが、こと恋愛に関しては似たようなものだった。言い寄ってくる男性に、いつも根っこの部分で応じきれなかった。それなのにリチャードには最初から距離をおけず、心身ともに苦しいほど彼を意識した。彼がその自覚とともに長じたとしたら、容易なことではなかったろう。いまとなっては想像するのもむずかしいけれど、彼もかつては少年だった。人並みの子ども時代と青春時代、そう、人並みの人生を奪われてきたのだ。

「きみをどうやって見つけたかって質問だが」リチャードは続けた。「夢に導かれてここまで来たんだ。細かな部分が、場所の特定に役立った。夢が鮮明になっていくにしたがって、きみとの距離も縮まったと思った。この場所を見たときは、すぐにぴんときたよ。それで隣の別荘を借りて、待つことにした」

「自宅はどこなの？」好奇心をにじませて、尋ねた。

リチャードは不可解な笑みを浮かべた。「ノースカロライナに住んで、しばらくになる」真実を洗いざらい打ち明けていない、という確かな感触があった。椅子の背にもたれて彼を観察し、考えてからつぎの質問を発した。「職業は？」

リチャードは笑った。それは痛ましさと楽しさを同時に感じさせる声で、シーアから追及されるのをあらかじめ予測していたようだった。「まいるよな、まるで変わらない部分もあるんだから。やっぱり軍隊にいるよ」

当然だわ。何度生まれ変わろうと、この人は生まれながらにして戦士なのだ。新聞やテレビから拾い集めたこまごまとした情報が、しかるべき位置に収まる。遺伝子に埋めこまれた彼に関する知識を頼りにして、あてずっぽうで言ってみた。「フォートブラッグ?」

リチャードはうなずいた。

ならば、特殊部隊だ。湾岸戦争のとき、あれほど大がかりに報道されていなければ、特殊部隊の所属基地など知らなかっただろう。と、突如恐怖が突きあげた。この人もあの紛争地にいたの? そのとき殺されていたら、彼のことは知らずじまいだった――

そして、いまこうして自分の命を不安に思うこともなかった。

それでも、彼の身を案じずにいられなかった。ずっと心配してきた。危険と隣りあわせに生き、それを当然のように背負ってきた男なのに、彼女のほうはついぞそうできた試しがなかった。

「どうやって出てきたの?」

「たっぷり休暇が残ってるから、あとひと月は戻らなくていいんだ。突発的な事件が起きないかぎりね」口ぶりとはうらはらに、瞳の奥に緊迫感がある。シーアには理解できない諦観のようなものだった。

テーブルごしにリチャードの手が伸びてきた。ごつごつした長い指で、シーアのほっそりした小さな手を温かくくるむ。「きみは? どこに住んで、なにをしてるの?」

安全を第一に考えたら、話さないほうがいいのだろうが、あまり意味があるとは思えない。

名前はもう知られているし、たぶん車のナンバーも憶えているから、その気になればシーアを見つけられるはずだ。「住んでいるのはホワイトプレインズ。わたしはそこで育ち、家族も全員そこに住んでるわ」気がつくと、ぺらぺらしゃべっていた。急に自分の人生のあれこれを、教えたくてしかたがなくなった。「両親はまだ生きてて、兄と弟がひとりずつ。あなたはきょうだいはいるの？」

リチャードは首を振って、笑顔になった。「おじとおばが何人か、それにあちこちにいとこがいるが、近しい肉親はいない」

彼はつねに一匹オオカミだった。人を寄せつけようとしない――シーアをのぞいて。その点では、シーアも同じくらい人に頼るのが苦手だった。

「わたしの仕事は家と筆に関係があるの」シーアは話を続けた。「といっても、家の絵を描くんじゃなくて、家にペンキを塗るんだけど。壁画も描くわ」自分が身がまえるのがわかる。彼に感心してもらいたかった。なかには、疑いの目を向ける人もいる。

彼女の手を握るリチャードの指に力が入り、やがてゆるんだ。「わかるよ。きみはむかしから、身のまわりを美しく、快適にするのが好きだった。テントの床には毛皮を敷いたし、金属製のカップには野花を飾った」

そんな記憶はなかったのに、彼から聞かされたとたん、ふたりの寝床としてテントの床に敷いた毛皮や、テントの入口に垂らした布をめくるたびに、カップに生けた野花がひんやりした風にあおられて頭を揺らしていた光景がよみがえった。

「すべて憶えてるの?」小声で尋ねた。

「細部まで全部ってことか? まさか。この人生で起きたことだって、細かいことまでは憶えちゃいない。だれだってそうだろ? だが、大切な部分ってことなら、ああ、憶えてるよ」

「わたしたちは何度……」またもやその突拍子のなさにひるんで、質問しきれなかった。

「愛しあったか、か?」彼女が尋ねていることとは違うのを重々承知で、リチャードは空白を埋めた。目には熱っぽくけだるい気配が漂っている。「数知れずってとこだね。何度抱いても、おれはきみを抱き足りなかった」

シーアは体が欲望に揺さぶられるのを感じながら、ひたすら自分を抑えた。このまま欲望に屈してふたたび彼とかかわれば、命が危ない。「何度、生きたか訊いてるのよ」言いなおした。

リチャードは答えたくなさそうにしていたが、質問にすべて答えるという、みずからの約束が枷《かせ》になった。「十二回」答えて、また彼女の手を握りしめた。「これが十二度めの再会になる」

シーアはあやうく椅子から立ちそうになった。十二回！　その数が頭のなかで鳴り響いた。憶えているのはその半分でしかなく、しかも、こまぎれな記憶だった。あまりのことに、リチャードを振り払おうとした。荷が重すぎて、とても正気ではいられない。

ところが、どういうわけだか、気がつくとテーブルの向かいにまわり、彼の膝に坐っていた。これまで、幾度となくこんなふうに抱かれた記憶があるので、懐かしいその姿勢を受け入れていた。お尻にあたる太腿は硬く、その胸は彼女を守る頑丈な防御壁、腕は支えとなる血のかよった鋼だった。脅威となるはずの男の胸に抱かれながら、安らかで守られていると感じるなんて理屈に合わないけれど、彼と触れあっていると心の底から安心できた。

リチャードがなだめるようになにか話しているが、シーアは半分うわの空だった。感情の葛藤のあわただしさに目がくらみ、彼の肩にもたれた。リチャードが下を向いて、息を詰めている。彼女の唇に目をやったまま、ひと言も口をきかなかった。

顔をそむけなければ。わかっていたのに、シーアはそうしなかった。できなかった。腕を彼の首にまわし、かがみこむ頭を抱きすくめて唇を重ねあわせた。

7

リチャード・チャンスの唇には、本来の場所に戻ったような懐かしさがあった。ふたつの唇が過不足なく、すんなりと重なりあう。彼は飢《かつ》えたように喉を鳴らし、全身をこわばらせて口に舌を差し入れ、親密な仲らしい気安げな手つきでTシャツの下の乳房をとらえた。皮膚に直接触れようと、レースのブラジャーの内側に指を這わせると、ツンと立った乳首が手のひらにあたる。欲望と安堵とがいっきに押し寄せて、シーアは彼の腕のなかで身震いした。これまで、彼がいない苦しさに耐えてきた。その苦痛から、ようやく解放された気がする。わたしにはこの男《ひと》しかいない。これまでも、そしてこれからも。キスの快感に痺れる頭で、そう思った。ふたりしていまわしい死の舞踏に引きこまれたも同然なのに、息をせずにいられないように、彼を愛さずにはいられなかった。

彼もまた激しく反応し、歯止めがきかなくなっている。痙攣したように震える肉体や、荒い息遣い、狂ったような手の動きから、シーアにはそれがわかった。だったらなぜ、これまで何度となく時を共有しながら、わたしを滅ぼしたの？　彼にしがみつくと、まつげの下から涙がこぼれた。わたしを求める気持ちが強すぎて、翻弄されるのに耐えられなかったから？　無力な自分が許せず、怒りを爆発させて、唐突に欲望を断ち切ったの？　いや、違う。シーアはその筋書きを却下した。脳裏にあったのは、アクアマリンの瞳に静かな表情をたたえた彼が、自分を水中に沈めている光景だった。彼はシーアの肺から酸素がなくなり、視界が曇って見えなくなるまで、押さえこむ手をゆるめなかった。

一滴の涙が口元に伝った。リチャードは舌にしょっぱさを感じると、唸り声をもらし、口にあった舌を頬にやって、湿り気をすすった。涙のわけは尋ねず、気を揉《も》んだり、あわてるようすはなかった。ただ彼女をしっかりと抱き寄せ、黙って自分の体で慰めようとした。これまでも、彼はけっして涙に動じなかった。過去の光景が、絹のスカーフのようにうっすらと、けれどたしかな質感をともなって、シーアの脳裏をよぎる。彼女が涙もろかったわけではない。涙の原因はだいたいが彼にあり、そんなときの彼の反応は、いまとそっくり同じだった。抱きしめて好きなだけ泣かせ、どれほど彼女が悲しもうと、定まった道から、はずれようとはしなかった。

「あなたは妥協ってことを知らない」シーアはつぶやいた。リチャードの肩に顔を向け、シャツをハンカチがわりにした。

彼はやすやすとシーアの思考の道筋をたどった。そっと乳房を揉み、その皮膚のなめらかさと、突きだした乳首の感触に溜息をついた。「おれたちはいつも敵味方の立場にあった。おれは自分の国や、友人を裏切るわけにはいかなかった」

「でも、わたしにはそれを望んだ」シーアの口調に苦いものが混じる。

「そんなことあるもんか。きみはまだ記憶があいまいで、はっきりしないんだろう？　たしかにきみはいくつかむずかしい決断をした。だが、それはきみなりの正義感によるもので、おれが無理強いしたことはない」

「そう言うと思ってたわ」彼の手首をつかんで、Tシャツの下から引っぱりだした。「わたしの記憶があいまいだから、その点では反論のしようがないってわけね？」

「おれを信じることもできた」静かな声ながら、まなざしは真剣そのものだ。

「ずっとそう言ってるわね」彼の膝の上で、居心地悪そうに身じろぎする。「あんな状況では、無理な相談だと思わない？　それとも、水から離れていれば、あなたといても安全なの？」

リチャードの口元が気むずかしげにゆがんだ。「おれたちのあいだでは、つねに信頼が問題になってきた」さっきまで胸をさわっていた手を上にやり、気まぐれな巻き毛のひとつをいじりだす。「きみだけじゃなく、おれもだ。きみが心変わりをして裏切るんじゃないかと、いつも不安でならなかった」

「わたしが父を裏切るかわりにね」シーアはむしゃくしゃして、膝から逃れようとした。だがリチャードが腕に力を入れただけで、これまで何度となくそうされてきたように、その場に押しとどめられた。

「相変わらず癇癪《かんしゃく》持ちなんだな」嬉しそうに感想をもらすと、険しさがゆるんだ。

「癇癪持ちなんかじゃないわ」兄と弟からは反論されると知りつつ、シーアは言い返した。いわゆる瞬間湯沸かし器のタイプではないものの、一度こうと決めたら、あとに引かないところがある。

「もちろん、きみは癇癪持ちなんかじゃないさ」低いつぶやきとともに、彼はシーアを抱き寄せた。その声ににじむまぎれもない愛情に、胸が張り裂けそうになる。これほど真剣にわたしのことを思いながら、なぜ、あんなことができたのだろう。それなのに、どうして、こんなにも彼を愛せるの？

それからしばらく、リチャードは彼女を抱いたまま黙りこみ、シーアの乳房の脇には彼の鼓動が響いていた。この感覚には覚えがある。彼はどんなときも左腕で抱いた。剣を振るう右腕を自由にしておくために。

わたしが求めていたのは、これだったのね。この男がほしかったのだ。死がふたりを分かつまで、ずっと。どの前世でも、ふたりには数ヵ月から、ときには数週間の時間しか許されず、その愛情は息苦しいほど緊迫した。感情が高ぶりすぎて、ときにはわれを失うほどだった。ふたりで年齢を重ねたこともないし、絶望や恐怖を抜きにして愛しあったこともない。いま、シーアは命にかかわる決断を迫られていた。逃げてわが身を守るか、それとも、この場に踏みとどまって、ふたりの人生のために彼とともに闘うか？　シーアの人生——少なくとも、夢によってすべてが混乱をきたすようになるまでの人生——の柱となってきた常識は、逃げろ、と告げていた。けれど心は、ひたすら彼にしがみついて離れるな、と言っている。あるいは、ひょっとしたら、用心に用心を重ねれば、今回は勝てるかもしれない。水に関係のある場所には、細心の注意を払わなければならないだろう。いまになって、彼とカメを見にいくなんて無謀以外のなにものでもなかったのがわかる。無事に切り抜けられて、運がよかった。たぶん、過去になにが起きたにしろ、ふたたびそれが起きるには、まだ早すぎたのだろう。

そこでシーアは気づいた。今回は状況が違う。ふたりを取りまく環境が異なっている。今度こそ違う展開になるかもしれない、と思うと興奮が体を駆け抜けた。「今回のわたしたちは、敵味方の関係にないわ」彼女はつぶやいた。「わたしの父は素晴らしい人、ごく平凡な家庭人よ。軍隊なんて率いてないもの」

リチャードは喉で笑ったものの、すぐに真顔になり、シーアが見あげると、そこには厳しい目があった。「ふたりでうまく切り抜けなければ」彼は静かに告げた。「これで十二回めだから、つぎのチャンスがあるとは思えない」

シーアは軽く体を引き離した。「理由がわかってたら、切り抜けやすいはずよ。あんなことをした……そう、あなたがあんなことをした理由がよ。それが、わたしには、ずっとわからないの。教えて、リチャード。それさえわかれば、防ぎようが――」

彼はかぶりを振った。「それはできない。すべては信頼の問題、そこにすべてのカギがあるんだ。おれはきみを、きみはおれを信じなきゃならない……表面上はまったく逆に見える状況のときでもね」

「むずかしい注文ね」シーアは淡々とした口調で指摘した。「あなたもわたしと同じくらい、わたしを信頼しなきゃならないの？」

「おれはもう信頼してる」片方の口角を持ちあげ、皮肉っぽい笑みを浮かべている。「これが最後だ。状況が変わったのは、たぶん、そのせいなんだろう」

「なにが起きるの？」

「それも話せない。物事の順番が変わったらまずいからだ。きみが憶えていないなら、それはそれ。今度こそ、ふたりでうまく切り抜けないと、もう二度と会えなくなる」

シーアには気に入らない選択だった。彼に向かって怒鳴りちらし、容赦ない運命にたいする怒りをぶちまけたかったが、そんなことをしたところで、なんの解決にもならない。失敗すれば命を落とすと知ったいま、自分に課せられた運命とひとりで闘うしかなかった。それぞれが各自の命にたいして最終的な責任を持つ――たぶん、肝心なのはそこだろう。だとすれば、彼から教わったら意味がない。

リチャードはあらためて唇を重ねてきた。彼女に顔を上げさせて、激しく口を吸った。このまま何時間でもキスしていられそう、とシーアは思ったが、彼は早々に唇を離した。呼吸が乱れ、目が欲望に血走っている。「一緒に横になろう」彼はささやいた。「ずっと待っていたんだ、シーア。きみを抱かずにいられない」

たしかに、彼はせっぱ詰まっていた。鉄のように硬くなったものが、シーアのお尻にあたっている。だが、いくら前世で肌を重ねてきた間柄とはいえ、この人生では出会ってまだ間がない。焦って先を急ぐのは気が進まなかった。シーアが口を開く前から、彼はその表情に拒絶の意志を読みとって、いまいましそうに小声で唸った。

「きみはいつもそうだ」その声には、落胆の色がありありと出ていた。「おれをきりきり舞いさせる。きみを抱きたくて死にそうなときには、おあずけを食らわせておいて、そんな場合じゃないってときにかぎって、その気にさせて抱かせるんだから」

「そうなの？」彼の膝から滑りおり、肩ごしに色目を使った。これまでだれにたいしても、色目など使ったことはなかったので、自分にそんなことができるなんて、少し驚きだった。だが、ごく自然にそんなしぐさが出た。きっと、前世では、なかなかの妖婦だったのね。そう思うと、われながら気分がいい。そうでなくちゃ。リチャードは強い個性の持ち主なので、そんな彼と伍するには、それなりの武器がいる。

リチャードは不機嫌そうにこちらを見て、手を拳に握った。ふたりの仲がもう少し進展していたら、断られたくらいでは引きさがるまい。少なくとも、この程度では。まずはあの手この手を使って、誘惑しようとする――いつも、そんな誘惑に負けてきた。名前が変わり、時代が変わっても、彼はつねに圧倒されるほど官能的な恋人だった。しかしそんな彼にも、新しい出会いの制約を受け、まだ求めに応じられない彼女の臆病さは感じとれた。

リチャードは窮屈そうに立ちあがると、不快感に顔をしかめた。「今回のところは、ここから出て、町まで昼めしでも食べに出るのがいいかもな」チラッと腕時計を見て、訂正した。「いや、朝めしだ」

シーアは微笑んだ。おかしかったし、彼の思いやりに打たれもした。人目のある場所に出かけるほうが、ここにいるよりずっと安全そうだ。「普通のデートみたいに」と、彼女はけらけら笑った。「わたしたちには、初体験ね」

気持ちのいい日だった。再発見の喜びに満ちていた。最寄りの小さな町にある、一軒きりのカフェで朝食をとると、裏道に車を走らせ、ときおり車を停めてはあたりを散歩した。リチャードは小川や池をこまめに避けてくれたので、シーアも肩の力を抜いて、これまでずっと愛してやまなかった男のことを、あらためて知りなおす作業に没頭できた。彼の振舞いのいちいちに、記憶を呼び起こされた。愉快な記憶もあれば、心をかき乱される記憶もあった。ふたりの過去を表すのに、騒然のひと言では足りない。彼から身を守るために自分がナイフを使ったことを思い出したときは、ショックだった。その出会いは流血を招いた。流れたのは彼の血で、最後にふたりは愛しあった。

だが、新たな記憶がよみがえるたびに、失っていた部分が、正しい位置に収まるようで、シーアは心が満たされていくのを感じた。この二十九年間、一次元の存在でしかなかった自分が、ここへきてようやく、血の通った本物の人間になった気がした。

それに、リチャードにはまったく未知の部分もあった。凍結保存されていたわけではないのだから、当然だ。彼はシーアとは無関係な記憶と経験を持った、現代に生きる男性だった。ときおり彼の口から飛びだす古めかしい単語や、言いまわしがおかしかったが、気がつくとシーアのほうも同じような話し方をしていた。

「なんで今回は、わたしたちに記憶が残っているのかしら?」ひと気のない小道をのんびりと歩きながら、シーアは思案げに尋ねた。「これまで、なかったことよ」

「今回が最後だからだろう」リチャードは彼女の手を握った。ただ彼を見つめて、すべてを目に焼きつけたかった。軍人らしくすっくと伸びた背筋。傲慢にそびやかせた黒っぽい頭の角度。頑固そうな顎の出っぱり。これが最後かもしれない。そう思うと、頭がおかしくなりそうになる。運命を出し抜かなければ、永遠に彼を失ってしまう。

リチャードの指を握りしめた。シーアに課せられているのは運命との闘い。勝てば、二千年間愛してきたこの男との人生が約束され、負ければ、みずからの命を失う。そのどちらかしかなかった。

8

翌朝の夜明け前、静かに横たわるシーアは、深く安らかな寝息をたてていた。やがて夢の扉が開き、無意識の領域に遠いむかしの光景が再現されだした。

夜明けの湖はひっそりと静まりかえり、不気味な美しさをたたえていた。彼女は桟橋に立って、暗く背の高い木立の背後から昇りくる黄金色の太陽を見ていた。輝く空を映して、湖面が黒からバラ色へと変化する。大好きな湖だけれど、なかでも朝焼けの湖は愛していた。そうして待つうちに、心を震わすようなアビの鳴き声が響いて、湖は目を覚まし、新しい一日がはじまった。

お腹のなかで、赤ちゃんが動いた。小さな手足を伸ばし、軽くばたつかせる。彼女は微笑み、手を滑らせてこまやかな動きの上で止めると、かけがえのない命の感覚を心ゆくまで味わった。彼女の赤ちゃん――そして彼の赤ちゃんでもある。赤ん坊を宿してはや五ヵ月。自分の体が変化していくのを感じながら、喜びのうちに日を重ねてきた。かすかなふくらみが目につくようになったのは、最近のこと。この湖畔で人目を忍んできたが、隠してはおけなくなりつつある。必要なときが来たら、あの問題に、父の怒りに、立ち向かわなければならない。そして、この子だけは守りとおさなければ。

いまだに目を覚ますと、そこにいない恋人を思って胸が痛み、彼がいまの彼ではなく、自分がいまの自分でなかったら、と涙がこぼれた。いまいましい男たち。そして、いまいましい戦い。彼女にどちらかを選ばせてもらえるのならば、戦いよりも彼を取るだろう。だが、彼の選択は違った。彼女の愛の深さを信じようとせず、馬に乗ってあっさりと立ち去った。彼女のなかに新しい命が残されているとも知らずに。

と、足の下で桟橋が揺れ、板を踏むブーツの足音が響いた。あわてて振り返った彼女は、あまりのことに立ちすくんだ。夢を見ているのかしら？　それとも、強く願うあまり、朝焼けのなかに呼び寄せてしまったの？　薄い霧をまとって、大股で近づいてくる彼を見て、心臓が締めつけられた。たとえ本物でなくとも、これほど鮮明な彼と再会させてもらえたことを神に感謝せずにいられなかった。ふさふさとした黒っぽい髪。生気に満ちた海色の瞳。全身に筋肉をまとった体。

彼はあと五フィートの位置まで迫ると、壁にはばまれたように、ぴたっと立ち止まり、いぶかるような視線を彼女の体に這わせた。唯一まとっている薄いナイトガウンに包まれた体は、逆光を浴びてくっきりと浮かびあがっている。そして、彼女の手は愛おしげに腹のふくらみを抱えている。子を宿した女の、本能から出たしぐさ。

彼は本物だった。ああ、神さま！　本物の彼を戻してくださったんですね。父親となる日が差し迫っているという現実を突きつけられ、目に驚嘆の色を浮かべている。その目で長いあいだじっと腹を見つめていたが、やがて、彼女の顔に視線を戻した。「なぜ教えてくれなかった？」尋ねる声はかすれていた。

「わたしも知らなかったの。わかったのは、あなたが去ったあとだった」

彼が近づいてきた。彼女が野生動物でもあるように、そろそろと近づくと、ゆっくりと手を伸ばして腹に触れた。熱っぽく、活力に満ちたその手の感触に打たれて、彼女の体に震えが走る。彼なしですごした数ヵ月の痛みがやわらぎ、喘ぎ声がもれそうになる。どれほどわたしが傷ついたか、わかっているの？　あなたなしですごした日々は、死ぬほどつらかった。あなたの赤ん坊を宿していると気づいたとき、ようやく生きる理由を見いだした。

そのとき、彼の体の震えが、両手を通じて伝わってきて、熱が火花となって散った。彼女は欲望におののきながら、深く息を吸った。体がやわらかくなってほてり、濡れてくる。彼を迎え入れようとする本能の働きだった。

「見せてくれ」彼は低い声で言うなり、ナイトガウンをたくしあげた。

いつしか彼女は桟橋に横たえられ、裸体に真珠色の朝日を浴びていた。柔肌を守るため、がたつく桟橋には脱がされたナイトガウンが敷いてある。周囲には静かに打ち寄せる水があるけれど、まだ体には触れていない。まるで漂っているようなその体をつなぎ止めているのは、力強いふたつの手だけ。自分の体に起きた変化のすべてを彼に心おきなく観察させるため、目をつぶる。彼女自身にはどれも馴染み深い変化だった。がさついた彼の手が、絹のように軽く体を這う。ふくらんで色が濃くなった乳首に触れ、張って重くなった乳房を手のひらに受けると、腹部へと下って、わが子を宿すぴんと張りつめた小山に手をあてがった。

彼女は目を閉じていた。閉じた脚が押し広げられ、立て膝を大きく開かれてなかをのぞきこまれたときも、ただ息を呑んだ。秘められた部分に冷たい空気があたり、欲望がいや増す。こんなに求めているのがわからないの？　あなたの手の下で震えているでしょう？　もちろん、彼は気づいていた。彼を求める気持ちは、いつだってごまかしがきかない。懸命に抑えつけようとしたときでさえ、例外ではなかった。と、彼の荒い呼吸を耳にして、その高ぶりを知り、さらに燃えあがった。

「美しすぎて、見ているのがつらくなる」ささやき声がした。ごつごつとした長い指がやわらかな股間に伸びたかと思うと、敏感な部分をまさぐってから、そっと内側に滑りこんでくる。わずか指一本の侵入で、感覚を狂わせるようなショックがもたらされ、彼女は背中を弓なりにそらした。彼は小声でなだめながら体を寄せ、脚のあいだに割って入ってきた。着衣を脱ぐ気配を感じながら、期待に身悶えしてその時を待つ。ふたりがふたたび重なりあい、ひとつとなる、完璧な時が近づいていた。そのとき、彼のものがまるで彼女の一部でもあるように、すんなりと入ってきた。その過不足のなさにどちらの口からも喘ぎ声がもれる。理性は背後に追いやられ、たがいの体にしがみついて、一緒に動くことしかできなかった。彼の力強さに彼女は優美さで応え、ともに果てしない欲望に身を投じる男と女になった。

シーアは恋人によって絶頂へと導かれると、眠りながら歓びの声をもらし、やがてふたたび静かになった。様変わりした夢が続いていた。

顔が水に洗われていた。白い泡が沈んできた水面の位置を示している。彼と一緒に絶頂を迎えたばかりなのに。あまりの衝撃に茫然として、貴重な時間をずいぶんと無駄にしていた。と、お腹の赤ん坊のことを思い出し、声にならない悲鳴をあげた。この子が危ない！　容赦なく自分を引っぱり、空気や命から遠ざけているものに必死であらがった。その父親がなにをしでかそうと、この子だけは守らなければならない。ただどうしようもなく、彼を愛し、その男の子どもを愛していた。

しかし、いくら蹴っても、自分を水底に引きずりこもうとする枷から自由になれなかった。ナイトガウンは浮かぶかわりに、しつこく脚にまとわりついてきた。苦痛に喘ぐ肺が、空気を取りこもうとしている。けれど、その衝動に屈するわけにはいかない。いま吸いこんだら、死が待ち受けている。負けてはだめ。赤ちゃんのために、闘わなければ。

力強い手に肩を押さえつけられ、絶望のうちに視界が薄れていく。緑がかった水に目を凝らすと、その先によそよそしく、冷たい瞳が見えた。どこまでもついていこう、そう思うほどに愛した男の瞳だった。その男の手で下へ、下へと押しやられ、命をつなぐ空気から遠ざけられていた。

「どうして？」尋ねるつぶやきは、音にならなかった。死を招く水が口のなかを満たし、鼻腔を満たして、勢いよく喉を下った。もう、持ちこたえられない。そう思いつつも、ただ赤ん坊のためだけに闘った。力強い手の下でもがき、押しやろうとあらがった。わたしの赤ちゃん……助けてやりたい。けれど、広がる闇に視界をおおわれたとき、負けを悟った。最期に、みずからに問いかけるかすかな絶望の声が脳裏をかすめた。「どうして？」

シーアは抑えようのない嗚咽に体を震わせながら目覚め、悲しみに押しつぶされそうで、横向きに丸まった。それは生まれなかったわが子、そして心から愛した男にたいする悲しみだった。その手によって破滅させられたにもかかわらず、彼への思いは変わらなかった。理屈に合わない、とシーアは思った。わたしを愛しておいて、溺れさせるなんて。わが子がその母親である女の腹を蹴っているのを感じておきながら、無力な生命をみずからの手で抹殺する。そんなとき、男はなにを感じるのだろう？　彼女のことをどう感じているにしろ、どうしたら自分の子どもを殺せるというの？

胸が張り裂けそうな痛みだった。みずからの悲痛なすすり泣きを聞きながら縮こまり、動くことも、考えることもできなかった。

そのとき、ジープが車回しに入り、砂利を踏みしだいて急停車する音が聞こえた。シーアは硬直した。恐怖が冷水のように血管を駆けめぐる。リチャードが乗りこんできたのだ。彼が自分と同じ夢を見ているのを、早く思い出すべきだった。シーアが水中でおぞましい最期の瞬間を迎える夢を見たのが、彼にはわかっている。彼がなんのためにくり返し自分を殺したのか考える余裕はなかったものの、ふいにわかった。ここにとどまっていたら、まもなく同じ運命をたどる。あんな夢を見たいま、リチャードがどんなに甘い言葉をささやこうと、これまでのように恐怖をぬぐい去ることはできない。

シーアは衣類を手に取る暇も惜しんで、ベッドから飛びおりた。素足をすばやく動かして、寝室からリビングへ、そしてキッチンへと音をたてずに進む。勝手口までたどり着いたとき、大きな拳が表のドアを叩く音がした。「シーア」野太い声は強引ながら、危険はないと思わせたがっているような抑制を感じた。

夜明け前の灰色の光は弱すぎて、まだ室内に届いていなかった。シーアは陰に沈んだキッチンで、肉食動物の目を逃れようとする小動物のように息を殺し、小首をかしげて彼の物音に聞き耳をたてた。

音をたてずに勝手口から抜けだせるだろうか？　いまこうしているあいだにも、彼が忍び足で家の周囲をめぐり、こちらに向かっているかもしれない。ドアを開けたとたんに、彼と鉢合わせするかもしれないと思うと、ますます血が凍った。

「シーア、話を聞いてくれ」

リチャードはまだ表のポーチにいた。シーアはチェーンを手探りし、震える手がへまをしでかさないよう祈った。溝を見つけると、祈るような思いでそろそろとチェーンをはずし、音をたてないように鎖を手に握った。続いて、ロックを手探りする。

「きみが考えてるようなことじゃないんだ。おれを怖がらないでくれ、頼む。信じろ」

信じろ！　ヒステリックな笑いがせりあがってきて、口から飛びだしそうになったが、すんでのところで飲みくだした。彼はその言葉を呪文のように頻繁に口にしてきた。彼女はそのつど信じた——そして、そのたびに襲いかかられた。

ロックが見つかったので、静かにまわした。

息を凝らして、少しずつドアを開いた。いつ音がして、彼に気づかれるかわからない。少しだけ開いたドアの隙間から、灰色の光が入ってくる。刻々と夜明けが迫っていた。明るくなれば、もう逃れられない。と、車のキーを取りに戻る勇気はなかった。徒歩で逃げるしかないだろう。考えてみれば、それが最善の方法かもしれない。車だと、簡単につけられてしまう。心細いようだが、徒歩のほうが隠れやすい。

ようやく、通り抜けられるだけドアが開いた。息をひそめ、かりそめの安全を約束してくれている別荘から外に出た。壁の内側で縮こまっていたかったが、リチャードがほどなく窓を破るか、ドアを蹴破ってなかに入ってくるのは確実だった。相手は戦士であり、人殺しなのだ。家に押し入るくらい、わけはない。別荘は身を守れる場所ではなかった。

裏階段に囲いはなかった。雨よけのひさしがあるだけの数段のステップで、やはり網戸がついていた。シーアは慎重に掛け金をはずし、網戸を開けるという苦痛をともなう作業に取りかかった。神経を張りつめながら蝶番《ちょうつがい》を見つめ、音がしないように祈った。ドアがきしんだときは、間近でなければ聞こえないほど小さい音だったけれど、汗が噴きだした。一インチ、二インチ……六インチ。少しずつ隙間が広がっていく。八インチ、九インチ。シーアは隙間に体を忍びこませた。

リチャードが裏にまわってきた。彼女を見るなり、巨大な渉猟動物のように駆けだした。

シーアは悲鳴をあげて飛びのくと、勝手口のドアを叩きつけて、ロックを手探りした。時間がかかりすぎる！　鍵がかかっていようといまいと、彼はドアを抜けてくる。彼の決意のほどを感じとり、ロックをかけるのをやめて、その分の時間を表側に走るのに使った。

勢いよく勝手口のドアが開いたのと、彼女が玄関にたどり着いたのは同時だった。こちらはまだ鍵がかかっている。パニックで心臓があおられ、呼吸が浅くなった。こわばって震える指で、チェーンと鍵をはずそうとした。

「シーア！」怒声が轟いた。

彼女はすすり泣きながら、ドアを開けてポーチに出ると、さらに外側の網戸を押し開け、外に飛びだした。その拍子に蹴つまずき、背の高い濡れた草地に、膝から転げ落ちた。

リチャードが表のドアに突進してくる。シーアは急いで立ちあがり、ナイトガウンの裾を膝までたくしあげて、道路をめざして駆けだした。

「おい、おれの話を聞け！」叫ぶなり、リチャードが進路に立ちはだかった。いったんはかわしたものの、いま一度、道路にたどり着く前にさえぎられた。

絶望で目の前が暗くなり、嗚咽が喉に詰まった。シーアは追いつめられていた。彼は殺そうと迫り、今度もまた、わが身を守る術はなかった。

ナイトガウンの裾を放すと、足が布地に隠れた。涙にかすむ目で、彼を見つめた。さっきまで灰色だった光が白みはじめている。その光を通して見る彼の目は険しく、顎はこわばり、肌にはうっすらと汗が浮かんでいた。身につけているのはジーンズだけで、シャツも、靴もなかった。呼吸をするたびに厚い胸板が上下するが、息は切れていない。疲弊しきっている
シーアには、かなうはずのない相手だった。

シーアはそろそろとあとずさった。心に痛みが広がって、最後には心臓が止まらないように、呼吸することしかできなくなった。「どうしてあんなことを？」涙で言葉に詰まった。

「わたしたちの赤ちゃんに……どうしてあんなことを？」

「シーア、聞いてくれ」リチャードは肩をすくめ、手を広げた。どうにか彼女を落ち着かせ

ようとしている。しかし騙《だま》されるには、シーアは彼のことを知りすぎていた。彼には武器などいらない。素手で殺すことができるのだから。「落ち着いてくれ、愛しい人。きみが動転するのはわかるが、別荘に戻って、なかで話しあおう」

シーアは乱暴に頬の涙をぬぐった。「話しあう！　そんなことして、なんの意味があるの？」わめき散らした。「あったことを、なかったたって言うつもり？　あなたはわたしだけじゃなくて、わたしたちの赤ちゃんまで殺したのよ！」彼のそばにいるのさえ苦痛で、さらに遠ざかった。心が引き裂かれたようだった。その悲しみのあまりの生々しさ、御しがたさに、痛みを逃れられるなら、死をも歓迎したいくらいだった。

そのとき、リチャードが彼女の背後に目をやり、表情を一変させた。目には妙に空虚な表情があった。と、われに返ったらしく、全身に緊張をみなぎらせた。いまにも飛びかかってきそうだ。「きみは水に近づきすぎてる」抑揚のない、淡々とした声だった。「土手から離れろ」

急いで背後に目をやると、土手の手前に立っていた。死を招く、冷たい湖が素足のすぐそばにあった。視界は涙でにじんでいるが、水はたしかにあり、黙って彼女を待ち受けていた。湖にたいする得体の知れない恐怖が襲いかかってくる。だがそれさえも、赤ん坊にたいする揺るぎない悲しみの深さとでは、くらべものにならなかった。シーアはあとずさる角度を桟橋のほうに変えた。リチャードが同じペースでついてくる。距離を詰めようともしないかわりに、逃げ道を与えようともしなかった。しょせん、逃れようがない。運命の裏をかこうと努力したけれど、最初から悪あがきにすぎなかったのだ。

裸足が木材に触れたので、桟橋に進んだ。リチャードは立ち止まった。アクアマリンの瞳を彼女に向け、有無を言わせぬ口調で言った。「それ以上、先へ行くな。桟橋は危ない。板が何枚か腐って、ゆるんでるんだ。桟橋を下りるんだ、ベイビー。おれとおいで。約束する、おれはきみを傷つけたりしない」

ベイビー。痛みのかけらが引きはがされ、呻き声がもれる。シーアはまだそこに赤ん坊がいるかのように、お腹に手をやった。もうどうなったって、かまわない。首を振りながら、彼から遠ざかった。

リチャードが桟橋に足をかけた。「おれにはその赤ん坊は取り戻せない」かすれ声で言う。

「だが、別の赤ん坊ならつくってやれる。きみが望むだけ、子どもをつくろう。今度こそ、おれを置いていかないでくれ、シーア。お願いだから、桟橋を下りるんだ」

「なぜ？」いまも視界を曇らせている涙が、頬を伝って流れ落ちた。悲嘆は底なしの井戸のように深かった。「なぜ引き延ばすの？ いますぐ決着をつければいいでしょう？」素足の下で板がきしみ、しなうのを感じながら、さらにあとずさった。桟橋の突端のあたりは、水がぐっと深くなっている。ふざけるのが好きな三人の子どもたちが、湖底で頭を打つ心配をせずに、飛びこんだりもぐったりするのに最適な場所だった。ここで死ぬのが運命なら、それはそれでしかたがない。水。原因はいつも水だった。シーアが愛してやまない水が、決まって最後には彼女の命を奪ってきた。

リチャードは彼女に視線をやったまま、ゆっくりと進みでて手を差し伸べた。「頼むから、おれの手を取ってくれ。それ以上、下がるな。危ないんだ」

「来ないで！」金切り声をあげた。

「そうはいかない」彼の唇はほとんど動いていなかった。「そんなことはできない」もう一歩、足を踏みだす。「シーア――」

彼女はあわててあとずさった。その体重で板がしなり、亀裂が入った。片側が崩れ、横ざまに水に投げだされた。リチャードが駆け寄ってきた。にじんでぼやけた視界に、やり場のない怒りにゆがむ彼の顔が映った。そのあとはもう、顔が水中に沈んでいた。

水は暗く冷たかった。見えない手が彼女を下に引っぱっている。桟橋の杭の黒さが目の前をよぎるのを感じながら、深みへ、深みへと沈んだ。これで恐怖と痛みから解放されると思うと、なかば安堵感すらあって、避けられない運命に身をまかせる時間がしばらく続いた。

やがて、本能が頭をもたげ、生きるための闘いがはじまった。水面に浮かびあがろうと、必死で足をばたつかせる。だが、もがくほどナイトガウンが脚にまとわりつき、割れた栈橋の板に引っかかっているのだと気づいた。脚の自由が奪われ、重しとなった板に抵抗するだけの力が出せない。

笑えるものなら、笑っていた。リチャードは手を下す必要さえなかった。シーアが自分で墓穴を掘ったからだ。それでも闘いをやめず、板の重みにあらがって泳ごうとした。

水面が白濁した。リチャードが水に飛びこみ、すぐ左にやってきていた。視界は悪いが、彼の肌の輝きや、黒っぽい髪が見える。彼は白いナイトガウンを目印にして、すぐにシーアの居場所を突き止め、そちらの方角に体をひねった。

シーアの心に怒りが広がった。あとは見ているだけでいいのに、湖にまかせておくのでは飽きたらないのだ。たぶん、シーアの最期を見届けたいのだろう。

手を伸ばして彼を押し、水面に浮かびあがるはずみをつけようとした。これまでの奮闘で酸素を使いはたしていたので、肺が新しい酸素を求めて燃えるように痛む。リチャードは突きだされる彼女の腕をつかんで、下へ、下へと引っぱり、明るさから、そして命から遠ざけようとした。

シーアは彼の目を見た。原子のひとつひとつに至るまで、目前の作業に集中していることを示す、よそよそしく、静かな目だった。時間はもう、ほとんど残されていない。締めつけられるような痛みと、彼女の努力を受けつけようとしなかった運命への怒りがあった。必死で彼の手を振りほどこうとした。残った力を振り絞り、最後の試みに打って出る……。どんな目に遭わされても、彼を愛さずにいられなかった。その愛には理由がなく、死の恐怖にも勝った。

永遠に彼と別れようとしている。その思いが、より深い痛みをもたらした。濁った水のベールを通し、ふたりの目が合った。キスできそうなほど近くにある彼の顔。深まりゆく闇のなかで、リチャードの目に自分と同じ怒りを見た。信じろ、と彼はくり返し言ってきた。信じろ……表面上はまったく逆に見える状況のときでも。おれを信じろ……。

この人を信じよう。

雲間から射しこむ日光のように、ある認識が心に広がった。信じること。これまでは彼を、あるいは自分にたいする愛情の深さを信じられなかった。ふたりとも、臆病な動物のようだった。一緒にいたいと切望しながら、相手に弱みを見せまいとしてきた。相手を信じていなかったからだ。そして、その代価を支払わされた。

信じてみよう。

シーアは暴れるのをやめ、体から力を抜いて、リチャードに身をゆだねた。どうせもう力は残っていない。ふたりの視線はいまだ交わっていたので、目を通して自分の心を与え、愛を輝きに託して送った。もう手遅れかもしれない。けれど、なにがあっても、最期の瞬間には彼を愛していたのを伝えたかった。

リチャードの瞳が揺らぐのがわかった。その手でさらに深く、シーアを湖底側に押しやった。これで、板に引っぱられなくなった分、ナイトガウンにたわみが生じた。あとはその部分をつかんで、絡んだ板からはずすだけだった。彼女の唇から最後の空気が気泡となって出たとき、リチャードはその腰を抱きかかえ、力強い脚を蹴って泳ぎだした。水の上にあるかけがえのない酸素に向かって、そして命に向かって。


「ああ、頼む、神さま、助けてくれ」水から引きだされたとき、聞こえたのはひたすら祈るリチャードの声だった。だが、シーアは抱き人形のように彼の腕でぐったりしているだけで、答えることも、動くこともできなかった。思いきって深い息を吸わなければならないのに、まだ肺がちゃんと機能していないのだ。

リチャードは彼女を草むらに降ろすや、背中を叩きだした。肺がビクッと動き、ついで上下して、おびただしい量の湖水が吐きだされた。それでも彼は背中を叩きつづけ、しまいには肋骨が折れるかと思ったほどだ。

「もう……だい……大丈夫」どうにか言うと、拳を避けようとした。さらに何度か咳こんで、息を喘がせた。

リチャードも咳の発作に襲われて、隣に転がった。空気を取りこもうと、厚い胸板を波打たせている。

シーアは横向きに転がり、彼に手を伸ばした。触れずにいられなかった。ふたりして草むらに横たわり、震えながら咳をくり返した。そのふたりに、その日最初の温かい陽射しが、湖面を伝って達しつつある。リチャードはだしぬけに彼女を抱き寄せると、涙で頬を濡らしながら、意味不明のつぶやきをもらし、顔や喉にキスの雨を降らせた。大きな体はこわばり、緊張に取り憑かれて震えていた。と、シーアを組み敷いて、びしょ濡れになったナイトガウンの裾をたくしあげた。彼がやるせないほど激しく、自分を求めているのがわかったからこそ、シーアは静かに横たわり、濡れて扱いにくくなったジーンズと格闘する彼を待った。ようやく留め具がはずれ、ジーンズが引きおろされた。彼が両脚を押し開いて、突き立ててくる。必死にしがみついたものの、その大きさ、熱さ、硬さに、どうしようもなく悲鳴がもれた。

リチャードは激しく、性急だった。ふたりがまだ生きているのを確かめるためには、こうして彼女とつながる必要があった。シーアのほうもたちどころに反応し、ほとんど直後にクライマックスに達した。その場に彼がいる喜びを悲鳴にして放ち、その体に手足を絡めた。

彼が背中を丸めてブルッと震えた。絶頂の証《あかし》が奔流となって流れこむのを感じる。と、隣に彼が転がった。

それから長いあいだ、リチャードはシーアを抱き、彼女は彼の肩をまくらにしていた。ふたりとも相手に触れずにいられなかった。彼はもつれた背中の巻き毛をなで、彼女は胸や腕をなでた。彼はこめかみにキスし、彼女は顎に鼻をすりつけた。彼は乳房を揉み、彼女は裸の股間をまさぐった。いまふたりが演じているのは、肉欲に耽《ふけ》る恋人たちの図。女はウエストまでナイトガウンがめくれ、男は膝までジーンズを下ろしている。けれど、体は満たされ、温かな陽射しに眠気を誘われているせいで、それさえあまり気にならなかった。

そのうちに、リチャードが動きだした。脚をもぞもぞさせて、濡れたジーンズを脱ぎすて、晴れて素っ裸となると、大の字になった。シーアはそんな彼の姿に微笑まずにいられなかった。もともと慎み深さとはあまり縁のない男だけれど、こんなときにその美しい裸体を隠すのは犯罪と言っていい。シーアはなんともいえない幸福感に溜息をもらし、今後、あの大きなベッドで彼としようと思っているみだらな行為を頭に描いた。草むらではなく、マットレスでないとできないこともある。そりゃあ、あの毛皮はすてきだったけれど……。

「前世でもずっと」つぶやいて、彼の肩にキスした。「あなたはわたしを救おうとしてたのね」

リチャードは鮮やかな瞳を薄くのぞかせて、彼女を抱き寄せた。「あたりまえだ」こともなげに言う。「きみがいなければ、おれは生きていけない」

でも、あなたは生きた。言いかけた言葉が舌先で凍った。リチャードを見て、その表情を読んだからだ。彼は曇りのない、穏やかな目をしていた。熱いものがこみあげてきて息が苦しくなり、目が潤んだ。「なんて人なの」思わず声が震えた。この人は生きなかった。シーアを助けそこねるたびに、彼はその場にとどまった。彼女のいない生活を捨て、死を分かちあうことを選んだのだ。今回はシーアにとってだけでなく、彼にとっても、そう、ふたりにとって最後のチャンスだった。「なんて人なの」同じ言葉をくり返し、拳で彼の胸を叩いた。「なんでそんなことしたの？　どうして生きてくれなかったの？」

リチャードはシーアの巻き毛をおもちゃにしながら、ゆっくりと微笑んだ。「きみならそうしたかい？」彼女がにらみつけると、笑顔がいっそう輝いた。いいえ、あなたを残したまま、生きてはいかれない。あなたとともに水中にとどまったわ。

「このじゃじゃ馬め」彼は満足げに言い、シーアを胸に抱いた。「ずいぶんと追っかけさせられたが、やっとつかまえたぞ。おれたち、ついにやり遂げたんだ」

エピローグ

それから二日後、リチャードは自分で直した外のブランコに腰掛け、満ち足りた表情で湖を見ていた。膝の上にシーアの裸足を載せ、きみのお腹が大きくなって、こんなふうにしてもらいたくなったときのための予行演習だ、と言いながら、その足をマッサージしていた。ふたりとも、最初の行為で子どもができたと確信している。幸せすぎて、目がくらみそう、とシーアは思った。

水への恐怖は、はじまったとき同様、唐突に消えた。まだ泳いではいないが、それも、リチャードが心配するからだ。いまだに並んで歩くときは、シーアと水のあいだに割って入るので、一生こうやって監視するつもりなのかといぶからずにいられない。

計画。これからの人生のため、ふたりはたくさんの計画を立てた。まず、シーアはノースカロライナに引っ越すことになった。彼女の戦士が特殊任務についていないのは、当座のこと。いまは中佐だが、まだ三十五歳だから、大将になるまでの時間はたっぷりある。たぶん

——なるべくして——そうなるだろう。シーアとしては、迷いどころだ。ペンキ塗りの仕事はあきらめるしかないだろう。大将の妻には、ふさわしくないから。でも、壁画なら……。

ただ、いまのところは、たがいをあらためて知るのに夢中で、なにかというと抱きあっている。ふたりで庭を片づけ、今朝はペンキ塗りの下準備をはじめたが、ほとんどの時間はベッドのなかにいた。

シーアは太陽をあおぎ見て、そっとお腹を押さえた。ここにいるのね。彼女にはわかった。ドラッグストアや病院へ出かけるまでもなく、体じゅうの細胞がそれを感じていた。まだ小さすぎて見えないかもしれないけれど、いるのは間違いない。

その手にかさついた手が重なり、目を開くとリチャードの笑顔があった。「男かな、女かな？」彼は尋ねた。

シーアは答えに迷った。「あなたはどちらだと思う？」

「おれが先に訊いたんだぞ」

「じゃあ、おたがい答えましょうよ。お先にどうぞ」

リチャードはすんでのところで気づき、目を細めた。「もうちょっとだったのに」と、シーアはしれっと言ってのけた。

「悪賢いやつめ。わかったよ、言えばいいんだろ、男の子だよ」

彼の指に指を絡ませ、満ち足りた溜息をもらす。「同感」男の子。リチャードの息子。シーアとともに命を落とした赤ん坊は女の子だった。まばたきして涙を押しとどめる。あの子を永遠に失ってしまったの？　それとも、あの子にも、もう一度チャンスがあるのだろうか。

「あの子にはもう一度チャンスがある」リチャードがささやいて、シーアを抱き寄せた。「たぶん次回。じきにわかるさ」

ええ、そうね。毎夜、夢を重ねるごとに、記憶の隙間が埋まっている。リチャードもまだ同じ夢を見ていて、ふたりして目を覚ますと、絡みあった体が絶頂感に打ち震えていた。ふたりは肉体と精神の両方で結ばれている。それがどんなに恵まれたことか、過去を振り返ればおのずとわかることだ。

遠くに車の音が聞こえたので、シーアは起きあがって、足を地面に降ろした。リチャードはすっと立ちあがるや、近づいてくるものから彼女を守ろうとした。シーアにベルトを引っぱられて振り向いたとき、自分がしていることに気づいて、一瞬、まごついた顔になった。「むかしの習慣さ」肩をすくめて言った。「恐ろしくむかしのね」

やがて三台の車が視界に入ってきた。一家総出でやってきたのだ。シーアは目を丸くし、つぎの瞬間、気づいた。「今日はわたしの誕生日よ！」声をはずませた。「忘れてた！」

「誕生日か」リチャードが、シーアの肩に腕をまわす。「なるほど。これできみは……三十だろ？　あえて言わせてもらうと、きみがここまで歳をとったのははじめてだ。でも、きみはいい状態を保ってるよ」

「それはどうも」にやにやしながら、彼の手を取って前に押しやった。わたしの家族に取り囲まれても、そんな生意気な口がきけるかしら？　開いた車のドアからわらわらと出てきた甥と姪が、こちらに向かって駆けてくる。それにくらべると、大人たちの動きは緩慢だった。リーとシンシア、ジェイソンとジューン、それに父と母の全員が、警戒するような足取りで近づいてくる。逃避行中の恋人たちを邪魔したと思っているらしい。

「お友だちが一緒だとは思わなかったわ、シーア」母は言いながら、値踏みするような目つきでリチャードをながめまわした。

　リチャードは低い声で、楽々と笑った。「いいえ、違います」シーアの父親に手を差しだす。「ぼくはリチャード・チャンス。隣の家を借りているものです」

　父親はほがらかに対応した。「わたしはシーアの父親、ポール・マーロー。こちらが妻のエミリーだ」礼儀正しい挨拶の輪が広がるのを見ながら、シーアは唇を噛んで笑いをこらえた。父はすっかりくつろぎ、シンシアとジューンは幸せそうな笑みをリチャードに向けているものの、母親と兄と弟は苦い顔で、輪の中央に立つ戦士を胡散《うさん》くさげに見ている。

　ばつの悪い発言が飛びださないうちに、シーアはリチャードの腕をとった。「こちらはノースカロライナ州、フォートブラッグ所属のリチャード・チャンス中佐」穏やかな声で紹介した。「いま休暇中なの。それと、記録によると、わたしの未来の旦那さま」

このひと言が、親族たちの冷ややかな態度を一変させた。お祝いと歓声の嵐と、母の涙にさらされながら、シーアは感慨深げな父の声を聞いた。「それにしても、電光石火の早業だな。知り合ってまだ四、五日だろうに」

「いいえ」リチャードは落ち着き払って答えた。「以前からつきあいはあったんですが、長く続きませんでした。タイミングがよくなかったんですね。ですが、今回はすべてがうまくいきました。こうなる運命だったんです」

White Out
白の訪問者

1

雪になろうとしている。

低く垂れこめた灰色の雲は、雪の予感をはらんで紫色を帯び、山々の頂にまとわりついて地面と空の境目を消していた。空気にはつんとした刺激臭があり、ジーンズをはいたホープ・ブラッドショーの脚に、冷たい風が突き刺さった。これでは厚いデニム地ではなく、ガーゼをまとっているようなものだ。風にあおられて木立が唸り、枝がしなってざわめく。そのもの悲しい低音が、骨身に染みた。

のんびり雲をながめている余裕はなかったが、押し寄せてくる雲の気配は絶えず頭の片すみにあった。急がなければ。その一心で発電機をチェックし、手元にじゅうぶんな燃料があるかどうか確かめ、薪を多めに自分のキャビンに運びこんで、さらに、予備としてキッチン裏のカバーをかけた幅広のポーチにも積みあげた。彼女の勘がはずれて天気予報どおりなら、雪は五、六インチしか積もらない。

だが、ホープは自分の勘を信じていた。これがアイダホで迎える七度めの冬になる。毎年、大雪に見舞われ、その直前には毎回いまと同じゾクゾクッとした感覚があった。大気は帯電し、母なる自然は本物の吹雪に備えて身がまえている。静電気のせいなのか、いわゆる虫の知らせのせいなのか、背筋にじりじりとした不安感が取り憑《つ》いて、体を動かさずにいられなくなる。

かといって、命の危険までは感じていない。食べ物も、水も、避難場所もある。けれど、ひとりで大雪に立ち向かうのはこれがはじめて。最初の二年はディランが一緒だったし、彼が亡くなったあとは、父がアイダホから宿泊業を手伝おうと出てきてくれた。だが三日前、伯父のピートが心臓発作に襲われ、父は一番上の兄を見舞うためインディアナポリスに飛んだ。伯父の経過はいい。軽めの発作だったし、すぐに病院に運ばれたので、影響も最小限に抑えることができた。もう一年以上、兄弟や姉妹に会っていなかった父は、引きつづきあと一週間、向こうにとどまる予定でいる。

ひとりなのは平気だが、ひとりでキャビンの安全を確保するのは大仕事だった。そびえ立つ木立のもとに建てられた平屋の貸しキャビンは、寝室がひとつのものと、ふたつのものを合わせて全部で八棟。ホープが住居にしているひときわ大きな二階建てのA字型キャビンを中央にして、両サイドに四棟ずつ、たくさんの魚が棲息する美しい湖を囲むようにして建っている。その一棟ずつの窓とドアを暴風に備えて固定し、水道の栓を閉めて水を抜いておかないと、停電になったとき凍結して水道管が破裂してしまう。そして、電気が切れるのは避けられず、問題はいつ切れるかだけだった。

じつのところ、今年の冬はわりあいに穏やかだった。もう十二月になるのに、一度数インチの雪が積もったきりで、日陰に行くと残り雪がブーツの下でバリバリ鳴る程度。おかげで、スキー客向けの宿は商売上がったりだ。宿の主人としては、たっぷりの雪を運んでくれるなら、猛吹雪《ブリザード》でも大歓迎といったところだろう。

楽天的なことでは比類のない、名うての甘ったれ猟犬《ハウンド》こと、ゴールデンレトリーバのティンカーベル――ただし雌でも、妖精でもない――でさえ、この天気には不安を隠せない。キャビンからキャビンへと移動するホープについてまわり、ポーチで仕事が終わるのを待って、ふたたび彼女が現れると、ほっとしたように厚板に尻尾を叩きつけて再会を喜んだ。「ウサギでも追っかけたら?」ホープはティンカーベルに声をかけた。最後から二棟めのキャビンから出ようとして、うっかり彼に蹴つまずきそうになったのだ。ティンカーベルは一瞬茶色の瞳を輝かせたものの、その手には乗らなかった。

その茶色の瞳に、愛情と限りない信頼を込めて見あげられたら、もうお手上げだ。しゃがんで耳のうしろをなでてやると、くんくん鳴きながら身をよじり、しまいにはその場に寝転がってしまった。「大きな、甘えん坊ちゃん」ホープの口調のやさしさに反応して、ティンクはペロッと手を舐めた。

ティンクは五歳。うちに来たのはディランが死んでひと月後、父が来てくれる前のことだった。たどたどしくて、愛情深くて、かわいらしい毛糸玉のような子犬は、彼女の悲しみを察したように、滑稽なしぐさで笑わせることに専念した。あふれんばかりの愛情で彼女を圧倒した。ところかまわず舐めまくり、夜になると鳴いては、降参した彼女がベッドに乗せると、幸せそうに体を寄せてきた。その小さな体のぬくもりで、ひとり寝の夜の寂しさをやわらげてくれた。

夫を失った鋭い痛みは弱まり、そのうちに父親が引っ越してきたこともあって、寂しさは薄らいでいった。ティンクは長ずるにつれて距離を置くようになり、ホープのベッドから脇のラグへ、さらに戸口へと移動して、最後にはリビングに落ち着いた。まるで子どもをひとり立ちさせようとする親のようだった。いまは暖炉の前のラグを寝床にしているが、夜のあいだ定期的に巡回しては、自分の世界に異常がないのを確かめている。

ティンクを見るうちに、ホープはふいに強烈なパニックに襲われた。肺が押しつぶされそうになる。この子が五歳ってことは、ディランが死んではや五年！　その途方もない年月に目がくらみ、打ちのめされた。ティンクを見る目は焦点を失って見開かれ、手はいまだ彼の頭にあった。

五年。父親と犬と暮らす三十一歳の未亡人で、デートをしなくなって……もうすぐ二年！　その前にしても、全部ひっくるめて三度のデートしかしていない。付近には人が住んでおらず、旅行客の多い夏のあいだはキャビンの経営で忙しかった。宿泊客とはややこしい関係にならないと決めているし、だいたい、ややこしい関係になりたいと思うような人もいなかった。

愕然として周囲を見まわし、自分の置かれた状況を確かめようとした。これまでにも、ディランの死がある現実感をともなって襲ってくる瞬間はあった。だが、これとは違った。今回のには、胸を蹴られたような打撃を受けた。

五年。三十一歳。ふたつの数字が、夢中で追いかけっこをする二匹のリスのように、頭のなかをぐるぐるまわった。ここでなにをしているの？　山あいに引きこもり、ディラン・ブラッドショーの未亡人として生きるあまり自分自身を見失い、彼の夢だったこぢんまりとした隠れ家的なキャビンの経営に精を出している。

そう、ディランの夢だった、わたしの夢ではなく。

それがホープの夢だったことはなかった。もちろん、喜んでアイダホまでついてきたし、荒々しい自然の楽園で夫の夢の実現に手を貸すのは楽しかったが、彼女自身の夢はもっと他愛がなかった。幸せな結婚生活と、子どもと、自分の両親が送ってきたのと同じ、平凡さのなかにとろけるような甘さのある生活だった。

それなのにディランは夢を実現することなく逝《い》き、いま、彼女の夢までが危機に瀕《ひん》している。再婚せず、子どもはおらず、もう三十一歳。

「ああ、ティンク」犬にささやきかけた。このときはじめて、このまま独り身で自分の家族が持てないかもしれないと気づいた。時はどこへ行ったの？　いつの間に、こぼれ落ちてしまったのだろう。

ティンカーベルは例によってそんな気分を察し、体を寄せてきて、手や頬や耳を舐め、熱烈な情熱で押し倒そうとした。ホープはティンクを抱えてバランスを取り、知らずしらずのうちに小さく笑いながら、甘ったれハウンドの献身をしりぞけた。「わかった、わかったから。もう自分を憐れんだりしないわ。自分の生活が気に入らないなら、変えればいいのよね？」

ティンクはふわふわの尻尾を振りまわし、舌をだらんと垂らして、すばやい方向転換を誓った彼女に、にんまりとした同意の笑顔を向けた。

「でもね」最後のキャビンに向かいながら、語りかける。「いろいろ考えなきゃならないことがあるわ。まず、父さんのこと。だって、わたしのために自宅を売り払って、ここへ来てくれたのよ。それをまた、〝助けてくれてありがとう。でも、もうつぎにまわらなくちゃ〟って調子で、追い立てたりできないでしょう？　それに、あなたのこともあるのよ、おばかちゃん。たくさんの部屋をほっつきまわるのに慣れてるし、ほら、あなたってお上品なタイプじゃないから」

ティンクはトコトコとあとをついてきた。大きくなりすぎた子犬みたいに足にじゃれつきながら、彼女の口調に聞き耳を立てている。もう悲しそうではなく、おしゃべりを楽しむ口調だと察して、幸せそうに尻尾を前後に揺らした。

「たんに、もっと外に出るよう心がけなきゃいけないのかもね。五年間で三回しかデートしていないんだから、わたしの怠慢だって言われてもしかたないわ」顔をゆがめてつけくわえる。「でも、大自然のなかに住む欠点って、周囲にあまり人がいないことなのよね」

ティンクがぴたっと立ち止まり、目の前の小道を急いで横切るリスに目を輝かせた。と、置き去りにするホープに申し訳なさそうな顔を見せるでもなく、狂ったように吠えながら、脇目もふらずにリスを追いかけだした。彼は、アイダホから極悪非道なリスを一掃することに命を賭けている。つかまえられた試しはないのに、毎回追いかけずにいられない。狂犬病の感染が怖くて、リスを追うのをやめさせようと必死になった時期もあったけれど、とうにあきらめて、いまはワクチンを欠かさないように気をつけるにとどめている。

リスは手近な木の幹を駆けのぼり、ティンクの手前で立ち止まると、これ見よがしにぺちゃくちゃ鳴いた。たちの悪い小動物にばかにされたと思ったのか、ティンクはさらに激しく吠え、ジャンプをくり返した。

好きにさせておこう。ホープは最後のキャビンのステップを上がり、長いフロントポーチに立った。こぢんまりとした保養地というのはディランのアイデアであり、夢だったが、キャビンに入るたび誇らしくなる。設計したのは彼にしても、インテリアを担当し、維持してきたのはホープだからだ。内装は一棟ごとに変化をつけつつ、シンプルで居心地がいいのは共通している。壁は趣味のいいプリント柄でおおわれ、ガレージセールで仕入れたようなみすぼらしい鹿の頭部の類《たぐ》いは見あたらない。調度品はハネムーンのカップルでも満足してもらえる落ち着きと、狩猟のためにやってきたグループ客にも対応できる実用性を備えていた。

貸しキャビンとはいえ、自宅のようにくつろいでもらいたいので、全キャビンにラグとランプと本を置き、キッチンの設備を充実させてある。ラジオはあるが、テレビはない。山間部では気まぐれにしか受信できないし、テレビがないと気が安まると言う宿泊客が多いからだ。自宅用のキャビンには一台あるものの、好天なら一局だけ、悪ければまったく映らない。それで、いま衛星放送用アンテナの設置を検討している。この冬は恐ろしく長いので、手持ちぶさたな時間も多い。そんなときは、父とふたり、延々チェス盤をはさんで坐るしかなかった。

パラボラアンテナをつけるなら、ついでに受像器の数を増やし、要望に応じてテレビを観られるキャビンをいくつかつくってもいい。なにごとも同じではいられない。この仕事を続けるのなら、つねに手を入れ、よりよい宿に変えていかなければならない。

ポケットからレンチを取りだし、水道の元栓を閉めて管から水を抜いた。暖房は電気に頼っているので、停電になると、またたく間に氷室のようになる。どのキャビンにも暖炉はあるが、ブリザードになったら、暖炉に火を入れて維持しようにも移動がむずかしかった。

続いて窓の鎧戸を閉め、ドアに施錠した。リスをあきらめたティンクが、ポーチで待っていた。「これでよし」ホープは話しかけた。「全部おしまい。タイミングもぴったり」鼻先を雪片がかすめたので、最後につけくわえた。「さあ、うちに帰ろっか」

ティンクは〝うち〟と聞くや、ひょいと立ちあがり、嬉しそうに息をはずませた。ところが、鼻面を雪の一片がかすめたとたんに色めきたち、またまた狂ったような大騒ぎをはじめた。あたりを駆けまわり、跳びあがって雪片をつかもうとしている。そのおかしな表情につられて、ホープも笑いながら雪片つかみ競争に加わった。それがやがては追いかけっこになり、最後には五歳の少女に戻って駆けまわって、落ちてくる雪に向かってジャンプしていた。住居用の大型キャビンに着くころにはへとへとで、ティンクよりも息を荒げ、彼のおどけたしぐさにくすくす笑いが止まらなくなっていた。

当然のように先にドアに駆け寄ったティンクは、例によって早くなかに入りたがった。振り返ってワンと吠え、早くドアを開けろ、とせっついた。「あんたって、子どもより手がかかるわよね」ティンクの上に身を乗りだして、ドアノブをまわす。「なかにいれば外に出たがるし、外に出すとなかに戻りたくてしかたないんだから。いまのうちに、外で遊んでおいたほうがいいわよ。わたしの予想だと大雪になって、二、三日は外を走れないから」

もっともな理屈も、ティンクには通じない。ただ尻尾を大きく振って、ドアが開くなり、隙間からなかに飛びこんだ。軽く吠えながら、広々とした吹き抜けのリビングを小走りに点検してまわった。あらゆるものを嗅ぎおわるとキッチンに駆けこみ、そのうちまた飛びだしてきた。〝ぼくがみんな調べたけど、変わりはないね〟と言っているみたいだ。ホープはそんな犬の頭をなで、羊革のコートをラックに掛けると、押し寄せる解放感と涼しさにほっと溜息をついた。

ホープは室内を見まわした。きれいな家だわ。立派でも豪華でもないけれど、美しかった。A字型の家の表側は窓になっていて、麗しい湖と山々が一望できる。石造りの大きな暖炉は二階分の高さがあり、梁《はり》がむきだしになった天井に吊るした二基のファンが上にたまる暖かい空気を下に運んでくれた。さらに園芸を得意とするホープが育てた、たっぷりとしたシダと鉢植え植物が、室内にすがすがしさをもたらしている。幅の広い板張りの床は、光沢のある明るい茶色に塗装され、深いグリーンとブルー系統で揃えた厚地のラグが、ところどころに敷いてあった。階段はゆったりとしたカーブを描き、白い階段の手すりが二階のバルコニーまで続く。クリスマスにはこの一連の手すりにライトと緑を這《は》わせるのだが、その光景たるや、息を呑む美しさだった。

寝室は二階にふた間――バスルームつきの主寝室と、子ども部屋にする予定だった小さめの寝室。それに、一階のキッチンの奥に、広い寝室がひと間ある。ここは、階段が膝によくないからと言って父が使っているが、そのほうが双方のプライバシーを保ちやすいというのが実のところだ。キッチンは広々として使い勝手がよく、使いきれないほどのキャビネットと、お気に入りの調理用アイランド、それに軍隊を養えるほど大量の食料を貯蔵できる、巨大な冷凍・冷蔵庫がある。加えて、たっぷりとした食品庫と、小さな洗濯室、化粧室。父が引っ越してきてからは、寝室の隣に小さいながらすべてを備えたバスルームを増築した。

それら全部をひっくるめると、美しく快適な空間に仕上がっているのは間違いないが、停電するたびに、自家発電機につなぐべき器具をもっと熟慮すべきだった、と後悔せずにいられない。冷蔵庫と、電気コンロと、温水器にはつないである。出費を抑えようと小さな発電機にしたので、暖房と、照明器具と、キッチンをのぞく差しこみプラグには接続しなかった。

停電のときは、リビングの暖炉がそうしたもののかわりになると思ったのだ。ところが、あにはからんや、空気をかきまわしてくれる天井のファンが動かないと、暖炉の熱の大半が上に昇り、二階は息苦しいほど暑くなる一方で、一階の寒さが解消されない。命に別状はないものの、快適さという意味では問題があった。とくに、停電が長引く場合は。

やっぱり、衛星放送用のアンテナはあとまわしにしよう。同じお金を使うなら、より大型の発電機を買って電気の配線をしなおすほうが先だ。

窓から外を見ると、まだ三時だというのに、厚い雲のせいで夕方のように薄暗い。より勢いを増した雪は大きく重たげで、家に入ってまだいくらも時間がたっていないにもかかわらず、あたりは白一色に染まっていた。

快適そのものの室内にいるのに、ふいに身震いが走った。こんな日は大鍋にシチューをつくるにかぎる。停電が長く続いたらうんざりするだろうが、お腹がすくたびにちょっとした食事をつくるより、電子レンジでシチューを温めるほうが使う電力が少なくてすむ。でも、予想がはずれて、雪はそんなに降らないかもしれない。

2

予想ははずれなかった。

風は冷たい山頂から、唸りをあげて吹きおろし、雪は勢いを増す一方だった。ホープは日が落ちて窓から外が見えなくなると、外をのぞこうと玄関のドアを開けた。とたんに、突風でドアが内側に押され、叩き倒されそうになった。もちろん雪も吹きこんだ。ドアの外に広がっていたのは、一面の白い壁。ほかにはなにも見えなかった。

息を切らしながらドアをつかみ、全体重をかけて閉めた。すきま風が、甲高い悲鳴をあげている。ティンクは彼女の足元を嗅いで無事を確かめ、ドアに向かって吠えだした。

ホープは顔にかかった髪をなでつけ、深い溜息をついた。れっきとしたブリザード、正真正銘のホワイトアウトだ。雪が風にあおられて、視界が効かなくなっている。さっきドアにあたった肩が痛み、吹きこんだ雪が磨いた床の上で溶けていた。「二度と開けるもんか」誓いの言葉をつぶやき、床を拭《ふ》くモップとタオルを取りにいった。

拭き掃除が終わりに近づいたころ、一瞬、照明が暗くなった。点滅していったんは明るくなったものの、それから十秒後には完全に切れてしまった。

そろそろだと思ってたわ。手元に用意しておいた懐中電灯のスイッチを入れる。うちのなかは不気味な静けさに包まれ、つぎの瞬間、発電機のスイッチが自動的に入って、キッチンの冷蔵庫が息を吹き返した。そのかすかな重低音だけで、重苦しい無力感がぬぐい去られた。

灯油ランプは用意してあった。暖炉の上に置いておいたランプに火を灯し、同じマッチで、積んでおいた薪の下の乾いた焚き付けと、丸めた新聞に火をつけた。青味を帯びた黄色い小さな炎が新聞紙に、さらに焚き付けに燃え移った。しばし炎を見つめて消えそうにないのを見きわめてから、ほかのランプを灯してまわった。煙が出ないよう、炎は細くする。いつもはこんなにランプを使わないが、いつもはひとりでもない。これまで自分を臆病だと思ったことはないし、暗闇も怖くないけれど、ブリザードにひとりきりというのは、やはり心許ないものだった。

ティンクはいつものラグに寝そべり、前足に顔を載せると、満足しきって目をつむった。

「あんまり大はしゃぎするからよ」忠告にたいする彼の返事は、ゴロッと横に転がって、伸びをすることだった。

テレビは昼過ぎからまったく映らなくなり、ラジオに入るのは大半が空電だった。ラジオのスイッチはすでに切ってあったが、電池に切り替えて、あらためてスイッチを入れてみた。願いもむなしく、受信状態はよくならない。溜息をついて、スイッチを切った。この分だと、ブリザード来訪の知らせが届くまでに二、三日かかりそうだ。

寝るにはまだ早かった。なにかしなければと思いつつも、なにをしたらいいのかわからず、所在なく部屋のなかをうろついた。甲高い風の悲鳴が神経にさわってしかたがない。お風呂に入ったら、気が鎮まるかも。ホープは着ているものを脱ぎながら、階段を上がった。早くも二階は暑くなりだしていて、ドアが開きっぱなしになっていたせいで、彼女の寝室はほかほかだった。

ブロンドの髪を頭のてっぺんにとめ、シャワーではなく湯を張ったバスタブに入ると、やわらかなランプの光が体の上で躍った。湯に浸かった裸体がきらめいている。ランプの光だと、目を疑うくらい、いつもと違って見えた。丸みが強調され、影の部分はより沈む。胸はいつもより豊かに見え、股間の毛は黒く、謎めいていた。

三十一にしては、悪くない体だ。しげしげと自分の体を見ながら、そう思った。というか、抜群のスタイルをしている。重労働が贅肉をそぎ落とし、体形を整えてくれていた。胸は大きくないが、位置が高くて形がいい。お腹はぺたんこで、お尻はみごとだった。

この体が五年間もセックスから遠ざかっていたなんて。

すぐに顔をしかめて、その考えを頭から追い払った。ディランとのセックスに歓びを感じていた一方で、それがなくなっても、性欲にはあまり苦しめられなかった。彼が死んで二、三年は、まったく感じなかったほどだ。やがて多少は感じるようになったけれど、欲望をもてあまして困るところまではいかなかった。それがいま、股間が激しく疼いている。お湯に浸かったのが間違いのもとだったらしい。裸体に打ち寄せるお湯が、人の手や、愛撫の感触を呼び覚ましていた。

涙の染みる目を閉じ、うしろに倒れてすっぽりと湯に浸かった。セックスがしたい。汗まみれになって、息をはずませながら、深々と貫かれたかった。もう一度、愛し、愛されたかった。愛がもたらす近しさや、ぬくもり、夜中に手を伸ばしたときにひとりではないと思える、あの感覚。それに、赤ちゃん。張った胸と、ふくらんだ腹を突きだしてのしのし歩き、つねに膀胱を圧迫されながら、赤ちゃんが動きまわるのを感じてみたい。

そう、ホープは求めていた。

五分間の自己憐憫を自分に許すと、さっと体を起こし、足の指でバスタブの栓を抜いた。立ってカーテンを閉め、シャワーの蛇口をひねって石鹸と憂鬱《ゆううつ》を洗い流した。

男には恵まれていないにしろ、肌触りのいい、厚地のフランネルのパジャマならある。パジャマに袖を通し、そのぬくぬくとした心地よさを味わった。フランネルのパジャマには寒い日に飲むスープと同じで、〝ほら、ほら〟と頭をなでられるような、安らぎがある。
歯を磨いて髪を梳《と》かし、顔に化粧水をつけて、極厚の靴下をはくと、だいぶ気分がよくなった。お湯に身をゆだねて、しゃくりあげ、ひとしきり自分を憐れむ。ずっと縁がなかったけれど、いつかしなければならなかったのだろう。これで儀式は終わった。あとはブリザードに立ち向かうだけだ。

ティンクは階段の下に寝そべり、彼女が戻るのを待っていた。尻尾を振って歓迎してから、最下段の前で伸びをしたので、またぐしかなくなった。「どいてくれたっていいのよ」たまに、こちらの意向をほのめかしてみるが、一度として通じたことがない。好きなところに寝るのは、自分の権利だと思っているらしい。

暖かい二階にいた直後なので、凍えそうに寒かった。暖炉の薪をつつき、電子レンジでホットチョコレートをつくった。ホットチョコレートと、本と、小型の電池式読書灯を準備して、カウチに落ち着いた。背中にクッションを敷き、脚の上にも一枚投げてやると、申し分のないくつろぎの場ができあがる。これで苦痛を忘れ、心地よく満ち足りた気分で読書に没頭した。

やがて、夜も更けた。うたた寝から目を覚まし、炉棚の時計に目をやった。十時五十分。ベッドに入る時間だ。でも、また横になるために立ちあがるなんて、ばかみたい。とはいえ、弱くなっている暖炉の火の面倒をみるため、どのみち立ちあがるしかなかった。

あくびをしながら薪を二本くべ、ようすを見に近づいてきたティンクの耳のうしろをかいてやった。と、彼が体をこわばらせ、耳をぴんと立てて、喉の奥から唸った。玄関のドアに駆け寄るや、その前で哮《たけ》りだした。

なにかが外にいる。

こんな強風のなかで、どうして物音が聞きとれるのかわからないながら、ティンクの感覚の鋭さは信頼している。ナイトテーブルのひきだしには拳銃があるが、二階まで取りにいくより、父のライフルのほうが手っとり早い。磨きのかかった床を滑るようにして父の寝室に走り、ラックのライフルをつかんで、その下の棚から弾薬の箱を手に取った。両方を持って明かりのあるリビングに戻ると、弾を五発詰めた。

風とティンクの咆哮《ほうこう》とで、それ以外の物音がかき消されている。「ティンク、黙って！さあ、こちらにいらっしゃい」太腿を叩いて不安げにドアを見ると、ティンクはてくてくと歩いてきて隣に立った。頭をなで、小声で褒《ほ》めてやっても、すぐにまた唸りだす。筋肉を張りつめて前に飛びだし、彼女の脚を全身で押した。

いま、ポーチで物音がしなかった？　耳に意識を集め、ティンクを叩いておとなしくさせると、小首をかしげて音を聞きとろうとした。吹きすさぶ風の音。

頭を働かせて、可能性を探った。クマ？　この時期は冬眠中のはずだが、今年は穏やかな天気が続いている。あるいはクーガーか、オオカミ……本来、人間や人家をできるだけ避けようとする動物だけれど、ブリザードのせいでやけを起こし、内気で警戒心が強いという本能に反して、避難所を探しているのかも。

ドアが大きく鳴った。かたわらのティンクが駆け寄り、ふたたび狂ったように吠えだした。動悸がして、手が汗ばむ。パジャマで手のひらの汗をぬぐい、ライフルをしっかりと握りなおした。「ティンク、静かに！」

犬はその声を無視してさらに激しく吠え、続いてドアが揺らぐほど大きな音がした。やっぱりクマ？　向こうがその気になったら、たとえドアはもっても、窓はひとたまりもない。

「助けてくれ」

ホープはその場に立ちつくした。くぐもった声を聞いた気がするが、確信はなかった。

「ティンク、黙って！」怒鳴りつけると、その勢いに気圧《けお》されていっとき犬が静かになった。

ライフルを構えて、ドアに急いだ。「だれかいるの？」声を張りあげた。

また音がした。さっきよりも弱い。呻き声らしきものが続いた。

「まさか」ホープはつぶやき、ライフルを片手に持ちかえて、ドアのかんぬきに手を伸ばした。こんな天候なのに、外にだれかがいる。幹線道路が遠いために、その可能性は考えもしなかった。こんな空模様のなか、車という拠《よ》りどころを離れたら、この家までたどり着けるわけがないと思っていたからだ。

ドアを開けると、重たい白ずくめの物体が足元に倒れこんできたので、悲鳴をあげてあとずさった。ドアは壁に激突し、床一面に雪が吹きこんだ。氷の息が吹きこまれ、キャビンの熱が奪われた。

足元の白い物体は男だった。

ホープはライフルを脇に立てかけた。男の体の下に手を入れ、足を踏んばって敷居をまたいでいる体を引っぱりこもうとした。このままでは、ドアが閉められない。だが、歯を食いしばってがんばっても、数インチしか動かない。なんて重いの！　氷の粒が蜂のように顔を刺し、風は想像を絶する冷たさだ。ホープは自然の猛威に対抗すべく目を閉じると、再度引っぱりこもうと身がまえた。ままよとばかりに、体をうしろに倒す。男が重すぎてホープまで倒れてしまったが、男の体はなんとか引きこめた。

かたわらのティンクは案じ顔で、吠えながら前足を突きだしたが、やがてクンクン言いだした。彼女だか自分だかを励まそうと、鼻を寄せてきてホープの顔を舐めた。ひとしきり舐めると、謎の人物のにおいを嗅いで、ふたたび唸った。ホープはもうひとがんばりして、男をさらに部屋のなかほどに引き入れた。

ゼエゼエ言いながら床を這い、苦労してドアを閉めた。閉めだされた風が激怒しているかのように襲いかかり、重いドアは猛攻撃にさらされて震えていた。かんぬきを差してから、あらためて男を見た。

危ない状態のはずだ。急いで男の脇に膝をつき、凍りついた衣類と、顔を包むタオルから、雪や氷を払った。

「わたしの声が聞こえる？」しつこく呼びかけた。「意識はあるの？」

返事はなかった。ぐったりとして、震えてさえいない。いい兆候ではなかった。男が着ていた重たいコートのフードを下ろして、顔からタオルをはずし、そのタオルで目元の雪を払った。寒さで皮膚は白く、唇は紫色に変色していた。腰から下は氷の膜におおわれている。

これだけの体格で、意識を失っているとなると、凍りついた衣類を脱がせるだけで大仕事になる。そう踏むと、ホープはさっそく着ているものを脱がせにかかった。最初に厚い手袋をはずし、コートを脱がせた。指が凍傷になっているかどうか調べている暇はない。足元にまわり、断熱材入りのブーツの紐をほどいて脱がせた。続いて二重になっていた靴下を引きはがすと、冷えきった足が出てきた。そこでふたたび上半身に戻ってシャツのボタンに手をかけ、遅まきながら、それが保安官助手の制服なのに気づいた。胸と肩の部分がきつそうに引きつれている。

シャツの下には防寒用の下着、その下にさらにTシャツを重ね着している。この男は寒さには備えていたが、こんな形でそれを見破られるとは思っていなかったはずだ。車が事故にでも遭ったのだろうが、ブリザードのなかをよくここまで来たものだ。たどり着けたのは奇跡か、はたまた幸運以外のなにものでもない。どう考えても、普通なら凍死している。そして、ホープが彼を温めてやれなければ、まだ死ぬかもしれない状態にあった。

脱がしたシャツはつぎつぎに投げて小山にし、続いてベルトのバックルに取りかかった。バックルは氷づけ、ベルトも硬くなっていた。ズボンの前のファスナーさえ、氷でガチガチに固まっている。吹雪で視覚を奪われ、うっかり湖に入ったのだろう。不思議なのは、それでも彼が立っていて、湖に呑みこまれなかったことだ。水に浸かって頭まで濡れていたら、ここにはいなかった。体温の大半は頭皮から奪われるからだ。

こわばった生地と格闘し、力まかせにズボンを引っぱがした。防寒用のズボン下は肌に張りついていて、脱がせるのにもっと苦労した。あとには、溶けた雪と氷の水溜まりのなかに、白いパンツ一枚の彼が横たわっていた。最後の一枚は残しておくつもりだったが、やはりびしょ濡れになっている。この際、彼の体裁より、体温を保つほうが重要だ。パンツを引きずりおろして、濡れた衣類の山に投げた。

つぎは水気を拭いて、体をくるむ番だ。一階のバスルームに走って手あたりしだいにタオルをつかみ、父親のベッドから二枚のブランケットをはいだ。急いで引き返すと、男は床に寝転がったまま、動いていなかった。水溜まりから引っぱりだして手早く体を拭きあげ、ブランケットを床に敷いて、その上に体を転がした。全身をくるみ、暖炉の前に引っぱっていく。ティンクは鼻をつけて、くんくん嗅いでから、彼の隣に横たわった。

「いい子ね、ティンク。体を抱いてやって」ホープはティンクにささやきかけた。筋肉の使いすぎで震えるのもかまわず、キッチンに走ってタオルの一枚を電子レンジに突っこんだ。取りだしたときには、持つのがやっとなくらい熱くなっていた。

駆け足でリビングに戻り、蒸しタオルで男の頭を包んだ。それから覚悟を決めて、着ているものを脱いだ。パジャマの下は裸だが、早急に温めてやれるかどうかに彼の命が懸かっている。貴重な時間を使ってまで、二階に下着を取りにいくつもりはなかった。残っていたブランケットをつかみ、ほかほかになるまで火にかざした。男を包んでいたブランケットを開き、温まったブランケットをかけて冷たい足をくるむと、隣に体を滑りこませた。

低体温に対抗するには、人体で温めるにかぎる。冷たいからって、ひるむんじゃないわよ。ホープは男の体に自分の体を押しつけた。凍えそうなほど冷たい。男の上に乗って腕を巻きつけ、温かい顔を彼の顔にくっつけた。腕と肩をさすり、男の手をふたりの体のあいだにはさんで、ぬくもりが戻るまで耳を手でくるんだ。さらに足を上下させて男の脚をこすり、冷たさを追いやって、血を通わせる。

男が呻いた。開いた唇から、ささやきがもれる。

「その調子よ。さあ、起きるの」つぶやいて彼の顔をなでると、伸びだしたひげが手のひらにあたった。唇の紫が薄らいできている。

そのころには、男の頭に巻いたタオルが冷えていた。タオルをはずして、ブランケットを出た。キッチンに走って電子レンジで温めなおすと、リビングに取って返し、再度頭に巻きつけて、ブランケットのなかに戻った。ホープにくらべて男は上背がありすぎるので、一度に全身を温められない。まず体を下にずらして、足で彼の足を温める。足の指を絡ませるうちに、体温がいくらか移った。

ふたたび体をずらし、彼の上半身に乗った。硬い筋肉質の体。この際、熱を発生させる筋肉が多いのは、悪くない。

男の体が震えはじめた。

3

ホープは男を抱えた。小声で話しかけ、しゃべらせようとした。ある程度、意識が戻ってコーヒーを飲ませられたら、その熱とカフェインが効いて目を覚ますはずだが、人事不省の人間に熱いコーヒーを飲ませるのは、窒息させ、火傷させるようなものだ。

男はふたたびウーンと唸り、ひきつったように息を吸うと、頭を振ってタオルを落とした。熱で乾いた黒っぽい髪が、暖炉の火に照らされてブロンズ色に輝いている。ようやく戻った貴重な体温を逃すわけにはいかない。ホープは頭をタオルで包みなおし、額と頬をなでて、ささやいた。「起きて、いい子だから。目を開けて、声を聞かせて」安心させよう、応えさせようとするあまり、知らずしらずのうちに赤ん坊に語りかけるような口調になっている。耳慣れた甘い声を聞きつけて、ティンクがピンと耳を立てた。ティンクは男の足元に移動すると、寄りそうように腰を下ろした。厚い毛皮をまとっているので、ブランケットごしに伝わってくる冷たさが心地よいのだろう。あるいは、本能のままに、男を温めようとしているのかもしれない。ホープはティンクにも、いい子ね、と話しかけた。

軽く断続的な身震いは、しだいに激しさを増していった。男の体は揺さぶられ、肌は粟立って、筋肉はねじ曲がった。歯の根が合わず、ガチガチ鳴っている。

ホープは痙攣《けいれん》する体を支えた。男は苦しんでいた。意識はほとんどなく、呻きながら、荒い息をしている。丸まろうとする体を、ホープはしっかりと抱きとめた。「大丈夫よ」引きつづき語りかける。「さあ、起きて。目を開けるの」

信じられないことに反応があった。薄く持ちあがったまぶたの下から、焦点の合わないどんよりとした目が現れる。まぶたはすぐに閉じ、黒っぽいまつげが頬に影を落とすや、今度は腕を持ちあげて抱きついてきた。自分ではいかんともしがたい震えが新たな波となって押し寄せ、ぬくもりを求めて無我夢中でしがみついてくる。こわばった全身は、ガタガタと震えていた。

雄牛のように力強い腕が鋼《はがね》のベルトとなって、ホープの体が締めあげられる。小声であやし、肩をなでて体を寄せると、男の体温がたしかに感じとれた。そして、ホープは熱かった。肉体を酷使し、ブランケットにくるまれているせいで、汗ばんできている。巨体を引きずり、服を脱がせるという重労働の疲れに、温めてやれなければ死んでしまうというストレスが重なっていた。

震えの発作が収まると、男の体から力が抜けた。いまはしきりに息をしている。動きまわり、脚をばたつかせ、頭からタオルを振り落とした。うっとうしいのだろう。そこで、頭に巻くかわりにタオルを折りたたみ、男の頭を持ちあげて、堅い木の床とのあいだのクッションにした。

男がまだ冷えきっていて、急を要する状況だったときは気づかなかったが、いつしかその裸体がもたらす感覚を意識していた。上背があって体格がよく、毛におおわれたすてきな胸と、さらにすてきな硬い筋肉。それに、ゆがみと青白さが取れると、顔だちも悪くない。胸毛にこすられて、乳首が疼く。そろそろ、離れるべきなのだろう。そっと男の体を押して体を起こそうとすると、男は呻き声をもらして、さらに抱きついてきた。また震えがきている。

ホープは体から力を抜いた。

今回はそれほどひどい震えではなかった。男は唾を呑んで唇を舐め、うっすらとまぶたを開いて、すぐに閉じた。うたた寝しているようだ。もう体温が戻ったので、心配はいらない。ホープの筋肉も疲労して震えている。ちょっとだけ休もう。ホープは目を閉じた。

それから、どのくらい過ぎただろう。まだ半分眠っていたホープは、温かくて、疲れで体が重く、眠って一分なのか、一時間なのかわからなかった。男の手が下に動き、片方のお尻の丸みに添えられた。と、彼女の下で体をずらし、引き締まった脚を動かして、太腿に割って入ってくる。充血したペニスが、むきだしにされた入口をつついていた。

あまりに急だった。朦朧《もうろう》としているうちに、男のものがなかに入っていた。男は横に転がってホープをブランケットに押しつけ、のしかかってきて、ひと思いにペニスを入れた。いっきに奥まで貫かれる。純潔のうちに過ぎた五年間のあとなので、太いものでなかを押し広げられると、避けようもなく痛みがあった。だが、快感でもある。夢うつつのまま異常に高ぶり、腰をそらせて、彼のものが奥深い部分を突くのを感じた。悲鳴をあげ、喘ぎながら首をうしろに倒すと、歓びが駆け抜けて神経の末端まで達した。

じれったさをあおる、前戯の類いはいっさいなかった。彼はただその重さで彼女を組み敷き、ペニスを突き立てた。そしてホープのほうも腕と脚を巻きつけ、欲望のままに押し入ってくるものに応えた。暖炉の火と、ランプの淡い光のなかで、彼の顔を見た。開かれた目は青く、まだ茫然としている。意識が肉体に向いているせいで、顔が険しい。純粋に動物としての本能に突き動かされ、間近にあった彼女の肉体に——彼の命を救うために必要だった裸体の近しさに——性欲をかき立てられたのだ。体が温まり、生きていると実感したとき、腕のなかには裸のホープがいた。

純粋に肉体のレベルに限ると、これほどに強い歓びを感じたのははじめてだった。女としての自分の体や、男のたくましさを痛烈に意識した。引いては寄せる彼のペニスの硬さ、なめらかさを数ミリ刻みで感じる。貫かれるたびに燃えあがり、内側が収縮して、クライマックスに近づいていく。体は息苦しいほど熱く、皮膚がちりちりして、すぐ先に漂っている絶頂の予感に震えた。彼のお尻をつかみ、腰を押しつけて、できるだけ深くまで招き入れる。ただでさえ高まっている快感がさらに高まって、叫び声が口をついた。と、彼はかすれた雄叫びをあげてブルッと震え、背中を丸めて激しく腰を使った。熱い子種がほとばしり、ホープは高波に呑まれてのたうった。

彼が倒れこんできた。体じゅうの筋肉をひくつかせている。鼓動は速く、息遣いは荒い。われを失ったまま震えているので、腕をまわして抱きしめた。

あろうことか、ふたりはそのまま寝入った。ホープはすべてを絞りとられ、うつろで、からっぽだった。すると、闇が下りてきて、逃れられなくなった。上には、すでに眠ってしまったぐったりと重い体がある。手を伸ばして彼の頰に触れ、額の髪を押しあげる。あとは、差し迫った休息の欲求に身をまかせるしかなかった。

薪が崩れる音で目を覚ました。ホープは身じろぎし、背中にあたる硬い木の床の感触に顔をしかめた。上からは男の体重がかかっている。頭が混乱していて、最初は夢を見ているのだと思った。まさか、赤の他人と裸になって床で寝ているわけがない。しかも相手まで、素っ裸なんて。

だが、いつもどおりの場所で寝息をたてるティンクと、風の唸り声と、静かに揺らめいているランプの炎でブリザードのことを思い出し、すべてが正しい位置に収まった。

彼が起きているのに気づいたのも、やはり突然だった。身動きひとつしないが、体じゅうの筋肉をこわばらせ、いまだなかに入ったままのペニスがむくむくと大きくなっていく。ホープが混乱しているくらいだから、彼のほうはなおさらだろう。男の背中にそっと手をやり、そこに広がる筋肉に手のひらを這わせ、「起きてるわよ」とつぶやいた。そのつぶやきと手があれば、彼女が自分の意思でこの場にいるのだから、心配はいらないのだと伝わるはずだ。

男が顔を上げ、ふたりの目が合った。青い瞳をのぞきこんだとき、驚きに息が止まりそうになった。完全に覚醒した目の奥には強い個性と、状況を把握しているらしいきらめきがあった。

ホープは赤くなった。頬がほてって、呻きそうになった。はじめて会った男に、なにを言えばいいの？　裸で彼の下に横たわり、勃起したものをすっぽり包みこんだこの状態で。

彼はホープの腰を指先でなぞり、そっと頬をなでた。「やめようか？」ささやき声で尋ねた。

最初の一回は意識しないうちにはじまっていた。だが、むごいほど自分に正直なホープには、不本意だったふりができなかった。それに今度は、ふたりとも自分たちのしようとしていることを完全に理解している。分析も自問もせずに、あっさりと答えた。「いいえ」ささやき声を返した。「やめないで」

すると、彼が唇を寄せてきた。ふたりのあいだにはなにごともなく、挿入しているのを忘れているような、やさしく、探るようなキスだった。はじめて抱く女のように求め、長々とキスを続けた。やがてホープも小首をかしげて熱心に求めに応じ、舌と舌が絡まった。彼の手が乳房に伸び、どうしたら感じるのか探りあてて、乳首を硬く突きださせる。お腹も、お尻も、脚のあいだもまさぐった。しゃぶった指を恐ろしく敏感なクリトリスの先端に這わせ、そっと引きだして、彼女を喘がせた。腰が持ちあがる。今度は彼のほうが、深く引きこまれる感覚に呻いた。

こんなふうに焦《じ》らされたら、彼が動きだす前に死んでしまう。そう思いつつ、気持ちよすぎてせかせなかった。男の注目、男の体、愛の行為がもたらす最高の解放感――そんなものに、これほど飢えていたなんて。バスルームで欲求不満に身もだえしたとはいえ、ここまで自分がセックスに溺《おぼ》れるとは思っていなかった。キスや、手の感触や、なでられる感覚のひとつずつを、貪るように味わった。彼にむしゃぶりつき、愛撫し返し、自分が感じている歓びのいくらかでも感じさせたかった。彼が呻いているところをみると、願いは叶ったらしい。そして、やさしい愛撫を必要としない時がやってきた。絶頂へ至る激しい腰の動き以外、なにもいらなかった。ホープは迫りくる瞬間にわれを忘れ、快感の高波に身を投じた。そしてまた、彼に興奮を呼び覚まされた。「もう一度、きみがいくのを感じさせてくれ」

彼も限界に近かった。ホープが三度めの高波に襲いかかられたとき、抑えようのない深い声を吐きだして、震える体を彼女の上に横たえた。

今回のホープは、眠りという贅沢に身をまかせなかった。彼のほうも今回はそっとペニスを引きだして横に転がった。彼女の手を手探りし、その指をごつごつした掌《たなごころ》でくるんだ。「なにがあったか聞かせてくれ」ようやく口を開くと、低く淡々とした声で尋ねた。「きみはだれだ?」

ここへきて自己紹介するなんて、恐ろしく間が抜けている。ホープは今度も頬を赤らめ、咳払いをした。「ホープ・ブラッドショーよ」

青い瞳が彼女の表情を探っていた。「おれはタナー。プライス・タナーだ」

暖炉の火が弱くなってきていた。薪を二、三本足してやらなければならないが、いま立ちあがって彼の目に裸体をさらすのは、耐えられなかった。パジャマを探して周囲に目をやったものの、きまり悪いことに、シャワーを浴びないと着られない状態だった。

ホープの視線の先にあるものを見た彼には、傷つくほどの体裁がなかった。立ちあがると、長い脚で薪の山まで歩き、暖炉にくべた。ホープは自分がされたら照れくさかっただろうことを、彼にたいしてした。頭のてっぺんからつま先まで、しげしげと観察したのだ。目に入ったものは、まるごとすべて気に入った。暖炉の照り返しを受けて、浮かびあがる筋肉の凹凸。たくましい肩の傾きや丸み、広い胸板、太腿に盛りあがった細長い筋肉。お尻は丸く、引き締まっている。ペニスは勃起していないときでも、うっとりするほど太く、その下で陰《いん》嚢《のう》が重たげに揺れていた。プライス・タナー。心のなかで彼の名前をくり返す。力強さと、潔さをあわせもった名前だ。

ティンクは眠りを妨げられて、少し不機嫌そうだった。起きあがって新参者のにおいを嗅いでいたが、プライス・タナーが腰をかがめて頭をなでると、大きく尻尾を振った。「犬が吠えていたのを憶えてるよ」

「わたしより先に、この子が物音に気づいたのよ。彼の名前はティンカーベル。縮めて、ティンクって呼んでるわ」

「ティンカーベル?」青い瞳に驚きの表情を浮かべて、ちらっと彼女を見た。「ゲイなのか?」

ホープはプッと噴きだした。「いいえ。底なしに能天気な、ただの甘えん坊よ。世界は自分をかわいがるためにあると思ってるわ」

「そのとおりかもな」プライスは濡れそぼった自分の衣類の山と、床にできた水溜まりを見ている。「おれがここへ来て、どれくらいになるんだ？」

時計に目をやると、針は二時三十分を指していた。「三時間半ね」その短い時間のあいだに、あまりに多くのことが起きた。そのくせ、一時間かそこらしか過ぎていないような気がする。「わたしがあなたをうちに引き入れて、服を脱がせたのよ。湖に足を突っこんだんでしょう、下半身がずぶ濡れだったから。濡れた体を拭いて、ブランケットにくるんだわ」

「ああ、水に入ったのは憶えてる。ここにキャビンがあるのは知ってたんだが、なんにも見えなくて往生したよ」

「よくここまで来られたわね。どうして歩きだったの？　事故かなにか？　そもそも、なんでこんなお天気に外出したの？」

「ボイシへ出かける途中で、ブレイザーがスリップして道をはずれた。そのときフロントガラスが割れて、なかにいられなくなったんだ。ここにキャビンがあるのは知ってたし、コンパスは持ってた。ここをめざす以外に、生きる道がなかったのさ」

「あなたは歩く奇跡よ」軽い調子で言う。「普通の人なら、間違いなく凍死してるわ」

「でも、おれはそうならずにすんだ。きみのおかげでね」プライスはブランケットに戻り、彼女の横に寝そべった。思いつめた目をしている。ブロンドの巻き毛を手に取り、指のあいだを通してから、彼女の耳にかけた。「おれを温めるためブランケットに入ったときは、おれが半分意識を取り戻すなり襲ってくるなんて、予想してなかったはずだ。正直に答えてくれ、ホープ。きみも望んでのことだったのか？」

ホープは咳払いをした。「そうね——驚いたけど」彼の手に触れる。「でも、いやじゃなかった。あなただって、それは感じたでしょう？」

プライスはほっとしたように、一瞬目を閉じた。「きみの上で目を覚ますまで、記憶が混沌としてるんだ。というか、自分がなにをして、なにを感じたかは憶えてるが、きみも同じように感じていたのかどうかが、わからなかった」開いた手をホープのお腹に置き、上に滑らせて乳房をおおった。「ついに頭がいかれたか、と思ったね。こんなにきれいで、やさしい茶色の瞳をした、ブロンドの女性が裸で隣にいるんだもんな」

「細かいこと言うようだけど、わたしがいたのは隣じゃなくて、あなたの上よ」また頬が赤く染まる。いちいち赤くならないで！「あなたを温めるには、それがいちばんだったから」

「たしかに効いたよ」そのときはじめて、彼の口元に笑みが浮かんだ。

ホープは息をするのを忘れそうになった。彼はハンサムというより、魅力のあるいかつい顔をしているが、笑顔になったとたん、心臓がでんぐり返った。愛の化学反応ね、とぼんやりした頭で思う。ハンサムな男なら大勢見てきた。ディランも端正な顔だちの、古典的な美男子だった。だが、見た目がよければ体が反応するとはかぎらず、どんな男性にたいしても、これほど性的に惹かれたことはなかった。もう一度、彼に抱かれたい。だが、その欲望に屈する前に、彼が身体を消耗するつらい試練をくぐり抜けたばかりなのを思い起こした。

「コーヒーを飲まない?」あわてて尋ね、立ちあがった。彼から目をそらしながら、パジャマを回収する。「それとも、なにか食べる? 昨日大量にシチューをつくったのよ。熱いお風呂に入るのもいいかも。温水器は発電機につながってるから、お湯ならふんだんにあるわ」

「いいね」彼も立ちあがった。「どれもそそられる」手を伸ばして彼女の腕をつかみ、自分のほうを向かせた。頭を下げ、今度も甘く、やさしく彼女の口を吸った。「それに、もし許されるものなら、またきみを抱きたい」

人生には、こんなこともあるのね。ホープは彼を見あげた。またもや心臓が宙返りした。今度はもう自分が流れに乗って、足踏みしないのがわかる。ブリザードが続くかぎり、プライス・タナーはそばにいる。こんなチャンス、二度とないかも。

「わたしもよ」どうにか答えた。

「今度は床じゃなくて、ベッドにするとか?」親指で円を描くようになぞられると、乳首がつんと、とんがった。

「二階へ」ホープは唾を呑んだ。「暖かいのよ。熱が全部、二階に上がるから。でも、あなたを抱えて階段を上れなかったから、暖炉の前にしたの」

「文句をつけてるわけじゃないんだ」彼女の腕にあったパジャマをたぐり、床に落とした。「いま思ったんだけど、コーヒーとシチューの件は忘れないか？　ついでに、風呂も。きみが一緒に入ってくれるつもりなら、別だけど」

そのつもりはなかったけれど、すてきなアイデアよね？　ホープは彼の胸にもたれ、すべてを頭から追い払って、ふたりの体が紡ぎだす生々しい魔法だけを思った。

4

明くる朝、ホープは目覚めると、横になったまま、まだ隣で眠っている彼を見つめた。かつてないほど、体が満たされている。名前以外はほとんどなにも知らない男に、これほど夢中になる理由を問うことなく、この出会いが運んできた喜びを素直に受け入れた。熱い彼の体がベッドをぬくぬくとした巣に変え、外に出たくなくなる。部屋が冷えきっているから、なおさらだ。どうやら、暖炉の火が燃えつきたらしい。

眠っている男の隣に横たわり、ゆっくりとした深い寝息に耳を澄ませる。そこには、長いあいだ味わえずにきた素朴な喜びがあった。彼に寄りそいたいけれど、起こすのはしのびない。疲れているのだろう。ぐっすりと眠っている。凍死しかけた直後だったのに、昨晩は体を休める暇がなかった。

たくましい腕の片方が、まくらの上に投げだされていた。見ると、手首に青痣がある。なにはともあれ、彼は交通事故に遭ったのだ。不思議なのはいま眠っていることではなく、夜のあいだあれほど活力に満ちていたことのほうだ。

見えている彼の部分をひとつずつ確かめた。きれいな髪。黒っぽくて豊かで、日盛りで長くすごしているのか、ブロンズ色の筋が入っている。こちらを向いている寝顔を見るうちに、自然と笑みがこぼれて、指で鼻筋をなでたくなった。鼻は高くて、少しゆがんでいる。たぶん殴られたせいね。口は大きくて形がよく、唇はやわらかい。下顎は角張っていて、顎先は頑固そのもの。男前で、いかめしくて、前に思ったとおり、いわゆるハンサムではないけれど、魅力にあふれていて、見ているだけで乳房が張ってくる。

気持ちが彼に傾きすぎて、めまいがしそうだった。いつしか、人に夢中になるときの性急さ、激しさを忘れていた。普通の出会い方をしても、彼になら惹かれていただろう。だとしても、強制された息苦しいほどの肉体の近しさがなければ、きっと誘おうとさえしなかった。必要に迫られて裸体を重ねあわせていたからこそ、彼が意識を取り戻す前から、ふたりのあいだには絆《きずな》ができていた。彼をなでさすっていたせいで、ひげが伸びはじめた頬のざらつきから、盛りあがった肩のなめらかさまで、その皮膚の感触を知っていた。彼の胸にすりつけられた乳首は固くなり、脚は絡みあって、性的な意味あいはなかったにしろ、彼の性器は否応なく体に触れていた。あえて考えようとはしていなかったけれど、欲望がかき立てられるのは避けようがなかった。

彼との行為に惹かれるのは、たんなる肉体的な不足感のせいではなかった。そう考えていたとしても、いまは違うのがわかる。もう不足していないのに、同じように彼がほしいからだ。セックスにおけるふたりの相性は、怖くなるほどぴったりだった。彼の手は、生まれたときからその術《すべ》を知っているかのようにホープを感じさせ、その肉体は彼女に最大の歓びをもたらすべくつくられたようだった。

少なくともセックスについては、彼も同じように感じているのだろう。疲労困憊しているはずなのにくり返し迫り、彼女を引き寄せる手が、抑えきれない欲求に文字どおり震えていた。

ホープは唇のあいだから、荒い吐息をもらした。

吹きつける風が、窓をガタガタ鳴らしている。ガラスの向こうにあるのは、視界をさえぎる白いカーテンだけだ。ブリザードが猛威を振るっているかぎりは、世間に邪魔されることなく、彼を独り占めにできる。

たった一日で、なんという変化だろう。昨日は時間が指のあいだからこぼれ落ちてしまう感覚にあわてふためき、自分が心から求めてきた家族というものを手に入れる機会はもうないかもしれないと悲観していた。そこへ、吹雪のなか、プライス・タナーが吹き寄せられるや、一転して未来が希望に輝きだした。

保安官助手のプライス・タナー。ボイシに向かう途中だったと言うから、あちらの出身かもしれないが、ここに保養地があるのを知っていた。このあたりに土地勘があるってことで、つまりは地元の人間かもしれない。彼が目を覚ましたら、尋ねてみよう。

昨晩はめくるめくような愛の行為に溺れ、彼がここにいるあいだに楽しもうと思うほど、それだけで彼を恋人とみなすのが怖くなった。ふたりを結びつけた状況は極端なものだから、天候が回復ししだい、うしろも振り返らずに立ち去るかもしれない。ホープはそのリスクを承知で、彼を受け入れた。そう、夫以外に恋人がいなかったにもかかわらず、自分の意志でいまの状況を招いたのだ。

ふたりの関係がなんらかの形で続くようなら、こんなに嬉しいことはない。ただ、〝愛〟という言葉は考えないようにしていた。ちゃんと知りもしない人を、どうやったら愛せるの？　彼はやさしく思いやりがあって、言葉の端ばしに鋭いユーモアのセンスをのぞかせる。どちらも、ホープには好みの資質だけれど、どちらかの心に愛が芽生えたと想像するのは避けていた。

ホープが実際につかんだものがあるとしたら、それは、赤ん坊を授かるチャンスだ。彼にひどく惹かれ、激しい歓びを与えられたのはほんとうだが、その一方で避妊していないのをはっきりと意識していた。この五年間ピルには縁がなく、手元にコンドームは置いてなかった。ホープは子どもを宿す能力のある健康な成人女性で、プライスのほうにも、子どもを授ける能力があると考えていいだろう。そして、タイミングはほぼ合致していた。彼は夜のあいだに五度なかで果て、薬品にしろ、ホルモン剤にしろ、精子と卵子の結合を妨げるものはなにもなかった。それがわかっているからこそ、そのエロチックさに体が震えた。

夜が明けて頭が冴え、緊急事態のストレスがなくなると、罪悪感が湧いてきた。彼が結婚しているかどうかさえ、知らなかった。結婚指輪ははめておらず、前夜は考えもしなかった。既婚者と寝てしまったかもしれないと思うと、胸が締めつけられた。彼が不実なろくでなしだとわかったらどれほど傷つくか、想像するだに恐ろしい。だが、仮に独身だとしても、彼の同意なしに重大な決断を下す権利はないという、厳然たる事実は残る。彼は避妊について尋ねなかったが、生命の危機にさらされた直後だったのだから――たとえば、生きている実感があっただけで――そこまで頭がまわらなかったという言い訳は成り立つ。

これでは、彼から自由意志を奪ったも同じだ。もし妊娠したら、ごく正当な反応として、非常に腹を立てるかもしれず、精子の無認可使用といった概念があれば、罪に問われるところだろう。

妊娠したとしても、ひとりで育てるのは容易ではない。それを考える猶予を自分に与えていたら、あえて危険は犯さなかったかもしれない。だが、ホープは考える時間を取ろうとせず、プライスからも与えられず、いまはただ、愛の行為の結果が新しい生命として結実するかもしれないという、罪深い喜びにひたっていた。なんやかんや言うだろうが、父は娘のホープを愛しているし、それにホープは、自分や赤ん坊の面倒もみられないような年端のいかぬ小娘ではない。結婚できれば最高だけれど、前日鮮烈に意識したとおり、時は待ってはくれない。与えられたチャンスを見逃すいわれはなかった。

彼を起こさないように、そっとベッドから抜けだした。腿が震え、お腹の奥が痛かった。最初の二、三歩は歩くのがやっと。長らく使っていなかった筋肉と皮膚が、前夜の扱いに抗議していた。こっそりと衣類を集め、忍び足で部屋を出た。

一階に下りると、キッチンからティンクが小走りに出てきた。飛びかからんばかりだから、ホープが寝坊したせいで、お腹をすかせているのだろう。だが、ティンクはすべてを忘れて彼女がいることを喜んだ。ホープはティンクのボウルに餌をそそぎ入れると、すぐに暖炉に走った。薪は熾《おき》になり、室内は冷えきっている。赤々とした熾に焚き付けを近づけると、すぐに火がついた。それから薪を三本、注意深く火床に積み重ねた。続いてコーヒーのポットを火にかけておいて、その間に父親の寝室でシャワーを浴びた。お湯が出るって、なんてありがたいんだろう。出なければ、寒さに凍えていたところだ！

疼きと痛みをやわらげるのに、シャワーは抜群の効果を発揮した。いい気分になったところで、スエットパンツにぶかっとしたフランネルのシャツをはおり、厚手の靴下を二枚重ねにして、一杯めのコーヒーを飲むためキッチンに戻った。床に残したままだった前夜の水溜まりを拭きあげ、カップを持ってリビングに向かった。

プライスの服を片づけなければならない。

乾かすなら、熱気が集まるバルコニーの手すりに干すのがいちばんだ。ゆっくりと乾かしたほうがいいコートは椅子に掛け、ブーツは暖炉の脇に置いて、残る衣類を二階に持ってあがった。これが乾くまでは、裸でうろつかせておくしかないかも。背が高すぎて父の服だとつんつるてんだし、ディランのものは自分で着ている数枚のシャツをのぞいて処分した。

そういえば——父が黒いスエットパンツを買ってきたら、タグのサイズが違っていたことがあった。丈が数インチ長すぎたのだ。返しにいくガソリン代のほうが高くつくというので、父はそのまま丸めてクローゼットに突っこんだ。サイズ表示に頼って買うのは、かくもあてにならないものだから、ホープだって特大のスエットシャツを買ってしまうわけだ。

なるべく皺《しわ》を取りのぞこうと、制服を伸ばしているとき、ズボンの左脚の部分に穴が開いているのに気づいた。顔に近づけて見たら、穴のすぐ下に赤いシミがあった。どうしてできた穴だか知らないが、そのときに出血をともなったらしい。しかし、プライスを脱がせたのはホープなので、どこにも傷がないのはその目で見たとおりだ。一瞬、顔をしかめたものの、こだわるのはやめにして、ズボンを手すりにかけた。

なにかが引っかかっていた。それに気づくまで、しばし制服を見つめた。そうだ、拳銃はどこにあるのだろう。途中でなくしたのかしら。でも、ホルスターもなかったから、身につけていた拳銃をはずして……ブレイザーのなかに置いてきた？　ないのは財布も同様だったが、こちらは説明がつきやすい。降りしきる雪のなかを、苦労して歩いてきたのだから、いつポケットから落ちてもおかしくないし、湖に落としたという線も考えられる。

でも、拳銃は落としたとしても、そのあとガンベルトとホルスターをはずして捨ててくるだろうか。制服の一部なのに。もちろん、ブレイザーから脱出したとき、どんな状態だったかはわからない。頭を打っていて、拳銃を持っていないのに気がつかなかった可能性もある。だが、錯乱状態でここまで迷わずに来たとしたら、奇跡どころではない。

考えすぎだわ。拳銃なんてささやかな謎だから、彼が起きるのを待てばいい。それより、家は暖まり、コーヒーは沸き、お腹は鳴っていた。

ふたたび一階に戻ると、確認のために受話器を耳にあてた。回線は通じておらず、どんな音もしなかった。ラジオのスイッチを入れたが、聞こえてきたのは雑音だけだった。外の天気を考えたら、それ以外のものは期待しようがないものの、もしもに備えて、停電の最中は定期的にチェックすることにしていた。

ライフルは昨夜置いたとおり、ドアの脇に立てかけてあった。それを回収し、父の寝室のラックに戻した。ほうっておいたら、元気いっぱいのティンクの尻尾にいつ倒されるかわかったものじゃない。

それから、熱々のコーヒーの入ったカップを手に、リビングの片づけに取りかかった。使ったブランケットとタオルは、電気が復旧しだい洗えるように洗濯室に運び、溶けた雪と氷の水溜まりはきれいに拭きとった。もちろん、ティンクは水溜まりの上を何度か行き来し、うちじゅうに濡れた足跡を残した。ホープはそのあとを追っては、床に膝をついて、足跡をぬぐいとった。

「おれの気のせいじゃなきゃ、コーヒーのにおいがするぞ」

急いで顔を上げると、プライスがバルコニーの手すりにいた。あっちこっち向いた髪に、ひげで黒ずんだ顎。目はとろんとして、声はかすれていた。風邪でもひいたのではないかと心配になった。

「いま持っていくわ。裸で歩きまわるには、下は寒すぎるから」

「じゃあ、ここにいるよ。いまのところまだ、寒さに立ち向かう気力はないからね」いたずらっぽくニタッとすると、かたわらのティンクをなでた。新しい声を聞きつけるや、早くも階段を駆けのぼっていたらしい。

ホープは父親の寝室に入り、丈の長いスエットパンツを探した。下着と狩猟用の厚地の靴下も何足か集めたが、いくら探しても肝心の特大サイズのスエットシャツが見つからない。アイダホ州立大学のロゴがついたグレーのシャツで、一度だけスパッツと一緒に着たことがあるが、あまりに大きすぎて服のなかで溺れそうだった。どこにやったのだろう。

二階にある予備の寝室のクローゼットかもしれない。そこは季節はずれの服の保管場所にしているが、かならずしもすべてを移しかえているわけではなかった。

小さな衣類の山を抱えてキッチンに戻り、カップにコーヒーをつぎ、それを全部ひっくるめて、二階に持ってあがった。

火勢が戻ったおかげで、二階はすっかり暖まっている。プライスはバスルームのドアを開けたままシャワーを浴びていたので、カップは洗面台に置いた。「コーヒー、ここよ」

彼はカーテンを開けて、頭を突きだした。顔に水が滴っている。「こっちにくれるか？ありがとう」ごくりと呑み、カフェインの刺激に溜息をついた。

「着るものを持ってきたわ。わたしの父の下着だけど、いやじゃなかったら使って」

「きみの親父さんさえいやじゃなきゃ、はかせてもらうよ」カップの縁の向こうで、青い瞳が彼女をうかがっていた。「ご主人のじゃなくて、親父さんのでよかったよ。昨日の夜は訊かずじまいだった。人妻といちゃつく趣味はないが、きみとはいちゃつきたいからね」

「わたしは夫に先立たれたの」いったん黙る。「今朝、わたしもあなたについて同じことを考えてた。あなたが結婚しているかどうか考えもしなかった、って意味よ」

「おれは独身さ。バツイチ、子どももなし」もうひと口コーヒーを飲む。「それで、きみの親父さんはどこに？」なにげない口調で尋ねた。

「インディアナポリスよ。伯父のピーターが心臓発作を起こしたんで、お見舞いに行ったの。あと一週間は向こうにいる予定よ」

プライスは彼女にカップを返し、笑顔になった。「ブリザードはあと一週間続くかな？」

ホープは声をあげて笑った。「まさか」彼の両方の手首に青痣があるのに気づいた。

「チェッ。でもまあ、少なくとも今日は動けない。居場所は知らせなきゃならないにしろね」

「おあいにくさま。いま確認したんだけど、電話が通じなくなってるの」

「運命に呪われてるらしい」閉まるシャワーカーテンの隙間から、青い瞳の輝きが見えた。

「セクシーなブロンド女と置き去りにされちまった」カーテンの向こうから、楽しげな口笛が聞こえてきた。

わたしも口笛を吹きたい気分。ホープは外の風音を聞きながら、彼が何日か足止めされることを祈った。

そのとき、ふと思い出した。「そうそう、訊きたいことがあるの。あなた、どこか怪我した？　昨日の夜は気がつかなかったんだけど、制服に穴が開いてて、血らしきものがついてたから」

二、三秒して、返事が戻ってきた。「いや、怪我なんてしてないよ。なんのシミだろう？」

「それに、拳銃とホルスターがないわ。どうしたか憶えてる？」

今度も間があった。ようやく聞こえてきたのは、水しぶきを顔に浴びながらしゃべっているらしい声だった。「ブレイザーのなかに置き忘れてきたんだろう」

「なんでガンベルトをはずしたの？」

「まったく、どうかしてたよ。で……ここにも銃器はあるのかい？　昨日見たライフルのほかにって意味だけど」

「拳銃が一挺あるわ」

「どこにしまってあるんだい？」

「寝室のサイドテーブルのひきだしだけど、どうして？」

「おれ以外にも、吹雪に巻きこまれて、避難場所を求めているやつがいるかもしれないからさ。用心するにこしたことはないだろ？」

5

一階に下りてきたプライスは、ホープの父親の剃刀できれいにひげをあたり、ホープから差しだされたスエットの上下を着て、機敏かつ元気そのものだった。スエットシャツは結局、予備の寝室のクローゼットにあった。大きさは彼にぴったり。適度なゆるみが楽そうだ。

ホープはふだんならシリアルで朝食をすませるが、彼がいるので、ベーコンと卵料理を用意することにした。調理台の前に立ってフォークでベーコンを裏返していると、背後から腰に腕をまわされた。彼が頭頂部にキスして、ほっぺたを載せている。「コーヒーと、ベーコンと、きみと。どのにおいが一番いいのかわからないな」

「感激だわ。コーヒーとベーコンと同列だなんて、わたし、よっぽどいいにおいなのね」

頭の上で顎が動く。にやついているのだろう。「いますぐ食べちゃいたいくらいだ」その声はおふざけと、切迫感と、欲望を同時に感じさせ、ホープの体にはとまどいとは無縁の熱が波となって走った。膝から力が抜け、彼に体をあずけた。股間のあたりにゆゆしきふくらみを感じる。お尻をすりつけてやった。

「ベッドに戻らなきゃだめかも」おちゃらけた調子がすっかり消えている。

「いますぐ？」

「いますぐ」背後からプライスの手が伸び、コンロのスイッチを切った。

それから十分後、裸になったホープは息をはずませ、頂点の手前で震えていた。両脚は肩にかつがれ、舌でもって狂わせられようとしていた。プライスを引き寄せようとしてみたものの、彼はそんな彼女の手首を押さえつけ、そのまま舌を使いつづけた。ついに彼女は陥落した。腰を持ちあげ、絶頂感に身を震わせる。ぐったりと横たわったとき、はじめて彼がのしかかってきた。ホープにおおいかぶさり、張りつめたものを苦もなく根本まで収める。

ホープは深く息を吸いこんだ。彼のペニスに隙間なく満たされる感覚がよみがえった。

プライスは肩をつかんでゆっくりと腰を動かしながら、彼女の顔をながめていた。

罪の意識と、生来の正直さがホープを責める。「わたしは避妊用のピルを飲んでないの」間の悪い告白だと知りつつ、だしぬけに打ち明けた。

彼は止まらなかった。「おれはゴムをつけてない」落ち着いた声。「いまやめることもできるが、馬が逃げちまってから厩舎のドアを閉めるようなもんだと思わないか？」

狂乱のときが過ぎ、彼女がバスルームに入っていると、先に着替え——二度めの——をすませた彼が外から叫んだ。「おれは下に行って、もう一度、朝めしをやりなおしてるよ」

「すぐ行くわ」ホープは肩の荷をおろし、腰が抜けたようだった。鏡に顔を映してみると、茶色の目が見開かれていた。自分が妊娠しつつあるのがわかる。それを感じた。そんな予感に震えあがると同時に、高ぶった。いまを境にして、人生が変わろうとしている。

バスルームから出て、寝室に散らばっていた服を拾い、あらためて身につけた。生まれてからずっと用心深く、慎重に振る舞ってきたせいで、危険を承知で冒険をおかしたいま、神経がざわついている。事前トレーニングをせずに、スペースシャトルに搭乗するようなものだ。

用心するにこしたことはない、とプライスは言ったけれど、ときには、不用心だからこそ得るものもある。それに、どちらにしろ、今回の行動は意図したもので、不用心だからではない。

さっきの行為で、靴下の一枚がベッドとサイドテーブルのあいだに落ちていた。膝をついて拾いあげたとき、ふと思いついた。ちょうどその場にいて、折りよくプライスの言葉を思い出したからだ。拳銃があるのを確かめておこう。サイドテーブルのひきだしを開けた。

ない。

のろのろと立ちあがり、からっぽのひきだしを見おろした。そこに拳銃があったのは間違いなかった。父が出かけたときに、弾薬が装塡されているのを確かめ、同じ場所に戻しておいたからだ。人里離れた場所に住んでいると、ときに自分の身を守る必要が生じるので、銃の使い方は習得している。アイダホには平均を上まわる数の、危険な野生動物——動物だけでなく人間も——が棲息していた。険しい山並みと、隔絶された環境とが、ネオナチからドラッグの売人まで、おかしな連中を引きつける磁石となっているらしい。クマやクーガーに出くわす可能性もあるものの、人間のクズに出くわすほうがより心配だった。

拳銃はそこにあった。それがいまはなくなっている。問われるままに場所を教えたから、探すのは簡単だっただろう。でも、どうして手元に置いておきたいと、率直に言ってくれなかったのか。保安官助手なのだから、しかも、ここは彼の縄張りではないのだから、丸腰よりも武器があったほうが落ち着くことくらい、ホープにだって理解できる。

ホープは思案げな顔で、階下に行った。彼は調理用のアイランドで、みずからベーコンを焼いていた。「プライス、わたしの拳銃を持ってる?」

彼はチラッとうかがうようにこちらを見ると、すぐにベーコンに目を戻した。「ああ」

「どうして、言ってくれなかったの?」

「きみを心配させたくなかった」

「心配って、なにを?」

「前に言ったろ? ここへ集まってくるかもしれないほかの連中のことをさ」

「わたしは心配なんてしてなかったけど、あなたはしてるみたいね」手厳しく指摘した。

「心配するのが、おれの仕事だからね。武器を携帯してたほうが落ち着くんだ。きみが気に入らないんなら、あとで戻しとくよ」

ホープはあたりに目をやった。キャビネットには置いてない。「どこにあるの?」

「おれのウエストバンドだ」

なぜか胸騒ぎがした。ホープ自身、プライスの場合は武器が手元にあったほうが落ち着くだろうと思ったし、現に彼もそう言った。ただ——一瞬、彼の表情が……こわばり、よそよそしくなったように思えてならない。たぶん、職業柄、一般市民には夢にも想像つかないような場面に多く出くわすために、最悪のケースを思い描いたのだろう。でも一瞬、ほんの一瞬だけれど、プライスの顔が、彼が闘っているはずの凶悪な社会のクズと同じように見えた。ざっくばらんで、親しみやすいという印象が続いていただけに、その落差には愕然とするものがあった。

ホープは不安感を振り払って、それ以上拳銃のことには触れなかった。

そして、朝食の席で尋ねた。「それで、あなたはどこの郡で働いているの?」

「ここさ」彼は答えた。「でも、来てまだ日が浅い。前にも言ったとおり、ここにキャビンがあるのは知ってたが、きみやきみの親父さんに――それに、もちろんティンカーベルにも――会いにくるチャンスがなかった」

落下してくるご馳走をキャッチする機会が倍になるのを狙って、ふたりの椅子のあいだに寝そべっていたティンクは、自分の名前を聞いて、にわかに活気づいた。

「テーブルにあるのは、あなたにはよくない食べ物よ」ホープは厳しく言い渡した。「それに、朝ごはんなら、もう食べたでしょう?」

ちっともめげていないようすのティンクを見て、プライスが笑った。

「保安官事務所に勤めて、何年になるの?」

「十一年。前はボイシで働いてた」口元を愉快そうにほころばせる。「記録によると、おれの歳は三十四。離婚して八年。そこそこ飲めると評判で、たまに葉巻をたしなむが、煙草を喫う習慣はない。教会には所属していないが、神は信じてる」

ホープはフォークを置いた。屈辱に頬が赤らむのがわかる。「わたしはべつに――」

「いや、そうさ。責める気もないよ。女が男に体を許そうと思ったら、相手の男についてあらゆる情報を仕入れて、自分を安心させる権利がある。〝フルーツ・オブ・ザ・ルーム〟のサイズに至るまでね」

「ブリーフのブランドは〝ジョッキー〟よ」訂正して、ますます赤くなった。

彼は肩をすくめた。「おれはサイズだけで、ブランド名は見ない」口元だけの笑みが、満面の笑顔に変わる。「いちいち、赤くなるなよ。じゃあ、きみはおれのブリーフを見たわけだ。おれも今朝、きみのパンティを見ただろ？　賭けてもいい、きみは手すりに干しただけで、おれみたいに嗅いでないはずだ」

そう、さっき彼はパンティを嗅いだ。大げさに息を吸うふりをして、わざと陶然とした顔で目をぐるっとまわした。そんな彼にホープは大笑いし、彼はパンティを振りまわして肩ごしにほうり投げた。

「ふざけてただけのくせに」もごもご反論する。

「いや、まじで陶酔してたのかもしれないぞ。ほら、おれの息子は硬くなってただろ？」

「順番が逆よ。その子なら、階段を上がる前から硬くなってたわ」

「硬くなってたのは、きみの下着を嗅ぐとこを想像したせいさ」

プライスのしつこさがおかしくて、つい笑った。彼と口論するのは、煙に向かって拳を突きだすようなものらしい。

「じつは、おれにはひどい悪癖がある」プライスは告白に入った。

「そうなの？」

「リモコン中毒なんだ」

「あなたも、その他の一億人のアメリカ人男性もね。うちでは一局しか——たった一局よ——受信できないのに、父ったら、テレビを観るとき、リモコンを手放さないの」

「おれはそこまで重症じゃない」にっこりして、彼女の手を取る。「それで、ホープ・ブラッドショー、ふだんの生活に戻ったら、おれと食事に出かけないか？」

「さあ、どうかしら。デートってこと？　そこまでの気持ちかどうか、よくわからないわ」

プライスがくつくつ笑い、口を開きかけたとき、ふたりの手に日光があたった。ふたりともびっくりして光を見つめ、窓に目を転じた。風がやみ、ところどころに青い空がのぞいている。

「なんてこった」プライスは席を立ち、窓から外を見た。「もっと続くと思ってたのに」

「わたしもよ」必要以上に、失望が声ににじんだ。でも、彼はデートに誘ってくれた。天気がよくなればじきにいなくなるけれど、出ていったからといって、縁が切れるわけではなさそうだ。

ホープも窓辺に寄り、雪の量を見て息を呑んだ。「なにこれ！」吹き流された雪のせいで、全体が一様にならされ、見慣れた地形が一変していた。ポーチには、窓の高さまで雪が吹き溜まっている。

「三フィートはありそうだな。スキー客めあての宿は大喜びだろうが、除雪車で道路を通れるようにするには、しばらくかかる」プライスはドアに向かった。開けたとたん、室内の暖かさが外の冷気に吸い取られた。「うわ！」バタンとドアを閉めた。「マイナス何十度だか、わかったもんじゃない。これじゃあ、雪も溶けないぞ」

おかしなことに、プライスは天候が回復して不安そうだった。朝食後も何度か窓から窓へと移動し、正面に立たないようにしながら、外をながめていた。その間、ホープは忙しく立ち働いていた。屋内に幽閉されたからといって、家事が消えてなくなるわけではない。たとえば洗濯だが、電気を使わずに手でやろうとすると、労力も時間も二倍かかった。

プライスは彼女が手洗いした洗濯物を絞るのを手伝い、果敢にも寒い外に出て薪を運んできた。ホープのほうは洗濯物を手すりに干していた。プライスが暖炉の火を絶やさずにいてくれたら、一時間もあれば乾くだろう。二階の温度は三十度近かった。

制服のシャツをあらためて手すりに干しながら、タグに目がいった。サイズは一五・五。おかしい。プライスの体はもっと大きい。そういえば、彼が着ると窮屈そうだった。前夜、ボタンがはちきれそうになっていたのを思い出した。防寒用のシャツを下に着ていたから、よけいにきつそうに見えていたとしても、ホープが彼のシャツを買うとしたら、一六・五より小さいものには目もくれない。

彼は薪を抱えて戻ると、炉床に薪を積んだ。「おれはステップの雪かきをしてくる」二階の彼女に叫んだ。

「暖かくなってからにしたら？」

「風は吹いていないから、何分かなら耐えられるし、それだけあればステップは片づく」そう言うと、重たいコートに袖を通して、外に出ていった。少なくとも、手にはホープの父親の頑丈な作業用手袋をはめているし、ブーツは乾ききっていないにしろ、靴下は三足重ねている。ティンクはここぞとばかりに、彼についていった。これで敷物から解放され、外での活動に励める。

天気がよくなったから、ラジオでなにか聞けるかもしれない。ホープは下に戻り、ラジオのスイッチを入れた。ありがたいことに、雑音ではなく、音楽が流れだした。歌声を聞きながら、昼食の準備をしようと、冷蔵庫にしまっておいたビーフシチューを取りだした。

もちろん、天気は重要なニュースだった。歌声が途切れるなり、アナウンサーが通行止めになった道路を列挙しだした。耳を澄ませていると、キャビンに通じる道は通行不能で、郡内の道がすべて通行できるようになるには、最低でも三日かかるとハイウェイ局は予測していた。郵便サービスは一部地域のみ。電気、ガスといった公益事業の作業員はサービスの復旧をめざして懸命の作業にあたっている。

「もうひとつニュースがあります」アナウンサーは続けた。「六人の服役囚を輸送中のバスが、吹雪の最中に郡道12号でスリップ事故を起こしました。ふたりの保安官助手を含む、三人が死亡。五人の服役囚が逃走しました。うちふたりの身柄はすでに確保されましたが、なお三人が逃走中。ブリザードのなかで生死は確認できていません。服役囚のひとりはきわめて危険とされる人物ですので、不審者にはくれぐれもご注意ください」

ホープは動けなくなった。胃がずしりと重い。ここから郡道12号までは、数マイルしか離れていない。手を伸ばして、ラジオを切った。アナウンサーの声が急に神経にさわった。考えなければ。困ったことに、いま頭にあることだけでも、熟慮するのが恐ろしかった。

制服のシャツはプライスには小さすぎた。財布はなかった。彼は否定したが、いまやホープは、ズボンの脚の部分にあったシミは血痕に違いないと確信していた――だが、彼にはそれらしい傷はなかった。彼の手首には青痣――手錠のせい？　武器は持っていなかったけれど、いまは持っている。ホープの拳銃を。

6

まだ、ライフルがある。ホープはシチューの鍋をキャビネットに置き、父の寝室に入った。ラックのライフルを手に取り、頼もしい重みに安堵の溜息をついた。弾を込めたのは前夜だが、〝つねに武器のチェックをおこたらないこと〟という教えが体に染みついているので、当然のごとくボルトを引き――からっぽの薬室を見おろした。

彼が弾を抜いたのだ。

急いで弾薬を探した。どこかに隠してあるはずだ。持ち歩くには重すぎるし、スエットにはポケットがない。だが、わずか数カ所探したところでドアの開く音が聞こえ、ビクッと体を起こした。どうしたらいいの？

三人の服役囚がいまだ逃走中、とアナウンサーは言っていた。だが、きわめて危険だと思われるのは、そのうちのひとりだけ。彼がその危険な服役囚かどうかは、ふたつにひとつだ。でも、プライスは彼女の拳銃を奪い、ライフルの弾を抜いた――なんの断りもなく。そして死んだ保安官助手から制服を盗んだのは明らかだ。どうしてアナウンサーは、逃走中の服役囚のひとりが保安官助手の制服を着用していると警告しないのか？

けちな犯罪で投獄されるには、プライスは知的すぎる。逃げるチャンスを与えられたら、またつかまるようなヘマを犯すタイプではない。概して、並みの犯罪者は並みはずれて愚かだが、プライスは並みでもなければ、愚かでもなかった。

ホープの観察どおりだとしたら、きわめて危険な逃亡中の犯罪者と雪に閉じ込められた可能性は格段に高くなる。〝きわめて危険〟と言ったら、殺人犯の意味ではないのか。テレビを盗んだ犯罪者には、そんな説明はつけないものだ。

「ホープ？」彼の声がした。

できるだけ物音をたてないように、急いでライフルをラックに戻した。「父の部屋よ」大声で答えた。「下着をしまってるの」ドレッサーのひきだしを開け閉めしてそれらしい音をたて、顔に笑顔を張りつけて部屋を出た。「凍えそうでしょう？」

「とにかく寒い」プライスが肩をゆすってコートを脱ぎ、元の場所に掛けた。ティンクは体を揺すって一〇ポンド分の雪を床に落とすと、十分も離ればなれになっていた彼女に再会の挨拶をするため、軽い足取りで駆けてきた。

床を濡らして悪い子ね、と小言が口をついて出たが、かがんで頭をなでたので、効果のほどは知れたものだろう。内心が表情に表れないのを願いながら、長い柄のついたほうきとモップを取りにいった。顔が緊張でこわばっているのがわかる。無理して笑顔を浮かべても、ゆがんだ顔にしか見えないはずだ。

どうしたらいいのだろう。打つ手はある？

とりあえず、危険はなさそうだった。ホープがラジオを聴いていたのを知らなければ、プライスには脅威に感じる理由がない。それに、殺す理由もなかった。ホープは食べ物と、避難所と、セックスの供給源なのだから。

顔から血の気が引いた。また彼に触れられるなんて、耐えられない。そんなの無理だ。

キッチンから物音がした。冷えた体を温めるため、彼がカップにコーヒーをついでいる。ホープの手は震えだした。ああ、神さま。苦しすぎて、胸が張り裂けてしまいそうだ。これほど男に惹かれたことはなかった。ディランにも、こんな思いを抱いてはいなかった。自分の体で温め、命を救った相手だけに、原始的かつ根本の部分で、プライスが自分のものになっていた。わずか十二時間のうちに、理性と感情の中心に、彼が据えられていた。自分を守りたくて、まだ〝愛〟とは呼んでいないけれど――もう、遅すぎる。自分の一部が引きちぎられたようで、乗り越えられそうにない痛みがある。それに、どうしたらいいの？　彼の子どもを宿しているかもしれない。

彼はホープとともに笑い、ふざけ、彼女の体を慈《いつく》しんだ。一貫してやさしく、思いやりがあった。いまだってそうだ。そのすべてが、愛の行為としか呼びようのないものだった。連続殺人鬼のテッド・バンディにしても、強姦して殺した女たち以外には、恐ろしくチャーミングな男だったが、ホープは人を見る目の確かさに自信を持っていた。そして、いままで見たかぎりのプライスは、人に好かれるきちんとした男性で、リトルリーグのコーチ役を買って出て、下手くそなツーステップを踏むタイプだった。それに、上機嫌で自分の〝データ〟を教え、デートにまで誘った。ホープの人生の一部となり、長くつきあうつもりがあるみたいだった。

ふざけたお遊びのつもりでなければ、妄想に取り憑かれているのだろう。だがホープは、彼が垣間見せた、それまでとはまったく違う、険しく恐ろしげな表情を憶えていた。妄想に取り憑かれているとは、とても思えない。

危険な男だ。

彼を突きださなければならない。それはわかっているし、その覚悟もあるが、心がズキリとして、呻き声をもらしそうになった。これまで罪を犯した夫や恋人を匿う女たちに疑問を感じてきたけれど、いまならその気持ちがわかる。プライスが長く投獄されるか、悪くすると死刑になると思っただけで、全身から力が抜けた。ラジオのアナウンサーは保安官助手のふたりが死んだとは言ったが、全員が死亡したとは言わなかった。かといって、保安官助手のひとりが行方不明だとも言っていない。事実なら、ニュースで流すべき情報だった。

藁《わら》をもつかむ、っていまのこんな心境を言うのだろう。手すりに干してある制服はプライスには小さすぎ、自分の制服があれば、体に合わない制服に着替える理由はなかった。そう、プライスは逃亡中の服役囚で、保安官助手ではない。

バスの事故を知っているのを、彼に悟られてはならない。電気が復旧するまで、当面テレビでなにかが流れる心配はなかった。そしてラジオのほうは、彼がつぎにトイレに行ったときに、電池をはずして隠してしまおう。定期的に電話をチェックして、通話できるようになったら、隙を見て保安官事務所に電話すればいい。

油断なく立ちまわれば、なにごともなく切り抜けられる。

「ホープ？」

ホープは跳びあがった。びっくりしすぎて、心臓が破裂しそうだった。プライスが戸口から、鋭い目つきでこちらを見ていた。ほうきとモップを手探りし、あやうく取り落としそうになった。「驚かさないで！」

「悪かった」プライスはゆっくりと進みでて、彼女の手からほうきとモップを奪った。ホープは胸苦しさと闘いながら、知らずしらずのうちにあとずさった。せまい洗濯室だと、ただでさえ大きいプライスが、よけいに大きく見える。入口は彼の肩ですっかりふさがれていた。愛の行為の最中はその大きさや、力強さが嬉しかったのに、いまは抵抗しようのない体格の差に圧倒される。なにも彼を組み敷いて服従させるつもりはないが、今後に備えて対抗手段を用意しておかなければならない。その機会があったら、逃げるのがいちばんだろう。

「どうかしたのか?」尋ねるプライスは穏やかで、なにを考えているかわからない表情をしていたが、目はホープの顔に注がれていた。真正面に立ちはだかっているので、洗濯室のせまい室内ではよけようがない。「ひどく怯《おび》えた顔をしてるぞ」

ホープは自分の顔つきを思い浮かべた。ここで否定しても、嘘だと見破られる。「そうよ」答える声が震えた。言葉がこぼれだすまで、自分がなにを言うつもりかわからなかった。

「だって……わたし……夫が死んで五年よ。その間ずっと……あなたには会ったばかりで、わたしたち——いいえ、わたし——ああ、もう」しどろもどろになり、最後には言葉を失った。

プライスは表情をやわらげ、口元に淡い笑みを浮かべた。「つまりきみは、現実にケツを囓《かじ》られてたってわけか? あたりを見まわしてみたら、すべてがいっぺんに襲いかかってきて、きみは思った。ああ、わたしはなにをしているの?」

どうにかうなずいた。「そんなところ」唾を呑みこむ。

「よし、一緒に考えてみよう。きみがひとりでブリザードに閉じこめられていると、死にかけた見ず知らずの他人が玄関先で倒れたんで、そいつの命を救ってやった。きみは五年間恋人なしにやってきたのに、どういうわけだか、ほとんど夜中じゅうそいつがきみに乗っかっていた。まごついて当然だよな。まったく避妊せずに、妊娠する可能性があるとなったら、なおさらだ」

ホープは顔が蒼白になった気がした。

「おや、おや」プライスが掃除道具を脇に置き、そっと彼女の腕をつかむ。大きな手で腕をなでられ、抱き寄せられた。「いったい、どうしたっていうんだ？　カレンダーを調べてみたら、思ったより妊娠の可能性が高かったのか？」

どうしたらいいの？　彼に触れられたショックで、気絶しそう。恐怖も欲望も強すぎて、もう耐えられそうにない。彼が罪人で、逃亡中の服役囚だとしたら、どうしてこんなにやさしく慰められるの？　自分を抱きしめているたくましい肉体が、これほど正しいと感じるのはなぜなのか。彼の肩に頭を載せて、外の世界のことはすべて忘れ、だれにも邪魔されることのない隔離された山間部で、ふたりひっそりと暮らせたら。

「ホープ？」プライスが顔を傾けて、顔をのぞきこんでいる。

酸素が足りない気がして、ホープは勢いよく息を吸った。「まずい時期なの――いまが」

ポロッともらした。

彼も息を呑んだ。やっぱりお尻を現実に囓られたらしい。「ぴったりなのか?」

「賭けてもいいわ」よかった、少し声が落ち着いてきた。パニックの峠は過ぎたようだ。とりあえず危険はないと判断したのだから、冷静な態度を保つべきだった。彼が近づいてくるたびに、嬉々として愛しあったはずの女が跳びあがっていたら、疑ってくれと言っているようなものだ。今回は彼の洞察力のおかげで、もっともらしい言い訳ができて運がよかったが、彼の鋭さは肝に銘《めい》じておかなければならない。ホープがラジオを聴いていたのを知ったら、五秒もかけずにすべてを関連づけて、こちらのたくらみに気づくだろう。

「そうなのか」彼は息を吐きだした。「前に、ピルを飲んでいないときみから聞かされたときは、どのくらいの確率なのか知らなかった。それで、きみはどうしたい? 一か八かやってみるか、それともやめるか」そのとき、信じられないことに、彼がおののいているのに気づいた。「まったく」声まで震えている。「そのへんには恐ろしく慎重だったし、相手にもそれを望んでたんだが、逆をやっちまった」

「現実にじわじわと囓られてる気分?」

「ああ、そんな気分だね。ケツに噛み跡がついてるよ」また胴震いする。「なにより困っちまうのはさ……ホープ、おれがその可能性を喜んでるってことだ」

なんて人なの。ホープは無我夢中で彼にしがみついた。この人は人殺しなんかじゃない。こんなに自分を気遣ってくれて、父親になるという予感に震えている人が、そんなわけがない。ホープの知るプライスという男が、彼女が恐れている逃亡犯だとしたら、それこそ二重人格者だ。

「きみの番だ」

プライスはその気になっていた。硬く隆起したものが体にあたっている。妊娠しているかもしれないと打ち明けたのに、怖じ気づくどころか、ホープがそうだったように、避妊せずに愛しあっていると知って、かえって興奮している。そして、そんな彼のせいで早くもホープの体は刺激され、みずからの欲望に股間がきゅっと締まった。そんな自分にショックを受けたものの、自然な反応は抑えようがない。いまはただ、彼の要求をはねつけるしかなかった。

緊張でカラカラになった口を、唾で湿らそうとした。「わたしたち――慎重にならないと」どうにか口にした。逃げ道を与えられて助かった。たとえプライスが危険ではないほうの逃亡者だとしても、彼と寝つづけるのは犯罪と同じ、あまりに無責任な行為だった。それでなくとも、すでに無責任なことをしでかしている。これまでのことは許せても、これ以上重ねたら生きてはいけない。

「わかった」彼はこわばった顔で、しぶしぶホープを解放した。「昼めしの準備ができたら、呼んでくれ。もう少し雪をかいてくる」

ホープは立ちつくしたまま、彼がドアを閉める音を聞いた。手で顔をおおい、がっくりと洗濯機にもたれて祈った。お願いだから、早く電話を通じるようにして。こんな状態には、数日どころか、もう一時間も耐えられない。できることなら、すすり泣きたかった。わめき散らしたかった。彼をつかんで壁に叩きつけ、そもそも困った立場に巻きこまれた、彼の愚かさをなじってやりたかった。なにより、すべてが嘘であってくれたらと願わずにいられない。自分の出した結論が、どれもまったくの見当違いであってくれたら。

ただただプライスがほしかった。

7

シチューを電子レンジで温めているあいだに、ホープはラジオの電池を抜きとり、蓋つきの小鍋に隠した。それから電話をチェックしたが、案のじょう、発信音はなかった。風がやんでまだ二、三時間なのだから、まだこの地域まで作業が進んでいるわけがない。

バスが事故に遭ったのがわかっているということは、吹雪がそれほどひどくなる前に起きたのだろう。警察関係者には、現場に駆けつけてふたりの保安官助手の死亡を確認し、逃げた服役囚のうちふたりをつかまえる時間があった。折りよくブリザードにならなければ、プライスも逃げおおせなかったはずだ。ラジオでは吹雪の最中に事故が起きたと報じていたが、報道がつねに正確だとはかぎらず、今回の事故の場合、タイミングは大勢《たいせい》に影響のない情報だった。

電子レンジが調理の終了を合図した。ホープはシチューのようすを見て、さらに二分セットした。ポーチの木の板にシャベルがあたる音がする。プライスがいま作業しているのは、窓から見えない場所だった。なかでシャベルの音が聞こえるなら、外にいた彼にもラジオの音が聞こえたとか？額に汗が噴きだし、椅子にへたりこんだ。彼は聞こえなかったふりをしているの？こんなことを続けていたら、発狂してしまう。それを避けるには、疑心暗鬼になるのをやめるしかなかった。プライスが殺人犯だろうと、並みの犯罪者だろうと、警察に突きださなければならないことは決まっている。いまはただ、彼がなにを知り、なにを考えているか思い悩むのはやめて、最善を尽くすしかなかった。

ふたたび、ライフルのことが頭に浮かんだので、急いで椅子を立ち、弾薬をより徹底して探すため父の寝室に向かった。ひとりになれる貴重な時間を、無駄にしている余裕はない。タンスのひきだしに弾薬の箱はなかった。直感が働くのを願って、室内を見まわした。隠し場所としていちばんありそうな場所——あるいは、なさそうな場所は？だがどう見てもただの寝室で、それらしい秘密の壁板も、隠し戸棚もなかった。ベッドに近づき、まくらの下とマットレスを探ってみたが、どちらもはずれだった。

これ以上長居をすると、危険を招きかねない。あわててキッチンに戻り、テーブルの準備をはじめた。ちょうどセットしおえたとき、プライスがブーツから雪を落とす音がして、ドアが開いた。

「まったく、なんて寒さだ！」彼はコートを脱ぎながら身震いし、椅子に坐って重たいブーツを脱いだ。外気で顔が赤らんでいる。この寒さにもかかわらず汗をかき、額をおおった霜が暖かい室内に入るなり溶けだして、水滴となってこめかみを伝っていた。

彼は袖で水気をぬぐうと、暖炉に薪を足して、炎に手をかざした。血を通わせようとすばやく手をこすりあわせている。

「よかったら、コーヒーをもう一度淹れるけど」ホープはシチューの大鉢をテーブルに置きがてら、声をかけた。「それとも、水か、ミルクにする？」

「水がいい」と、前に使ったのと同じ椅子に腰掛けた。今回は外に出してもらえなかったティンクが暖炉前の特等席を離れて、プライスの椅子の脇に立った。期待に目を輝かせて彼の太腿に鼻面をつける。

折りしもプライスは、大鉢からたっぷりのシチューを取り分けようとしていたが、その途中で手を止めた。自分を見つめる熱っぽい茶色の瞳を見おろし、ホープに横目をやる。「彼の分をおれが横取りしたのかい？」

「いいえ、あなたに罪悪感を植えつけようとしてるだけよ」

「もう、植えつけられちまった」

「彼はその道の権威だから。ティンク、こっちへいらっしゃい」ホープが膝を叩いても、プライスのほうが御しやすいとみたのか、ティンクは彼女の誘いを無視した。

プライスはスプーンでシチューを口元まで運んだものの、食べられずにいた。見おろせば、ティンクが自分を見あげている。スプーンを皿に戻した。「頼むから、なんとかしてくれ」

ホープに泣きついた。

「ティンク、いらっしゃい」彼女はもう一度言い、強情な犬に手を伸ばした。

そのとき、ティンクがふいにプライスから顔をそむけるや、耳を立ててキッチンのドアを見た。吠えはしないまでも、警戒して全身の筋肉を震わせている。

すべてがあっという間のできごとだった。プライスは椅子から飛びだすなり、左手でホープを椅子から引きあげて背後にまわし、同時に右手で背中のウエストバンドから拳銃を抜きとった。

一瞬くらっとしたホープをよそに、彼のほうはティンクと同じくらい熱心に耳をそばだてている。と、つぎの瞬間、彼女の肩を押して食器棚の脇に坐らせ、そこから動くな、と手ぶりで伝えた。彼は音のたたない靴下だけの足でダイニングの窓まで行き、壁に背中をつけた。ゆっくりと窓に頭を近づけ、片目でどうにか見られるところまで動かすと、すぐさま頭を引っこめた。そしてまた、もう一度同じように外をうかがった。

ティンクの喉から低い咆哮がもれだした。プライスがまた手ぶりしてよこしたので、ホープはとっさにティンクを引き寄せ、その体を抱きしめた。でも、黙らせるにはどうしたらいいの？　鼻面をつかむとか？　しかし、相手は力のあるティンクなので、その気になれば、手ぐらい振り払われてしまう。

ホープの頭には疑問が渦巻いた。外にいるのが保安官助手だったらどうしたらいいの？　ブリザードの最中はプライスを追えなかったにしろ、潜伏していそうな場所を手あたりしだいに探すことはできる。

でも、保安官助手だったら、徒歩ではなくスノーモービルを使いそうなものだ。特徴のあるモーターの音は聞こえなかったし、そもそも寒さが厳しすぎて、長く外にいるのは危険だ。逃亡中の服役囚はほかにもふたりいる。そのうちのひとり、もしくは両方が来ているとしたら、プライスは警戒するだろうか？　さっきなにかを見たの？　松ぼっくりが落ちるところか、リスが巣穴から出てきて木の枝から雪を落とすところぐらいしか見えないはずなのに。

「キャビンを調べてなかった」プライスが、いまいましげにつぶやいた。「おれとしたことが、なんで調べなかったんだ！」

「昨日、鍵をかけたわ」ホープは声を低めたまま言った。

「鍵は役に立たない」小首をかしげて耳を澄ませ、黙るように、とまた手ぶりした。

ティンクはホープの腕のなかで震えていた。彼女もだ。頭は大混乱だった。昨夜、キャビンの一棟にだれかがいたとしたら、その人物は保安官助手ではありえない。保安官助手ならこの家までくるはずだからだ。とすると、もうひとりの逃亡者。そうでありますように、とホープは祈った。小声でなだめながら、引き寄せた犬の鼻面を抱えた。

ティンクはすかさずあらがい、自由になろうと身をよじった。プライスは〝つかまえてろ〟と声を出さずに伝え、キッチンのドアににじり寄った。

ホープがしゃがみこんでいる食器棚の脇からはドアが見えず、ティンクを押さえるので両手はふさがっている。そのとき、ドアが内側に開いて、壁に激突した。ホープが悲鳴をあげて跳びあがるや、自由になったティンクがダッと駆けだした。木の床を滑るように進み、見えない侵入者へ向かっていく。

銃声が鳴り響き、ホープはとっさに床に伏せた。まだなにが起きているのかわからない。耳鳴りがして、火薬の刺激臭が鼻を刺す。キッチンに重い音がしたかと思うと、ガラスの割れる音がそれに続いた。爆音の余韻が消えたころ、ふたりの男が格闘する猛々しい音が聞こえてきた。呻き声と、罵声と、拳が肉にめりこむ音。そこにティンクの唸り声が加わり、取っ組みあう人影に飛びかかる金色の毛皮が一瞬視界をよぎった。

ホープは急いで立ちあがり、ライフルを取りに走った。プライスは弾が入っていないのを知っているにしろ、もうひとりの男はそれを知らない。

重たい武器を両手で持ち、キッチンに取って返した。キャビネットをまわるや、巨体に体当たりされた。倒れた拍子にカウンターの尖った角で肩を打ちつけ、背中から床に落ちて、痺れた腕からライフルを取り落とした。激しい痛みに怒声をあげる。ホープはライフルをつかんで片膝をついた。

ふたりの男は、半分キャビネットに乗りかかるようにして、死闘を繰り広げていた。両者とも片手に拳銃を持ち、もう一方の手で相手の手首をつかんで、優勢に立とうとしている。と、ふたりの体が横ざまに倒れた。キャニスターのセットが転がり、床に落ちる。雲のように浮かんだ小麦粉が粉末の布となって、ありとあらゆるものの表面をおおった。そのとき、プライスの足が滑り、力がゆるんだ。すかさず体をひねった闖入者に投げを食らい、そのはずみで手が放れた。いまや、拳銃を持つ闖入者の手は自由だった。

ホープは自分が動いているのがわかった。男の手にむしゃぶりつこうとしつつ、恐ろしさに半分すくみそうになっているのを意識した。すべてがスローモーションに切り替わっていた。このままでは、自分が飛びかかるより先に、男が銃口を下げて引き金を引いてしまう。そう思った瞬間、ティンクの体が走った。低く体を構え、男の脚に嚙みついた。

男は痛さとショックで叫び、もう片方の足を振りだした。頭を蹴られたティンクがキャン、と鳴いて脇によけた。

そのときには、プライスが体勢を立てなおしていた。男に飛びかかり、その勢いでふたりしてテーブルに倒れこんだ。テーブルはひっくり返り、椅子は壊れて、肉のかたまりとジャガイモとニンジンが床に散らばる。床に倒れたふたりのうち、上にいるのはプライスのほうだった。男の頭を床に叩きつけ、一瞬気を失ったと見るや、肘でみぞおちに一撃を加えた。仕上げに、息を切らして痙攣する男の顎に鋭いパンチを繰りだして、上下の歯を叩きあわせる。その衝撃がまだ残っているうちに、男のやわらかい首筋に銃口を突きつけた。

男はピクリともしなくなった。

「銃を捨てろ、クリントン」荒い息をつきながら命じるプライスの声は、ひどく穏やかだった。「いますぐ捨てないと、引き金を引くぞ」

クリントンの手から銃が落ちた。プライスはその銃を左手で自分のほうに滑らせ、左脚の下に敷いた。それから自分の拳銃をウエストバンドに戻し、クリントンを両手でつかんで、文字どおり床から持ちあげるや、腹から床に叩きつけた。クリントンが両手に力を入れている。それに気づいたホープは、前に進みでて、彼の顔にライフルの銃口を突きつけた。「動かないで」

クリントンはゆっくりと力を抜いた。

プライスはチラッとライフルを見たきり、なにも言わなかった。弾を抜きとってあることには、口をつぐんでいるつもりらしい。だが、ホープのほうも、知らぬふりを決めこんだ。プライスには知らないと思わせておこう。

プライスはクリントンの両腕を背中にまわし、それを片手でつかんだ。ふたたび拳銃を取りだして、銃口を首筋に押しつける。「少しでも動いてみろ」ざらついた、低い声。「その腐った頭を吹き飛ばしてやる。ホープ」顔を男に向けたままホープに命じた。「細いロープはあるか？　なければ、スカーフでもいい」

「スカーフなら、何枚かあるわ」

「取ってきてくれ」

二階に上がり、ドレッサーをかきまわしてスカーフを三枚見つけた。膝は笑い、心臓は激しく肋骨に打ちつけている。軽い吐き気まであった。

手すりに寄りかかるようにして、震える体を階下に運んだ。男たちはまったく動いていないようだ。腹這いになったクリントンにプライスがまたがり、その周囲に壊れた家具とシチューの残骸が散乱している。ティンクはクリントンの頭側に立ち、顔に鼻を近づけて唸っていた。

プライスはスカーフを一枚受け取ると、縦長にねじってクリントンの手首に巻きつけた。生地をきつく引っぱって、固い結び目をつくる。それがすむと拳銃をウエストバンドに戻し、膝に敷いていたクリントンの拳銃を持って立ちあがった。かがんでクリントンのカバーオールの襟をつかんで引きずりあげると、唯一上を向いている椅子に有無を言わせず坐らせておいて、自分はその場にしゃがみこんだ。片足に一枚ずつスカーフを使い、クリントンの足を椅子の脚に縛りつけていく。

クリントンの頭がうしろに垂れる。息は苦しげで、片方の目は腫《は》れあがり、両方の口角からは血が滴っていた。と、青ざめた苦しげな顔で、ぼんやりと立ちつくすホープを見あげた。彼女の手には、持っていることを忘れてしまったかのように、まだライフルが握られていた。

「こいつを撃て」クリントンは陰気な声で命じた。「頼む……こいつを撃ってくれ。こいつは逃亡中の殺人犯だ。おれは保安官助手……おれの制服を奪いやがった……さあ、ひと思いにこの野郎を撃つんだ！」

「考えたな、クリントン」プライスはそう言って、立ちあがった。

「マダム、おれの話はほんとうだ。頼む、信じてくれないか」

プライスは流れるような動作で、感覚のなくなったホープの手からライフルを奪い、ホープはすんなり手放した。クリントンが縛りあげられたいま、弾の入っていない武器で脅せる相手は残っていない。

「チッ」クリントンは舌打ちした。なす術なし、といったようすで腫れていないほうの目を閉じ、椅子にもたれた。まだゼエゼエいっている。

彼を見つめるホープは、襲いかかってきためまいと闘った。プライスと身長は同じくらいだが、筋肉はそれほどついていない。ホープに男性の衣類を見る目があるとしたら――最初はディランのために、いまは父親のために衣類を買ってきたから、経験は豊富にある――クリントンならサイズ一五・五のシャツを着る。

プライスも無傷ではなかった。右の頬骨には瘤《こぶ》ができつつあり、左の眉毛には血が固まっている。唇は三ヵ所、切れていた。彼は目元の血をぬぐって、ホープを見た。「大丈夫か?」

「ええ」と、答えてはみたものの、カウンターの角にぶつけた肩がずきずきして、いつ気絶するか自分でもわからなかった。

「そうは見えないぞ。坐って」彼はざっとまわりを見て、壊れていない椅子を立てると、ホープの肩に手を置いて、押すようにして坐らせた。「アドレナリンだ」端的に言った。「恐慌状態を脱すると、力が抜けたように感じる」

「キャビンのひとつに押し入ったんだろう?」プライスはクリントンに向きなおった。「暖炉に火を入れて、暖かく快適にすごした。ブリザードが荒れ狂ってるあいだは、煙突から昇る煙も見えないからだ。ところが、天気がよくなったんで、火を消さなきゃならなくなった。ひどい寒さだったろうな。だが防寒具と食料がなけりゃ、山に逃げこむわけにもいかない。

それで、このうちに押し入るしかないのに気づいた」

「結構な筋書きだな、タナー」クリントンは応じた。「おれの制服を盗まなかったら、そうするつもりだったのか？」目を開けて周囲を見る。「親父さんはどこだ？　やっぱりおまえが殺しちまったのか？」

ホープはプライスの視線を感じた。クリントンの話に、どう反応するか気にしているのだろう。それでも、ホープは眉ひとつ動かさず、囚《とら》われの男を見つづけた。平静さを保つのは、むずかしくなかった。ホープは麻痺して、茫然としていたからだ。でも、クリントンはなぜ父のことを知っているのだろう。このあたりの人間だから？　自分はアクション映画の主演には向いていない、とつくづく思った。

「おい」プライスが椅子の前にしゃがみこんだ。彼女の頰に触れ、両手をくるんだ。ホープはまばたきして、彼の目に焦点を合わせた。眉は軽くひそめられ、青い瞳で探るようにこちらを見ている。「やつの心理ゲームに惑わされるなよ。じきにすべて片がつく。いまは肩の力を抜いて、おれを信用してくれ」

「その男の話を聞いちゃだめだ、マダム」クリントンが言った。

「気分がよくないんだろう？」その声を無視して、プライスは続けた。「しばらく、横になってたほうがいいかもしれない。さあ、おいで。手を貸すから、カウチへ移動しよう」ホープの肘に手を添えて立たせた。だが、彼女が向きを変えて歩きだそうとしたとたん、腹立たしげに悪態をついて引きとめた。

「どうしたの？」彼の豹変ぶりにとまどって、ホープは尋ねた。

「きみは怪我をしてないと言った」

「ええ、してないわ」

「背中から出血してる」険しい顔でホープを一階の寝室に引きたてる。立ち止まってライフルをラックに戻してから、彼女をバスルームに押しやった。光がよく入るようにカーテンを開け、彼女のシャツのボタンをはずしだした。

「ああ、その傷。倒れたとき、カウンターの角でぶつけたのよ」ホープが手を出そうとすると、プライスはその手を払ってシャツを脱がせ、自分のほうに背中を向けさせた。ホープは震えた。乳房が冷たい空気に洗われて、乳首がツンと突きだした。

プライスが洗面用のタオルを湿らせて背中に押しあてる。肩胛骨のすぐ下あたりだ。ホープは痛みにたじろいだ。

「背中がえぐれてるぞ。それに、どうやら、特大の青痣ができつつある」そっと傷口を洗っている。「アイスパックをしなきゃならないが、まずは傷口を消毒してその上にガーゼをあてる。救急用品はどこにある？」

「冷蔵庫の上のキャビネット」

「ベッドに横になってろ。すぐに戻る」

ベッドに導かれると、ホープは喜んでうつぶせになった。だが、シャツを着ていないので寒い。体のまわりに上掛けを引き寄せた。

プライスは約束どおり、救急箱を持ってすぐに戻った。自分のために一分だけ使って、目に血のにじむ顔を洗った。洗い流すはしから、血が流れてくる。じれったそうに悪態をつくと、バンドエイドの箱を開けて、眉のところに貼った。

それから膝に救急箱を抱えてホープの脇に腰を下ろした。抗生物質の軟膏を傷口に塗る手つきはやさしかったが、軽く触れられただけで痛みが走る。ホープは耐えると決めて、もうじたばたしなかった。彼は傷口にガーゼを載せ、彼女の父親のTシャツで体をおおってくれた。

「静かに横になってろ」プライスは命令した。「アイスパックを取ってくる」

プライスお手製の即席アイスパックは、ジップロックのビニール袋にアイスキューブを詰めたものだった。そっと背中に置かれた瞬間、ホープは跳びあがった。「凍えちゃう!」

「そうか、Tシャツが薄すぎるのかな。いまタオルを持ってくる」

彼はバスルームからタオルを取ってきて、Tシャツのかわりにかけた。これで、どうにか耐えられる程度の冷たさになった。

それでも部屋は冷えきっている。プライスはさらに上掛けをかけてくれた。「まだ寒いか?」彼女の髪をなでながら尋ねた。「なんなら、二階に運んでやるぞ」

「いいえ、上掛けがあれば大丈夫」ホープはつぶやいた。「でも、なんだか眠いわ」

「ショックの反動だ」腰をかがめて、こめかみに軽くキスした。「少し休んだらいい。つぎに目を覚ましたときは、気分がよくなってるよ」

「いまは自分がすごく弱虫になった気分」

「殴りあいははじめてか?」

「ええ、そうよ。気持ちのいいもんじゃなかった。わたし、お嬢ちゃんみたいだったでしょう?」

プライスは喉を転がすように笑った。指でそっと髪をなでている。「お嬢ちゃんってのは、どう振る舞うもんなんだ?」

「ほら、映画に出てくるじゃない。きゃあきゃあ悲鳴をあげながら、人の邪魔をするのよ」

「きみも悲鳴をあげた?」

「あげたわよ、彼がドアを蹴破ったとき。天地がひっくり返ったかと思ったわ」

「なるほどね。それで、きみは邪魔をしたかい?」

「しないように努力したわ」

「邪魔なんかしてないよ、かわいい人」力づけるような口調だ。「きみは冷静さを失わず、ライフルを取ってきて、やつに突きつけた」もう一度、唇を寄せてくる。冷えた皮膚に彼の唇が温かかった。「どんな戦いでも、おれならきみを味方に選ぶ。さあ、眠ったほうがいい。キッチンの掃除は心配するな。ティンクとおれでやっとくから。ビーフシチューはさっそくあいつが片づけてくれたよ」

彼が望んでいるとおりに笑顔を返すと、プライスはベッドから立ちあがった。ホープが目を閉じて数秒後、静かにドアが閉まる音が聞こえた。

目を開いた。

アイスパックが肩の痛みをやわらげてくれているので、静かに横たわっていた。十五分冷やしたら、十五分休む――記憶が確かなら、それが氷を使った効果的な治療法だ。肩の柔軟さをフルに発揮しなければならないだろうが、プライスは最低でも一時間はようすを見にこないと踏んでいた。そして、自分をいたわっていられる時間はわずかしかない。

彼がキッチンを動きまわる音が聞こえてくる。割れたガラスを掃く、澄んだ音。木がバリバリ鳴っているから、砕けた椅子の残骸を拾いあげているのだろう。囚われのクリントンの声らしきものは聞こえなかった。

小麦粉がもたらした被害は甚大だった。きれいにするには掃除機と、モップの両方をかけなければならず、降りかかった小麦粉をすべて洗い流すには大変な時間がかかる。

ホープは上掛けをはぎ、ゆっくりとベッドを出た。静かにクローゼットの扉を開け、父のスエットシャツを取りだすと、恐るおそる頭からかぶった。傷んだ肩と背中の筋肉が抵抗し、その痛みにたじろいだ。

そして、弾薬の捜索を開始した。

三十分後、探している箱が見つかった。父のジャケットのポケットのなかにあった。

8

ホープはスエットのウエストバンドから、もう使っていない父の古いネクタイを五、六本ぶらさげて寝室を出た。手にはライフルを握っていた。

クリントンは最後にホープが見たときと同じ姿勢で、静かに腰掛けていた。そもそも、彼にはたいして選択肢がない。彼女の物音を聞きつけて見えるほうの目を開き、ライフルに気づくと目を丸くした。と、うっすらと満足げな笑みを浮かべ、彼女にうなずきかけた。

プライスはシンクで布巾を絞っていた。片づけはあらかた終わっていたが、哀れなほど家具の数が減り、ところどころに、まだ小麦粉が残っていた。彼が顔を上げた。なにを言うつもりだったにしろ、ホープがライフルを構えたとき、その言葉が唇で凍りついた。

「右手はわたしから見える位置に出しておくのよ」ホープは静かに告げた。「左手でウエストから拳銃を取りだしたら、キャビネットに置いて、こちらに滑らせて」

動かない。青い瞳に険しく、冷たい表情が浮かんだ。「そんなことをして、どういうつもりだ？」

「この場を支配するのよ。わたしの言うとおりにして」

プライスはちらりともライフルを見なかった。口を一文字に引き絞り、彼女のほうに歩きだした。

「弾薬なら見つけたわよ」彼がライフルに手の届く距離までくる前に、急いで言った。「ジャケットのポケットにあったわ」これで嘘ではないのがわかる。

プライスは立ち止まり、怒りに顔をゆがめた。ライフルを持っていなければ、その形相の恐ろしさにすくみあがっていたところだ。

「拳銃を出して」催促した。

彼は右手をシンクにかけたまま、ゆっくりと左手を背中にまわすと、抜きだした拳銃をキャビネットに載せて、彼女のほうに滑らせた。

「おれのも忘れるなよ」ホープの背後から、クリントンの声が飛んだ。少し呂律《ろれつ》がまわっていない。打撃を受けた口と顎が腫れ、黒ずんできていた。

「もう一挺もよ」プライスの剣幕にひるむことなく、ホープは命令した。彼は黙って従った。

「つぎは一歩下がって」

言われたとおり下がった。ホープは自分の拳銃を手に取り、ライフルを置いた。拳銃のほうが手軽に扱える。「そう、それでいいわ。椅子に坐って、手をうしろにまわして」

「いいかげんにしろ、ホープ」プライスが噛みしめた歯のあいだから、声を押しだした。

「そいつは殺人犯だ。耳を貸すんじゃない。だいたい、なんでそんなやつの言葉を信じるんだ？　見ろよ、つなぎの囚人服を着てるだろう？」

「おまえがおれの制服を盗んだからさ」クリントンが口をはさんだ。

「坐って」ホープはもう一度命じた。

「どうしてだ、どうしておれの言葉に耳を傾けようとしない？」プライスは怒りに駆られていた。

「バス事故のニュースをラジオで聴いたから。ふたりの保安官助手が殺され、五人の服役囚が逃げた」そう告げるあいだ、プライスの顔から目を離さなかった。彼の瞳孔が広がり、顎がこわばる。「それに、制服のシャツがあなたには小さすぎる。財布も持っていないし、制服のズボンは破れて血がついているのに、あなたは傷ひとつ負っていない」

「じゃあ、支給品のリボルバーはどう説明する？　おれが制服を盗んだんなら、なぜ銃も一緒に盗まなかった？」

「わからないわ」ホープは認めた。「事故のときあなたは意識を失って、つぎに気づいたときには、ほかの服役囚が先に銃器を盗って逃げていたのかもね。細かいことまで、全部わかってるわけじゃないの。ただ、つじつまの合わない部分がたくさんあって、あなたの答えは説明になっていない。どうしてライフルを空にして、弾薬を隠したの？」

プライスは臆さず答えた。「安全のためだ」

彼女も同様に応じた。「ほらね。さあ、腰掛けて」

彼は坐った。気に入らなかったが、ホープの指は引き金にかかり、その瞳には迷いがなかった。

「手をうしろに」

プライスは手をうしろにまわした。怒りで頭が吹き飛びそうだった。彼が急に向きを変えて拳銃を叩き落とすといけないので、ホープは手の届く範囲に入らないようにしながら、腰のネクタイを一本抜き取ってゆるい輪をふたつこしらえた。それからすばやく彼に近づき、輪を手にかけて、端をぎゅっと引いた。早くもプライスは動こうと体重を移動していたが、手首が締めあげられるなり観念した。

「手際がいいな」淡々と言う。「どうやった？」

「子牛をつかまえる投げ縄みたいに、輪をつくっておいたのよ。あとは引っぱるだけ」あまった両端を手首のあいだに巻きつけて輪をきつくし、適当な位置で結び目をつくる。「これでよし、と。つぎは足よ」

プライスはおとなしく、椅子の脚に足を縛られた。「聞いてくれ」それでも、勢いこんで言わずにいられなかった。「おれは本物の保安官助手だ。ただ、この郡で働くようになって間がないから、まだおれのことを知らない人も多い」

「そうだろうとも」クリントンが怒声を浴びせかけた。「保安官助手ふたりを殺したおまえのことだから、ここを出る前に彼女も殺すつもりだったんだろう？　さあ、マダム、おれをほどいてくれ。手の感覚がなくなってしまった」

「やめろ、ホープ！　おれの話を聞けって！　きみもこの男の噂は聞いてるはずだ。このあたりの出身だから、きみが親父さんと暮らしてるのも知ってたんだ。この野郎は――」と、クリントンに顔を向ける。「この郡に住む裕福な牧場主の娘を誘拐して、百万ドルの身代金を要求した。両親は金を払ったのに、こいつは約束を違《たが》えた。こいつの言った場所には、解放されたはずの人質がいなかったんだ。こいつは金を使おうとして逮捕されたが、彼女の遺体の隠し場所は頑としてしゃべろうとしない。大きく報道された事件だ。今回はより警備の厳重な刑務所に移送される途中で、こいつから話を聞きだすために、おれがバスに乗りこむことになった。状況証拠だけでも殺人で有罪に持ちこめるだろうが、ご両親は遺体の発見を望んでいる。娘さんの死を受け入れつつ、きちんと埋葬してやりたいと願っておられるんだ。彼女は十七だった。その若くてきれいな娘さんを、こいつは山間部に埋めたか、打ち捨てられた廃坑に置き去りにした」

「やけに詳しいじゃないか」クリントンは容赦なく食ってかかった。「もっと話せよ。彼女の死体をどこに隠したか教えてもらいたいもんだ」

ホープはリビングに移動して、暖炉に薪を足した。それから電話の前で立ち止まり、受話器を持ちあげてダイアル・トーンを確かめた。なにも聞こえない。

「なにをしてる？」クリントンがなじる。「ほどいてくれ」

「いやよ」ホープは答えた。

「なんだって？」耳を疑う、といった調子だった。

「いやだ、って言ってるの。電話が復旧して、保安官に電話をかけ、状況がはっきりするまでは、ふたりともいまのままでいてもらうのがいちばんだと思う」

一瞬、呆気にとられたような沈黙が広がった。と、プライスが天をあおいでゲラゲラと笑いだした。クリントンはあんぐり口を開け、ホープを見ていた。やがて、顔を火の玉みたいにして怒鳴った。「腐れ女！」

「さすが、おれの惚れた女！」プライスは得意げだった。まだ笑いやまない。「愛してるよ！　今回の件も許す。おかげで、これから何年も、やさしい目をした、かわいいブロンド女に先手を打たれたって、仲間からいたぶられるだろうな」

ホープは笑っている青い瞳に目をやった。笑いすぎて涙が光っているのを見て、にっこりせずにいられなかった。「たぶん、わたしも愛してる。でも、ほどくわけにはいかないわ」

クリントンは口が利ける程度に回復した。「やつはあなたを騙《だま》してるんですよ、マダム」

「マダム?」ホープは問いかけた。「さっきとは違う呼びかけみたいだけど」

「申し訳ない。つい、頭に血が昇ってしまった」ぎこちなく息を継ぐ。「あなたまで、こいつの甘いおべんちゃらに騙されるのを見てたら、むしゃくしゃしたもんだから。女性にはいつもその手を使うんです」

「でしょうね」

「こいつが嘘をついているのが、どうしたらわかってもらえますか?」

「できることはないから、黙っているのがいちばんかもしれないわね」愛想よく応じた。

それから三十分後、クリントンがまた口を開いた。「トイレに行きたいんだが」

「パンツのなかにどうぞ」ホープは答えた。こうした問題が派生するのは想定していなかったけれど、両方を縛っておくという計画を変更するつもりはなかった。申し訳なさそうにプライスを見ると、ウインクが返ってきた。

「おれなら当面、大丈夫だよ。ただし、日が落ちても電話が復旧しないようだったら、きみにジャムの瓶を頼むかもしれない」

あなたにだったら持ってきてあげる。下の世話をするのだって、気にならないわ。そう思いつつ、ホープは、チラッとクリントンを見た。想像するだにおぞましい。この男のものには、火かき棒でだって触りたくない。

午後の太陽が山あいに沈むのをながめながら、ホープは三十分ごとに電話をチェックした。クリントンは身をくねらせている。悲惨な状態になっているのだろう。つらいのはプライスも同じはずだが、彼はそれを表に出さず、ホープと目が合うたびにニタッとした。ただし、青痣の浮いた顔なので、笑顔というよりひきつっているみたいだ。

夕闇が迫りだしたころだった。受話器を持ちあげると、ダイアル・トーンが聞こえた。

「通じたわ!」ホープは勝ち誇ったように叫び、保安官事務所の番号を調べようと、電話帳を取りだした。

プライスがすらすらと番号を唱えだした。彼の言葉に嘘はないとほぼ確信していたが、そのとき、いっさいの疑いが晴れた。ホープは輝くばかりの笑顔を彼に向けて、番号を押した。

「保安官事務所です」歯切れのいい男の声が応対に出た。

「こんにちは。わたしはクレッセント・レーク・リゾートのホープ・ブラッドショーです。ここにふたりの男性がいます。ひとりはプライス・タナー、もうひとりの名前はクリントンです。どちらも自分が保安官助手で、もうひとりは殺人犯だと主張してます。どちらがどちらだか、教えていただけます?」

「くそったれ!」受話器から大声が轟いた。「まいった! すみません、つい汚い言葉を使ってしまって。いま、タナーとクリントンの両方がそちらにいるとおっしゃったんですよね?」

「ええ、そうです。どちらがお宅の保安官助手なんですか?」

「タナーです。ふたりをどうしてるんですか? つまり、お訊きしたいのは――」

「ふたりに拳銃を突きつけてます。それで、タナーの風貌を教えてください。目の色は?」

電話の向こうで、保安官助手が面食らっているのがわかる。「彼の目ですか? ええっと……だいたいのところをお伝えすると、身長はおよそ六フィート二インチ、体重二〇〇ポンド、黒っぽい髪に、青い瞳です」

「ありがとう」さすが保安官助手。身体的な特徴を簡潔に伝えるよう訓練されている。「タナー保安官助手とお話しになります?」

「はい、ぜひとも、マダム!」

電話機を手に持って、運べるところまで運んだが、コードの長さが足りない。「ちょっと待ってください」ひと言断り、受話器を横に置いた。

キッチンに走って果物ナイフをつかみ、今度はプライスのもとへ走った。膝をついて手首をいましめている布地を切り、続いて足首に移った。彼は感覚を取り戻そうと、手をこすりながら言った。「コードレス電話がいるな。じゃなきゃ、コードを長くするか」

「今度買い物に出たら、買っておくわ」さあ、足首のネクタイも切れた。やはりコードは足りなかったが、ここからだと、キッチンの電話のほうが近い。プライスは足を引きずりながらキッチンに向かった。不自然な格好で長く坐っていたせいで、筋肉が凝《こ》っている。

「タナーだ。ああ、まったく問題ない。詳しいことはあとで話す。もう道路は通れるのか？　わかった」電話を切り、ぎこちない足取りでホープのところへ来た。「道路はまだ閉鎖中らしいが、除雪車をこちらにまわすと言ってるから、あと二、三時間でくるよ」

そのままよたよたとした足取りで遠ざかっていく。ホープは目をぱちくりした。「プライス？」

「話してる余裕がない」よたよた歩きを速めて、バスルームに直行した。

ホープは我慢できずに、大笑いした。リビングの電話を切るためクリントンの前を通ると、彼からにらみつけられた。彼女の手にはまだ果物ナイフがある。立ち止まって、思案顔で彼の顔をながめた。なにかが顔に表れたらしい。クリントンの顔から血の気が引いた。

「やめてくれ」にじり寄ると、彼が言った。そのあとに続いたのは、絶叫の嵐だった。

「まさか」プライスの声には、信じられない、という気持ちがにじんでいた。

「ほんとにやつに切り傷を負わせるとは」

「ちょっとしたかすり傷よ。わたしが本気だってとこ、見せなきゃならなかったから」とホープ。「ちょっとしたかすり傷よ。大騒ぎするようなもんじゃないわ。だいたい、あれは事故なの。こっちは近づく気がなかったのに、彼のほうが飛びかかってきたんだから」

クリントンのしたことは、それだけにとどまらなかった。膀胱の抑制が効かなくなったのだ。そのあげくに、口が軽くなった。超高速で口を動かし、プライスに助けを求め、もう切りつけられないですむならと、洗いざらいぶちまけた。プライスは保安官事務所に電話して、その情報を伝えた。あとは情報が正確であることを、願うばかりだ。

真夜中過ぎのことだ。ふたりはたがいに腕をまわして、ベッドに横たわっていた。プライスの頬には彼女がアイスパックをあてがい、ホープの背中には彼がもうひとつのアイスパックをあてていた。

「あの言葉は嘘じゃない」プライスは彼女の額にキスした。「きみを愛してる。急展開すぎるのはわかってるが……自分の気持ちに嘘はつけない。目を開けて、きみの顔を見た瞬間から、きみがほしかった」返事を待っている。「それで……?」

「それでって？」ホープはおうむ返しにした。

「それで、きみも〝たぶん〟おれを愛してるんじゃないかと思ってさ」

「たぶん」居心地のいい姿勢を求めて、彼にすり寄った。「間違いなくね」

「ちゃんと言えよ！」彼女を抱く腕に力を込め、小声で注文する。

「あなたを愛してるわ。でも、時間をかけて、おたがいのことをもっと知らないと――」

プライスの口から、低い笑い声がもれた。「時間をかける？　いまさら遅すぎると思わないか？」

　これには返答のしようがなかった。短期間に多くのことがありすぎた。この二十四時間が何週間分にも感じる。ふたりして過酷な状況に投げこまれ、さまざまな場面でプライスを見てきた。そして、最初に見た、朦朧《もうろう》としながら歓びに没頭していたときの印象が正しかったのを知った。一瞬にして彼を理解し、原始的な本能で自分の伴侶だと認めた気がする。

「結婚してくれ、ホープ。いますぐにでも。これだけ無茶したんだから、たぶん大当たりしてる。子どもができてるはずだ」彼の声は物憂げで、聞いているだけでぞくぞくしてくる。

　ホープは肩に載せていた頭を上げ、暗がりを通して彼を見つめた。ほころんだ口元に歯が白く浮いている。そして、衝撃とともにあらためて悟った。「わかったわ」ささやいた。「あなたはそれでかまわないの？」

「かまう？」彼は自分の股間にホープの手を導いた。岩のようにガチガチだ。「おれのほうは、突き進みたくてうずうずしてるよ」ささやき声が少し震えている。赤ちゃんができるかもしれないと打ち明けたときと同じだ。「あとはきみが返事をしてくれるだけで、おれはプロジェクトに突進できる」

「突撃開始」ホープは言うと、避けようのない運命に、嬉々として身を投じた。

訳者あとがき

今回お届けする『見知らぬあなた』は、毛色の異なる三編を収録したリンダ・ハワードの中編集です。どれも最初は異なるアンソロジーに収録された作品ですが、さすが人気作家、本国でも"Strangers in the Night"のタイトルで一冊の本として刊行。それを訳したのが本書です。長さが限られているので独特のねちっこさはありませんが、長編にはない軽妙さがあって、お休みの日にアルコール片手に読むにはぴったり。

さて、三編に登場する〝見知らぬあなた〟(男)と、それに恋する女たちを紹介しておきましょう。

『ブルームーン』の〝見知らぬあなた〟はテキサス出身のジャクソン。彼は若くして、予算の乏しいアラバマ州南部の郡の保安官となった。働き者で、優秀で、仕事を愛している。だが、そんな彼でも、満月の日には保安官という職業を恨みたくなる。事件・事故が多発して、しかも妙な事件が多いからだ。それがひと月に二度もあったら、うんざりするどころの騒ぎじゃない。そんなブルームーン——ひと月に二度めの満月——の日、彼はある事件をきっかけにして、地元で魔女と噂《うわさ》されている女ディライラと出会う……。よそ者の保安官ジャクソンが、地元民に振りまわされるさまが愉快な一編。

つぎの『夢のほとり』の主人公は、ニューヨーク市の北東部にあるホワイトプレインズで、女だてらにペンキ塗りを生業《なりわい》とするシーア。職業は一風変わっているけれど、やさしい両親に恵まれ、兄と弟とともに、なんの苦労もトラウマもなく育った平凡な女性だ。ところが、三十歳の誕生日を目前に控えて、毎日明け方に妙な夢を見るようになった。夢の設定はさまざまだけれど、顔は見えないながら、毎回同じ男が登場し、夢のなかでその男に抱かれて歓喜にむせんだり、かと思うと殺されたりするのだから、穏やかじゃない。しかも、最近では夢の舞台が子どものころ夏になると出かけていた、湖畔の別荘になり、夢のせいで水が怖くなってしまったのだから、もう放置してはおけない。シーアは恐怖症を克服すべく、十一年ぶりに別荘を訪れた。そこで、リチャード・チャンスと名乗る大柄の男と出会う……。主人公の平凡な家族、平凡な生活ぶりと、異常な夢の描写の対比がおもしろい一編。

最後の『白の訪問者』は、冬のアイダホを舞台に、貸しキャビンを経営する未亡人ホープを主人公としたサスペンスフルな一編。ホープは、父親とティンカーベルという名の甘ったれな雄犬とともに、山あいの湖畔に暮らしている。結婚して、子どもを持つのが夢だったのに、気がつけば三十一歳！　その日は、朝から雪の気配があった。雲は低く垂れこめ、空気がびりびりして、刺激臭がある。あいにく父はインディアナポリスに出かけて留守中。ひとりで苦労して大雪に備えると、予感は大当たり、夜にはブリザードになった。電気は切れ、電話は通話不能。そんななか、ひとりの男が凍死寸前でキャビンに転がりこんでくる。すぐに温めてやらなければならない。ホープは凍りつきそうな男の裸体に、自分の裸体を重ねた……。こんなセックスあり⁉　肉体のぬくもりを愛の中心に据えるリンダ・ハワードならでは。

　かように毛色の異なる三編。けれど、それぞれに人を好きになることの恍惚《こうこつ》と恐怖を、うまく描いているように思います。現実の恋愛でもそうですよね。たとえきっかけはお見合いで、相手の情報を知っていたとしても、相手の人となりは自分の目で見て確かめるしかありません。ここで見誤ると、結婚してから、〝こんなはずじゃなかった〟と嘆くはめに。けれど、正体を疑っていても、好きになってしまうこともあるから、おもしろい。

　さて、新しいリンダ・ハワード情報をひとつ。かねてより、ご本人のホームページの開設が噂されていましたが、次作“Dying to Please”の出版元であるBallantine社のサイト内に彼女のホームページ（http://www.randomhouse.com/features/lhoward/index.html）ができました。Ballantine社から出版されたのは、まだ"Dying to Please"一冊なので、お世辞にも充実した内容とは言えませんが、ご本人のエッセイや、ファン向けの挨拶が載っています。親戚が多くて葬式に出てばかりいるとか、ご主人の仕事である牧畜に手を焼いているらしいようすなどが描かれていて、なかなか笑えるエッセイです。

その次作"Dying to Please"は、美貌の女執事サラ・スティーブンスを主人公とした、サスペンス作品。この主人公、ボディーガードも兼ねているという勇ましさ。ある事件をきっかけにメディアに報道され、その姿に惹かれた男から狙われる……どうぞ、お楽しみに。

ザ・ミステリ・コレクション

見知《みし》らぬあなた

［著　者］ リンダ・ハワード

［訳　者］ 林 啓恵

［発行所］ 株式会社 二見書房
東京都文京区音羽 1－21－11
電話 03（3942）2311［営業］
03（3942）2315［編集］
振替 00170－4－2639

［印　刷］ 株式会社堀内印刷所
［製　本］ ナショナル製本

落丁・乱丁本はお取り替えいたします。
定価は、カバーに表示してあります。

ISBN4－576－02130－3
http://www.futami.co.jp

スワンの怒り
アイリス・ジョハンセン
池田真紀子［訳］

エリート銀行家の妻ネルの平穏な人生は、愛娘と夫の殺害により一変する。整形手術で絶世の美女に生まれ変わった彼女は、謎の男と共に復讐を決意し…

本体867円

真夜中のあとで
アイリス・ジョハンセン
池田真紀子［訳］

遺伝子治療の研究にいそしむ女性科学者ケイト。画期的な新薬RU2の開発をめぐって巨大製薬会社の経営者が、彼女の周囲に死の罠を張りめぐらせる。

本体867円

最後の架け橋
アイリス・ジョハンセン
青山陽子［訳］

事故死した夫の思いを胸に、やがて初産を迎えようとするエリザベス。夫の従兄弟と名乗る男の警告どおり、彼女は政府に狙われ、山荘に身を潜めるが…。

本体657円

そしてあなたも死ぬ
アイリス・ジョハンセン
池田真紀子［訳］

女性フォトジャーナリストのベスは、メキシコの辺鄙な村を取材し慄然とした。村人全員が原因不明の死を遂げていたのだ。背後に潜む恐ろしい陰謀とは？

本体790円

失われた顔
アイリス・ジョハンセン
池田真紀子［訳］

大富豪から身元不明の頭蓋骨の復顔を依頼されたイヴ・ダンカン。だが、その顔をよみがえらせた時、彼女は想像を絶する謀略の渦中に投げ込まれていた！

本体895円

顔のない狩人
アイリス・ジョハンセン
池田真紀子［訳］

すでに犯人は死刑となったはずの殺人事件。しかし自らが真犯人と名乗る男に翻弄されるイヴは、仕掛けられた戦慄のゲームに否応なく巻き込まれていく。

本体895円

風のペガサス（上・下）
アイリス・ジョハンセン
大倉貴子［訳］
美しい農園を営むケイトリンの事業に投資話が…。それを境に彼女はウインドダンサーと呼ばれる伝説の美術品をめぐる死と陰謀の渦に巻き込まれていく！
本体790円

女神たちの嵐（上・下）
アイリス・ジョハンセン
酒井裕美［訳］
少女たちは見た。血と狂気と憎悪、そして残された真実を…。18世紀末、激動のフランス革命を舞台に、幻の至宝をめぐる謀略と壮大な愛のドラマが始まる。
本体790円

二度殺せるなら
リンダ・ハワード
加藤洋子［訳］
長年行方を絶っていた父親が何者かに射殺された。父の死に涙するカレンは、刑事マークに慰められるが、射殺事件の黒幕が次に狙うのはカレンだった…
本体676円

石の都に眠れ
リンダ・ハワード
加藤洋子［訳］
亡父の説を立証するため、考古学者となりアマゾン奥地へ旅立ったジリアン。が、彼女を待ち受けていたのは、死の危機と情熱の炎に翻弄される運命だった。
本体790円

心閉ざされて
リンダ・ハワード
林 啓恵［訳］
名家末裔ロアンナは、殺人容疑をかけられ屋敷を追われた又従兄弟に想いを寄せていた。10年後、歪んだ殺意が忍び寄っているとも知らず彼と再会するが。
本体829円

青い瞳の狼
リンダ・ハワード
加藤洋子［訳］
CIAの美しい職員ニエマと再会した男は、彼女の亡き夫のかつての上司だった。彼の使命は武器商人の秘密を探り、ニエマと偽りの愛を演じること…。
本体733円

夢のなかの騎士
リンダ・ハワード
林 啓恵［訳］

古文書の専門家グレースの夫と兄が殺された。犯人は、目下彼女が翻訳中の14世紀古文書を狙う考古学財団の理事長。いったい古文書にはどんな秘密が？

本体867円

Mr.パーフェクト
リンダ・ハワード
加藤洋子［訳］

金曜の晩のジェインの楽しみは、バーで同僚たちと「完璧な男」を語ること。思いつくまま条件をリストにした彼女たちの情報が、世間に知れたとき…！

本体790円

夜を忘れたい
リンダ・ハワード
林 啓恵［訳］

かつて他人の心を感知する特殊能力を持っていたマーリーの脳裏に、何者かが女性を殺害するシーンが映る。そして彼女の不安どおり、事件は現実と化し…

本体790円

あの日を探して
リンダ・ハワード
林 啓恵［訳］

かなわぬ恋と知りながら、想いを寄せた男に町を追われたフェイス。引き金となった失踪事件を追う彼女の行く手には、甘く危険な駆け引きが招く結末が…

本体790円

パーティーガール
リンダ・ハワード
加藤洋子［訳］

すべてが地味でさえない図書館司書デイジー。34歳にしてクールな女に変身したのはいいが、夜遊びデビュー早々ひょんなことから殺人事件に巻きこまれ…

本体790円

業火の灰（上・下）
タミー・ホウグ
飛田野裕子［訳］

連続猟奇殺人事件を捜査する女性FBI特別捜査官。癒されない過去の心の傷に苦しみながらも、かつての恋人と協力し、捜査を進める彼女に魔の手が迫る！

本体829円

二見文庫 ザ・ミステリ・コレクション

仮面の天使
シャーロット・ラム
酒井裕美［訳］

モデル出身の新進女優ローラは映画祭にノミネートされ、真夏のヴェネツィアに向かった。彼女を待っていたのは、かつて恋焦がれた映画監督だったが…

本体829円

薔薇の殺意
シャーロット・ラム
中村三千恵［訳］

テレビ女優として人気絶頂のアニーには、闇に包まれた過去があった。バレンタインデーに贈られる謎のカード、そして次々と起こる不可思議な殺人事件。

本体829円

もうひとりの私
シャーロット・ラム
中村三千恵［訳］

プラハ近郊の寒村に育った貧しい娘と、米国上流階級出身で実業家の美しい妻。ふたりの宿命の絆がよみがえる時、ひき裂かれた家族間の悲劇が始まる。

本体790円

黒衣の天使
シャーロット・ラム
三木基子［訳］

同乗するヨットの事故で最愛の夫を失ったミランダ。夫を救えなかった彼女は、黒衣を纏う男の夢に脅かされる。傷が癒えた矢先、またもや運命の歯車が…

本体790円

闇に潜む眼
ヘザー・グレアム
山田香里［訳］

スポーツジムを営むサマンサは、失踪した親友の行方を追ううち、かつての恋人と再会。千々に乱れる彼女の心は、狂気に満ちた視線に気づくはずもなく…

本体895円

ささやく水
ジェイン・アン・クレンツ
中村三千恵［訳］

誰もが羨む結婚と、CEOの座をフイにしたチャリティ。彼女が選んだ新天地には、怪しげなカルト教団が…。きな臭い噂のなか教祖が何者かに殺される。

本体829円

二見文庫 ザ・ミステリ・コレクション

掟（おきて）
ダニー・M・マーティン
鎌田三平［訳］
まっとうな人生を歩むことだけを考え出獄した男が、訣別したはずの血と暴力の世界に再び足を踏み入れ、凄絶な闘いに…全米熱狂のハードボイルド・ロマン！
本体638円

死者の指
ジョン・トレンヘイル
飛田野裕子［訳］
またひとり、女が指を切断されて殺される…惨劇の陰に潜む恐るべき秘密を追う女性心理学者セルマの行手には？　謎と恐怖に彩られた出色のサイコ・スリラー。
本体867円

策　謀
ロバート・カレン
玉木　亨［訳］
ロシアの核が中東に流出か？　和平交渉が暗礁に乗り上げ、モスクワに驚くべき情報が戦慄となって流れる。元『ニューズウィーク』モスクワ支局長が放つ巨編！
本体733円

遠い女
ブライアン・フォーブス
安原和見［訳］
自殺したはずの旧友が、いまだ想い消えぬ昔の恋人と結婚していた!?　失ったはずの愛は、やがて男を死地に追いつめる…鬼才が描く傑作サスペンス・ロマン！
本体867円

殺しの幻想
ヒラリー・ボナー
安藤由紀子［訳］
英国TVドラマの主人公演じる人気俳優を新聞で酷評した女性ジャーナリストが惨殺された！　華やかな芸能界を震撼させる連続殺人。新鋭女流作家の話題作！
本体790円

冷　酷
ポール・カースン
真野明裕［訳］
多国籍企業のオーナーに息子が誕生。だが、産院の看護婦は惨殺死体で発見、大富豪の息子も誘拐される。緊迫の11日間を分刻みで描いた異色サスペンス大作！
本体952円

二見文庫　ザ・ミステリ・コレクション